AF220560

Alex Kilian

SIEBZEHN UND SPÄTER

Roman

SEELENFUTTER BUCHPROJEKTE

Impressum:
© 2022 by Andreas Kurz
SEELENFUTTER-BUCHPROJEKTE

Alle Rechte vorbehalten.
Herstellung und Verlag: BoD – Books on Demand, Norderstedt

Die in diesem Buch dargestellten Figuren und Ereignisse sind
fiktiv. Jegliche Ähnlichkeit mit lebenden oder toten realen
Personen ist zufällig und nicht vom Autor beabsichtigt.

Kein Teil dieses Buches darf ohne ausdrückliche schriftliche
Genehmigung des Herausgebers reproduziert oder in einem
Abrufsystem gespeichert oder in irgendeiner Form oder irgendeiner Weise elektronisch, mechanisch, fotokopiert, aufge-
zeichnet oder auf irgendeine andere Weise übertragen werden.

ISBN: 9783756214983

Coverdesign: Andreas Kurz
unter Verwendung von zwei Fotos von Pixabay

Die Deutsche Nationalbibliothek verzeichnet diese Publikation
in der Deutschen Nationalbibliografie. Detaillierte bibliografi-
sche Daten sind im Internet unter dnb.dnb.de abrufbar.

Independently published by Andreas Kurz
Schulstraße 13, 82166 Gräfelfing, Deutschland

new@andreas-kurz.eu

Siebzehn

FSC
www.fsc.org

MIX

Papier aus ver-
antwortungsvollen
Quellen

Paper from
responsible sources

FSC® C105338

1

Kralle fuhr, es war sein Wagen. Paul saß vor mir auf dem Beifahrersitz. Er hatte die Beine angezogen und stützte sich mit den Schuhen auf dem Rand des Armaturenbretts ab. Neben mir lag Sanne. Sie war Kralles Mädchen, sie war müde, lehnte sich in ihre Ecke und legte mir ihre Beine auf die Oberschenkel. Ich bemerkte, wie es Kralle auffiel und er sich immer wieder zu mir umdrehte. Auch sah er häufiger als sonst in den Innenspiegel. Sanne hatte schöne Beine. Sehr schlank, fast zerbrechlich. Die rote Jeans, die sie trug, wirkte wie aufgemalt. Ich traute mich nicht, ihre Beine anzufassen, stützte meinen rechten Arm am Seitenfenster ab und sah hinaus. Der Wind rauschte und die Leitpfosten huschten vorbei. Manchmal ließ eine Bodenwelle den Wagen schlingern und ausfedern. Dann verzog Sanne ihr Gesicht und rief: „He!"

Kralle lachte aber nur und blieb auf dem Gas. Er fuhr immer, was der Wagen hergab, und kümmerte sich nicht um die Kommentare der anderen. Ist doch nur ein Auto, sagte er immer und sprang schon mal auf den Wagen und trampelte darauf herum. Seht ihr, Blech, nichts als dummes Blech.

Der Wagen, den er gerade hatte, war so alt wie ich. Gleiches Baujahr, 1971. Ein silbergraues Coupé mit einem wunderschönen Fließheck. Eine lässige Zeit damals. Keine Ahnung, wo er immer wieder solche Kisten auftrieb. Der Wagen war richtig cool. Wenn man hinten saß und den Kopf in den Nacken legte, konnte man den Himmel und die Bäume sehen, so weit reichte die Scheibe ins Dach. Ich legte den Kopf in den Nacken, schloss aber die Augen. Ich dachte nur an Sanne und ihre Beine, die ich spürte und die für mich so weit weg waren wie der Mond. Ich hörte, wie Paul eine Colaflasche öffnete. Es zischte und Kralle maulte: „Hey, sau hier nicht rum."

„Angst um deine Polster?"

„Scheiß auf die Polster."

„Was regst du dich dann auf?"

„Ich will keine klebrigen Flecken."

„Klebrige Flecken kenn ich aber anders."

„Alte Drecksau."

Ich hörte, wie sie lachten, aber ich beschloss, meine Augen nicht zu öffnen. Nicht dafür. Ab und an streifte mich Sannes Geruch, wehten die eindringenden Luftwirbel ihr Parfum zu mir herüber. Keine roch wie sie. Sie zu riechen war noch schlimmer, als sie anzusehen. Es war, als ob man mir den Boden unter den Füßen wegzog und ich die Kontrolle verlor. Ich dachte, Kontrolle über was eigentlich? Was würde geschehen, wenn ich die Kontrolle verlöre? Es machte mir noch nicht einmal Angst. Nichts würde dann geschehen, überhaupt nichts. Was sollte ich schon kontrollieren? Mein Leben gab's ja kaum. Ich stand in der Welt nur blöde rum. Was Nasses spritzte mir ins Gesicht.

„Schau mal den Penner da hinten."

„Der hat ja überall klebrige Flecken."

Die beiden Idioten lachten über mich und Paul schüttete immer mehr Cola über mich drüber.

„Spinnst du?", rief ich hilflos. Ich hasste mich sofort dafür. Warum sagte ich so was? Das klang wie ein Mädchen. Ich richtete mich auf und hielt Sannes Beine dabei fest, damit sie nicht vorne über meine Knie hinunterrutschten. Ich bemerkte gar nicht, dass ich sie anfasste, machte es einfach, als wäre es das Selbstverständlichste der Welt. Sie wachte auf und sagte wieder nur: „He!" Ob sie mich damit meinte, wusste ich nicht. Paul lachte und ich hängte mich von hinten an seinen Hals, als ob ich ihn erwürgen wollte. Er schüttete wie wild die Cola hinter sich. Es war eine 1,5-Liter-Flasche und die Brühe war warm. Ich wehrte mich und das meiste kriegte jetzt

Sanne ab. Sie kreischte nicht mal, sondern hielt sich nur die Hände vors Gesicht. Die Cola hinterließ dunkle Flecken auf ihrem T-Shirt. Paul lehrte die Flasche über ihr aus und ich sah in seinem Blick: Er war mindestens so scharf auf sie wie ich.

„Hör jetzt auf!", fuhr Kralle ihn an und schlug ihm ziemlich fest gegen die Schulter.

„Schon gut, ist ja recht." Paul sah aus, als ob er sich nicht beherrschen würde, wenn er sie mal allein vor sich hätte. Er kurbelte das Seitenfenster runter und warf die Flasche hinaus. Sie dotzte auf die Straße und wirbelte herum.

„Da war noch was drin", rief ich, „vielleicht hätte es jemand gerne getrunken."

„Kannst ja aussteigen und sie suchen."

„Idiot!"

„Du bist ein blödes Schwein", sagte Sanne. Ich fand, sie sah jetzt richtig besudelt aus. Als hätte ihr einer seine Ladung drübergespritzt. Dabei war es nur Cola. Ihre dunklen Locken waren immer in Unordnung, und sie kämpfte den ganzen Tag mit ihnen. Aber es war der schönste Lockenkopf der Welt. Sie hatte dunkelbraune Augen, und wenn sie mich mit ihnen ansah, hätte ich alles für sie getan, wirklich alles, jede Verrücktheit. Sie war nicht mein Mädchen und sicher dachte sie nicht mal eine Minute in ihrem Leben nur an mich. Trotzdem wünschte ich mir oft, sie würde mich mal um was bitten. Was Richtiges, meine ich, keinen Kleinkram. Ich stellte mir vor, wie Paul sie in die Mangel nimmt und ich ihm von hinten eine verpasse. Mit einer Latte oder so. Ein kurzer, heftiger Hieb. Dann wäre sie mir sicher dankbar. Natürlich würde sie auch dann nicht mein Mädchen werden. Keine Frau liebt aus Dankbarkeit. Wahrscheinlich sind sie auch nur scharf auf Muskeln und schöne Gesichter, so wie wir Männer uns in Ärsche und Brüste und Augen und Lippen verlieben. Doch nach so einem Schlag würde sie einmal nur an mich denken.

Ich lehnte mich wieder zurück, streckte mich, schloss die Augen. Ich wollte irgendwelchen Gedanken nachhängen. Ich kramte in meinen Erinnerungen Bilder des Sommers hervor und pinselte Sanne hinein. Als ob sie damals dabei gewesen wäre. Solche Gedanken mochte ich. In ihnen konnte ich mit der Welt spielen und machen, was ich wollte. Ob sie Kralle überhaupt noch liebte? Er sah gut aus, ohne Zweifel, hatte Oberarme, die was hermachten, trug die Haare kurz wie die amerikanischen Ledernacken und konnte lächeln wie die selbstsicheren Typen im Kino. Aber er war auch völlig durchgedreht. Von einem Moment zum anderen konnte er auf dich losgehen. Absolut irre. Ich kannte ihn nicht anders, man fand sich eben damit ab. Alle machten es, er hatte viele Freunde. Sanne und er waren seit über einem Jahr zusammen. Ich dachte, mir fliegt die Sicherung raus, als er sie das erste Mal angeschleppt hatte. Wo lernte man nur eine wie sie kennen? Für Kralle war es das Normalste der Welt. Der Blick, mit dem sie ihn früher angehimmelt hatte, war mehr wert als eine Million. Sie war so verliebt in ihn, als hätte er ihr was in den Kaffee getan. Überirdisch.

Wegen was wurde man wohl geliebt? Es musste irgendetwas geben, was manche hatten und andere nicht. Ich verstand, warum sie mich nicht liebte. Ich hatte nichts, nicht mal einen Führerschein und einen alten Opel. Ich war noch im Ofen, nicht fertig. So stellte ich es mir vor. Mein Leben war noch Warten. Keine Ahnung, was mal kommt, aber irgendwie dachte ich immer, warte einfach, es kommt schon.

„Hier drin stinkt es nach Cola", brüllte Kralle aufgedreht. „Los, dagegen hilft nur Tabak."

Er versetzte Paul ein paar Schläge mit dem Handrücken. Der Wagen schlingerte dabei, weil er die Lenkung verriss. Er fuhr nicht gut, nur gedankenlos.

„Hab nichts", sagte Paul und trommelte nervös mit den flachen Händen auf seinen Unterschenkeln. Dabei spielte kein Radio. Es hatte sich gestern verabschiedet. Mitten in den Nachrichten war der Ton weg gewesen. Und auf Kurzwelle kam nur knisternder Scheiß. Das Auto war wie ein rollendes Museum. Man konnte sich darin genauso gut vorstellen, gerade mit Mami und Papi ans Meer zu fahren. Da waren mir Sanne und die beiden anderen Vollidioten tausendmal lieber. Der Wagen hatte Beulen und Rost und war ziemlich angesagt. Kralle hatte die Radkappen abgemacht und weggeworfen und die Felgen rot angemalt. Sah lässig aus, richtig lässig.

„Wer hat was zu rauchen? Sanne, du hattest doch noch welche."

Sie hob ihr Becken an und suchte in ihren Gesäßtaschen herum. Ich sah ihren Bauch, ihren Nabel und wie Paul sich umdrehte, sie anstarrte, und ich bemerkte, wie Kralle ihn dabei beobachtete. Der wusste genau, was wir dachten, ich war mir sicher. Er konnte unsere Gedanken lesen, und wahrscheinlich geilte es ihn auf, wenn er sie vögelte und wusste, dass wir gerne an seiner Stelle wären. Mich würde es wohl anmachen.

Ich mochte Kralle, aber manchmal war er mir auch sehr fremd. Sanne fand Kippen und hielt sie Kralle hin.

„Anzünden", sagte Kralle und hupte einen Opi an, der nichts anderes machte, als zu langsam vor uns herzufahren. Als wir ihn überholten, sah ich sein wütendes Gartenzwerggesicht herüberglotzen. Er fluchte vor sich hin, anstatt Gas zu geben und es uns zu zeigen. Seine Kiste hatte viel mehr Leistung als unsere. Aber es genügte ihm, den alten Schwanz einzuziehen und sich den Rest des Tages Scheiße zu fühlen. An seiner Stelle hätte

ich es uns gegeben. An mir wären wir nicht vorbei gekommen. Aber ich war Siebzehn und hatte keinen Führerschein. Und wenn ich achtzehn bin, werde ich kein
Geld haben, ihn zu machen. Mein Leben war Warten.

Sanne nahm eine Zigarette heraus, steckte sie sich in
den Mund, hob wieder das Becken und fischte ein Feuerzeug aus der Tasche. Sie war ganz schön schwer, wenn
sie sich so auf meinen Beinen abstützte. Ich sagte natürlich nichts. Wenn sie die Beine jetzt zurückzöge, würde
ich enttäuscht sein. Der Moment musste ja irgendwann
kommen, aber ich wollte nicht, dass er jetzt kam. Paul
drehte sich wieder um. Sein Gesicht verriet nichts, aber
ich wusste, wie es hinter seiner Fassade brodelte. Vor
ihm sollte sie sich wirklich in Acht nehmen. Blöd, dass
ich ihr das nicht sagen konnte. Vielleicht spürte sie es ja
selbst. Ich war harmlos. Ich dachte zwar manchmal,
gleich würde ich die Kontrolle verlieren, aber ich wusste, auch danach wäre ich harmlos. Ganz leicht zu brem-
sen. Ich hätte alles für sie getan.

„Der scheiß Opa blinkt uns hinterher", sagte Kralle.
Ich drehte mich nicht um.

„Soll er blinken, der alte Sack", sagte Paul.

Sanne zündete die Zigarette an und reichte sie vor.
Kralle nahm sie mit zwei Fingern, ohne sich umzudrehen.

„Ich nicht?", maulte Paul. Er starrte sie an, und sein
Grinsen war wie das eines Wolfes, der nur noch auf den
geeigneten Moment zu warten schien, bevor er zubiss.
Kralle starrte in den Rückspiegel. So sicher war er sich
seines Mädchens wohl doch nicht. Ich hatte geglaubt, sie
würde Paul den Finger zeigen. Machte sie aber nicht. Sie
nahm tatsächlich noch eine Zigarette aus der Packung,
steckte sie sich in den Mund, wartete aber damit, sie
anzuzünden. Als ob sie vorher noch darüber nachden-

ken müsste. Paul grinste und tat jetzt so, als ob alles ein einziger Jux wäre. Er war ein linker Typ und schwitzte.

Sanne zündete die Kippe an, inhalierte, nahm die Zigarette aus dem Mund und blies den Rauch hinaus. Dann berührten ihre Lippen noch einmal das Mundstück, als wollte sie es küssen. Sie machte es extra so. Ihre Augen verrieten dabei nichts, sie versteckten sich hinter den im Fahrtwind wirbelnden Haaren. Für Paul knabberte sie an der Kippe, ich konnte es nicht glauben. Ich sah, wie er schluckte und wie ihm heiß wurde. Mir wurde auch heiß. Langsam nahm sie die Zigarette, führte sie in einem weiten Bogen zuerst zu Paul, bog dann aber ab und steckte sie mir ins Gesicht. Dabei lächelte sie mich an, als ob sie mir damit sagen wollte, sie wisse, ich sei ein Freund, der ihr helfen würde, wenn es mal drauf ankäme. Ich war so überrascht, dass ich gar nichts machte, nur die Augen wandern ließ, von ihr zu Kralle und dann zu Paul, dessen speckiger Hals und Rücken wirkten, als versperrten sie mir mein Leben. Als wäre er wie ein Klotz vor meiner Tür.

„Schlampe", knurrte Paul.

Ich hielt die Luft an.

Kralle sagte: „Hab ich da gerade Schlampe gehört? Du nennst mein Mädchen eine verdammte Schlampe?"

Eine Pause entstand, ich atmete immer noch nicht.

„Leckt mich doch alle."

Paul verschränkte die Arme und sah zum Seitenfenster hinaus, als ob da was wäre. Dabei war da nichts als huschende Begrenzungspfosten und Bäume. Ich hielt mich fest, denn ich glaubte, Kralle würde gleich eine Vollbremsung machen und sich mit Paul schlagen. Ihn aus dem Wagen treten und heimlaufen lassen. Hätte er ja verdient. Aber er blieb auf dem Gas, lachte plötzlich und trommelte wie wild auf den Lenkradkranz ein.

Dazu stieß er Schreie aus, als müsse er ungeheuren Gefühlen Luft verschaffen.

„Mann!", rief er. „Mann, Mann, Mann!"

Er fuhr auf der leeren Straße ein paar Schlangenlinien. Ich kippte hin und her, aber mich kriegte er damit nicht klein, ich machte mir beim Autofahren nicht so schnell ins Hemd.

„Ist das alles, was du dazu sagst?", fragte Sanne.

„Was willst du?" Kralle starrte wieder in den Rückspiegel.

„Hau ihm wenigstens eine rein", sagte sie.

„Warum denn, er ist mein Kumpel?"

„Er hat mich Schlampe genannt, ich bin dein Mädchen."

„Er hat einen blöden Witz gemacht."

„Das ist kein Witz." Sanne lehnte sich wieder zurück und schloss die Augen. „So was ist nie ein Witz."

„Komm, stell dich nicht so an ..."

Ich sah, wie sie ihm hinter der Sitzlehne den Finger zeigte. Ich rauchte die Zigarette und musste an ihren Mund denken. Ein süßer, weicher Mund. Warum hatte sie das mit der Zigarette getan? Wollte sie mich herausfordern? Oder wollte sie mich auszeichnen, schau her, ich weiß, was du für mich empfindest. Ich hatte keine Ahnung. Ich wusste nicht, warum mich ein Mädchen lieben sollte. Es gab nicht einen handfesten Grund dafür. Ich stand in meinem bisschen Leben doch nur rum wie ein blöder Zaungast. Sah den anderen zu. Kam mir hilflos vor, langweilte mich auch oft. Wusste Dinge, die keinen interessierten, und wünschte mir, mal was gefragt zu werden, was nur ich beantworten könnte, keiner der anderen. Kam nie vor, nicht ein einziges Mal. Auch hätte ich gern alles Mögliche wissen wollen. Immer waren irgendwelche Themen tabu. Oft war ich der große Schweiger.

„Warum hast du das zu ihr gesagt, hä?" Kralles Stimme wirkte aufgesetzt. Er meinte nicht, was er sagte. Regte sich künstlich auf, um seinen Spaß zu haben. Es ging ihm nicht um sie. Vielleicht war sie ihm längst langweilig geworden. Sie hatte gesagt, sie sei sein Mädchen, und er hatte keine Ahnung, was so ein Satz wert ist. Wenn das eine wie sie zu mir gesagt hätte, wäre dieser Idiot rausgeflogen. Hier, mitten im Irgendwo. Keine Ahnung, wo wir gerade waren. Aber einsam war es sowieso nirgends, da ging keiner verloren. Das Land fühlte sich an wie eine Jeans, die man vor langer Zeit mal getragen hatte. Überall war es zu eng und kniff. Überall saßen schon welche und zogen ihre Zäune hoch.

Kralle produzierte sich und Paul blieb trotzdem ernst. Sie begannen, mir auf die Nerven zu gehen.

„Warum nennst du Arsch sie eine Schlampe? Wer glaubst du, dass du bist? Ich fass es nicht, sagst einfach so ein Wort. In meinem Auto ..."

„So halt", knurrte Paul und wirkte beleidigt.

„Sie ist mein Mädchen, verstehst du? Sag so was nicht zu ihr. Du beleidigst damit auch mich, kapiert? Geht das in deinen dicken Schädel ...?"

Die beiden lachten und alberten herum.

„Ich bin dir doch egal", rief Sanne, hielt dabei aber die Augen geschlossen. Sie merkte wohl auch, wie künstlich sich Kralle gerade anfühlte. Sie hatte ein Gespür für Stimmungen und ob es einer ehrlich meinte. Wenn ich mal ein Mädchen hätte, müsste sie sein wie sie.

„Was soll das jetzt?", rief Kralle und starrte sie wieder durch den Spiegel an.

Ich legte meine Hand auf die Fessel ihres linken Fußes. Sie zuckte nicht mal. Ich streichelte sie ganz vorsichtig, wollte sie zurückhalten und glaubte, sie verstünde mein Zeichen. Jedenfalls sagte sie nichts mehr, lag nur ruhig da und tat so, als ob sie müde wäre und schlafen wolle. Wahrscheinlich schloss sie aber nur die Augen und wollte uns nicht sehen. Drei Kerle und eine wie sie.

„Ich muss pissen", sagte Kralle.

„Fahr an eine Tanke", brummte Paul. „Ich will Cola kaufen."

„Um es ihr wieder drüberzuschütten?", fragte Kralle. „Die ganze Karre klebt von dem Zeug. Ich halte im Wald. Wenn du Durst hast, hättest du es ja nicht wegschütten brauchen. War eh meine Cola."

„Fahr an eine Tanke."

„Hier ist keine."

„Dann such eine."

„Wo denn, Idiot?"

„Scheiße."

„Kippen haben wir bald keine mehr", redete ich dazwischen, um auch was zu sagen. Keiner reagierte. Es war, als hätte ich nichts gesagt. Wenn keiner reagiert, fühlt man sich hinterher, als wäre man ein Geist. Ein Toter, den es gar nicht mehr gab.

„Scheiße", murmelte ich und sah, wie Sanne die Augen ein wenig öffnete und mich ansah. Sie war unglaublich schön in ihrer Ecke, die Locken vorm Gesicht. Wie konnte Paul sie nur eine Schlampe nennen?

Am Waldrand stoppte Kralle den Wagen. Er lenkte auf einen Schotterstreifen und bremste so scharf ab, dass sich der Wagen halb herumdrehte und in Staub hüllte. Sanne rief „He!" und schlug sich den Kopf an der Seitenverkleidung an. Ich konnte den Stoß hören, aber sie ließ sich nichts anmerken.

Kralle lachte und warf die Tür auf, als der Wagen noch nicht mal stand. Staub drang herein und legte sich wie Mehltau über die roten Plastiksitze. Kralle verschwand nach draußen und ich sah, wie er einen Graben übersprang und sich vor eine Fichte stellte. Sekunden war es still, man konnte plötzlich die Vögel hören. Sie sangen immer gleich. Ob du ein Kind warst oder älter, dieses Geräusch war immer gleich. Es musste komisch sein, dachte ich, wenn man alt wird und stirbt und von draußen klingen die gleichen Töne herein, die man als Kind schon gehört hatte. Nur weil die Vögel sangen, sah ich jetzt Bilder meiner Kindheit. Sicher war es besser, im Krankenhaus zu sterben, wo nichts zu hören war als irgendwelche Apparate.

Paul drehte sich um und fasste Sanne an den Oberschenkel.

„Lass!", fuhr sie ihn an und verzog das Gesicht. Er lachte.

„Du bist 'ne Schlampe, ich weiß es", sagte er und seine Hand wanderte zwischen ihren Schenkeln nach oben.

„Lass!", zischte sie wieder, aber sie legte nur wenig Kraft in das Wort. Es fiel mir auf. Sie klang eher gleichgültig.

Er machte zwischen ihren Beinen rum, und ich glaubte nicht, was ich sah. Ich richtete mich auf, griff mir seinen Arm und hängte mich dran. Er musste ihn zurückziehen, drehte sich zu mir um und packte mich am Kragen.

„Halt du dich da raus, du Pimpf, klar?", fuhr er mich an.

„Lass sie in Frieden", sagte ich.

„Was weißt denn du? Keine Ahnung hast du."

„Wie kannst du sie so anfassen, sie ist Kralles Mädchen?"

„Das geht dich alles einen Scheiß an. Ich weiß mehr über sie, als du dir träumen kannst. Also halt dich da raus."

Paul packte mich am Kragen und stieß mich hin und her. Irgendwann ließ er los und ich fiel zurück in den Sitz.

„Ist ja gut, ist gut", sagte ich, „führ dich hier nicht so auf."

„Und halt dein Maul, wenn Kralle kommt, ich will nichts von dir hören, damit das klar ist, gar nichts, nicht einen Mucks."

„Ich weiß zwar nicht, was ich nicht sagen soll, aber ich sage schon nichts, keine Sorge." Ich machte auf lässig und fand den Satz gut. Er war irgendwie verworren und das, fand ich, passte zu mir. Ich dachte oft, ich wäre ein verworrener Typ.

„Die Sorgen musst du dir machen", murmelte Paul.

Sanne fasste mich am Arm und drückte ihn. Ihre Berührung war sehr schön und verwirrte mich. Ich sah sie an und sie nickte mir zu. Ich hätte alles für sie getan, alles. Wie kann er ihr nur zwischen die Beine greifen, wenn ich danebensitze? War ich so wenig? Ich sah, wie Kralle seinen Pimmel schüttelte und wieder in die Hose stopfte. Er grinste mich an und wirkte vergnügt. Er hatte keine blasse Ahnung davon, was hier gerade abgegangen war. Dabei bewunderte ich ihn. Ich wollte so werden wie er. Zwei lächerliche Jahre war er nur älter als ich, aber es lag ein ganzes Universum zwischen uns. Sein Bartwuchs war kaum zu bändigen. Auch wenn er sich gerade rasiert hatte, glänzten die schwarzen Bartstoppeln um sein Kinn, als ließen sie sich durch nichts aufhalten. Seine Brust war behaart wie die eines Gorillas, und er sah aus wie ein Leichtathlet. Dabei rauchte und soff er und hing die meiste Zeit nur faul rum. Neben ihm war ich noch ein Kind. Lange Arme, lange Beine, schmal, blass und so behaart wie eine Nacktschnecke. Ich hatte Sommersprossen, blonde Locken und die

Augenfarbe des Himmels über einem Industriegebiet. Irgendwo zwischen Blau und Grau.

Kralle und ich gingen in dieselbe Klasse. Kralle war so oft durchgefallen, bis er neben mir auftauchte. Warum er mit mir befreundet war, wusste ich eigentlich nicht. Aber ich war gerne mit ihm befreundet, ich bewunderte ihn wie einen großen Bruder. Meine beiden Schwestern waren viel jünger. Ob sie mich je bewunderten, weiß ich bis heute nicht, wahrscheinlich nicht. Warum auch? Ich stand ja nur rum und sah den anderen zu.

Kralle ließ sich in den Fahrersitz fallen und schlug die Tür zu. Der Wagen wackelte und Sanne verzog ihr Gesicht. Kralle drehte sich um, sah mich an und lachte.

„Na, alles klar?", meinte er.

„Warum nicht", sagte ich und schaute weg. Die Wipfel der Fichten waren eher grau als grün.

Kralle startete den Motor und ließ die Räder auf dem Schotter durchdrehen. Die Steine prasselten gegen das Blech der Karosserie, ich spürte sie in meinem Hintern. Wie lange so ein Wagen wohl durchhielt? Irgendwann ging etwas kaputt. Ich überlegte, was das sein könnte. Der Motor, die Kupplung, das Differenzial? Ich stellte mir vor, in einer Quizsendung einen Tipp abgeben zu müssen. Kardanwelle, sagte ich zum Moderator, weil das nicht so simpel klang wie anderes. Durftest du nur was Simples antworten, merkte keiner, was du draufhattest. Darum war die Schule auch so langweilig. Die richtigen Antworten standen in Büchern und jeder Idiot konnte sie auswendig lernen.

Kralle orgelte die Gänge hoch und versuchte zu schalten, ohne zu kuppeln. Das ging gut, wenn die Drehzahl stimmte, aber er war zu ungeduldig und das Getriebe krachte, als wäre es das letzte Mal.

„Hör mit dem Scheiß auf", rief Sanne. „Am Ende müssen wir noch heimlatschen."

„Das ist ein Opel", sagte Kralle, als ob das irgendetwas bedeuten würde.

„Fahr an ’ne Tanke", befahl Paul.

„Hättest doch gerade pissen können", lachte Kralle ihn aus.

„Muss nicht pissen."

„Du bist vielleicht ’n Arsch."

„Fahr an ’ne Tanke."

„Ja, Mann, hab’s kapiert."

Paul wirkte wieder, als würde er jeden Moment durchdrehen. Wenn ich ganz ehrlich zu mir war, machte er mir richtig Angst. Vor einem wie ihm Angst zu haben empfand ich als eine Schande, aber irgendwo tief drinnen hatte ich sie. Tatsächlich tauchte schon bald eine Riesentankstelle auf, wie es sie nur an Landstraßen gab. Ich war froh darüber. Kralle hielt den Wagen vor den Staubsaugern neben dem Shop. Es war nichts los. Paul stieg wortlos aus und ging in den Laden. Kralle drehte sich um und sagte zu Sanne: „Soll ich dir was holen?"

„Weiß nicht."

„Jetzt sag schon ..."

„Nichts."

„Ein Eis? Du stehst doch auf Eis."

„Cornetto Nuss, wenn sie haben."

„Und du?", fragte mich Kralle.

„Nichts", murmelte ich.

Kralle bohrte nicht nach, sondern stieg aus und ging in den Shop. Vielleicht hätte ich ja doch was gewollt. Wenn alle was Essen, nur ich nicht, würde ich mich ärgern. Aber spontan die richtige Entscheidung zu treffen, war unmöglich für mich.

„Leg dich nicht mit Paul an", sagte sie.

„Paul ist ein Arsch."

„Er ist ein Psychopath."

„Keine Sorge, ich kann mich schon wehren."

Ich lächelte sie an wie ein Westernheld, der sich gleich mit einer ganzen Bande schießen würde. Und natürlich überlebt.

„Gegen ihn kommst du nicht an, glaub mir. Du kennst Paul nicht. Du weißt nicht, wie er sein kann."

„Wie kann er denn sein?"

Sie zuckte mit ihren schmalen Schultern. „Ein echter Scheißkerl ist er."

„Was will er denn über dich wissen?"

„Er weiß einen Dreck."

„Wenn du mein Mädchen wärst, dürfte er dich nicht so anlangen."

Ein kurzes Lächeln flackerte in ihrem Gesicht, aber sie fand wohl eher lustig, was ich gerade gesagt hatte. Ich lehnte mich zurück und legte den Kopf auf die Sitzkante, als sie plötzlich an mich ranrückte, ihre Hand auf meine Wange legte und mich küsste. Ihre Lippen waren kalt und weich, ihre Zunge dagegen heiß und ziemlich nass.

„Du kommst mir vor wie ein Schlafender, den man wecken muss", sagte sie leise.

Ich kapierte nichts und starrte sie nur an. So nah waren mir ihre Augen noch nie gekommen.

„Du hattest noch kein Mädchen, oder?", fragte sie mich und ich brauchte gar nicht zu antworten, sie wusste es auch so. Ich war wie eine unreife Frucht, die keiner haben wollte. Sie nahm meine Hand und zog sie zu ihrer Brust. Viel hatte sie nicht, aber es war weich und ziemlich interessant.

„Du bist längst fällig", sagte sie und lachte.

„Fällig? Zu was denn?", fragte ich blöde und ärgerte mich noch im selben Moment darüber. Natürlich war ich fällig. Ich wartete ja nur darauf. Fühlte mich, als stünde ich vor großen Türen aus dunklem Holz und traute mich nicht, die Klinke zu drücken.

Sie verzog sich wieder auf ihre Seite und nur Augenblicke später kam Paul zurück. Beim Einsteigen fiel ihm das meiste zu Boden. Er hatte sich eine Menge Süßigkeiten, Bier, Cola und Zigaretten gekauft.

„Scheiße", fluchte er, klaubte alles zusammen und warf es auf das Armaturenbrett. Er ließ sich in den Sitz fallen, streckte sich und ich spürte das weiche, plastikknarrende Polster an den Knien. Er öffnete die Cola und trank. Wenigstens spritzte er sie nicht herum. Sanne und ich ignorierten ihn, aber wir waren ihm wohl gerade egal. Kralle kam mit dem Eis und hatte auch mir eins mitgebracht.

„Da", lachte er mich an, „sicher willst du jetzt doch eins. Ich kenn dich."

Ich freute mich und nahm es gern. Er konnte so ein feiner Kerl sein. Sanne warf er noch ein neues T-Shirt hin.

„Was soll ich damit?", sagte sie ohne jede Begeisterung.

„Anziehen. Diese Colaflecken sehen übel aus."

„Hat er es bezahlt?", fragte sie und deutete auf Paul.

„Zieh es schon an", brummte Kralle.

„Hat er es bezahlt?"

„Nein."

„Aber er hat mir die Cola drübergeschüttet."

„Nun zieh es schon an, ist doch egal, wer es bezahlt hat."

„Scheiße, was du dir von ihm gefallen lässt."

Ich sah, wie Kralle Paul angrinste. Ein unsicheres Grinsen war das. In diesem Moment verlor er für mich. Warum machte er sich so klein?

Sanne reichte mir ihr Eis. „Halt mal", sagte sie.

Sie riss die dünne Plastikfolie des T-Shirts auseinander und faltete es auf. Das Hemd war schwarz und auf der Brustseite stand Castrol. Eine Ölmarke. Sie neigte sich nach vorne und zog ihr altes Shirt aus. Ohne zu zögern. Ich hielt den Atem an. Jetzt saß sie mit freiem Oberkörper da und starrte Paul an, der sich zu ihr umdrehte und seinen Mund zu einem üblen Grinsen verzog. Sie hatte nicht viel Busen und ihre Warzen waren winzig, wie dunkelbraune Punkte. Sie streifte das neue Shirt über und warf das alte nach vorne auf das Armaturenbrett.

„Da, kannste dich dran aufgeilen", sagte sie.

Mir fiel ein, dass sie erst siebzehn war wie ich, aber sie kam mir vor wie eine Erwachsene, die mir um viele Jahre voraus war. Kralle war ihr Auftritt sichtlich unangenehm, und Paul saß da, als wäre er der König und wir seine Gefolgschaft. Wahrscheinlich waren wir das ja sogar, denn wir hatten wohl alle Angst vor ihm, nicht nur ich.

Wir fuhren zurück auf die Landstraße, aßen unser Eis und schwiegen. Nur Paul schüttete Cola in sich hinein. Sanne hatte ihre Beine von mir heruntergenommen und in den Fußraum hinter den Fahrersitz gestellt. Als ob sie von uns allen nichts mehr wissen wollte, saß sie ganz in ihre Ecke zurückgezogen, knabberte an ihrem Eis und sah in den vorüberhuschenden Gegenverkehr. Die Sonne fiel schräg durch den Wald und immer wieder traf uns ihr Licht wie Blitze. Es schmerzte in den Augen und war wunderschön.

2

Wir hielten am See, wo Kralles Vater ein kleines, ganz versteckt gelegenes Bootshaus besaß. Kralle hatte mich schon öfters hierher mitgenommen und ich war gerne dort. Hinter der Eingangstür war ein Raum mit Tisch und Bänken, dahinter war ein Steg, der das Haus mittig durchzog und an dem ein Ruderboot und ein weißes Segelboot lagen. In der Hütte roch es immer stark nach Holz und Staub, als hätte diesen Ort schon hundert Jahre kein Mensch mehr betreten. Ich fand es schön, wie das Wasser im Dunkel des Raumes gluckerte und dabei ein zitterndes, unruhiges Licht durch die Bretterwände fiel. Manchmal kamen kleine Wellen herein und ließen die Bugspitzen der Boote schmatzend aufs Wasser schlagen. Wir zogen uns Badehosen an und legten uns dann auf den Steg vor der Hütte. Es war der einzige Platz, an dem uns die Mücken in Ruhe ließen. Als wir draußen waren, ging Sanne hinein, um sich umzuziehen.

„Plötzlich Hemmungen?", rief ihr Paul hinterher.

„Lass sie in Ruhe", fuhr Kralle ihn an.

Sanne zeigte ihm den Finger. Sie war sehr lässig. Der Wind war kühl, aber die Sonne brannte herrlich auf meinen Rücken. Das Glitzern der Wasseroberfläche ließ mich nicht mehr los. Ich tauchte meinen Blick hinein und vergaß für einen Moment die beiden anderen neben mir.

Kralle saß am Ende des Steges und ließ die Beine ins Wasser baumeln. Paul lag auf seinem speckigen Bauch wie ein Fallschirmspringer, dessen Schirm sich nicht rechtzeitig geöffnet hatte. Sanne kam und breitete ihr Handtuch neben mir aus. Es wunderte mich, denn ich hatte angenommen, dass sie vor zu Kralle gehen und sich neben ihn setzen würde. Sie trug einen pinkfarbenen Einteiler mit hohem Beinausschnitt. Sie war schon gebräunt, nur ihre Unterschenkel trugen ein paar störende blaue Flecken. Sie setzte sich auf ihr Handtuch und begann sich einzucremen. Kralle sah sich um und wunderte sich wahrscheinlich darüber, dass sie nicht zu ihm nach vorne kam. Er tat so, als stünde er drüber. Sie cremte ihre Beine, und ich sah das Schamhaar neben dem Badeanzug. Glänzende gekrümmte Fäden. Sie legte sich auf den Bauch, streifte die Träger von den Schultern und hielt mir die Flasche hin.

„Cremst du mir den Rücken?", fragte sie mich.

„Klar."

Ich tat ganz lässig, aber mein Puls machte einen Satz, als ich die Milch auf ihren Rücken tropfen ließ. Ich schloss die Flasche, gleich würde ich sie berühren. Ich zögerte den Moment hinaus, als wollte ich ihn mir aufheben. Schließlich war es so weit und ich berührte sie. In kreisenden Bewegungen verrieb ich die Lotion. Es glitschte und eigentlich hasste ich Cremes.

„Sieh dir den an", grinste Paul.

Kralle drehte sich um, aber nur kurz. Sanne fühlte sich härter an, als ich dachte. Ihre Haut war straff und sie war sehr dünn. Ein paar Muttermale ragten wie Inseln aus der Haut.

„Schön machst du das", sagte sie, die Augen hinter der Sonnenbrille geschlossen.

Mich freute ihr Lob, aber ich traute mich nicht zu antworten.

„Fertig." Ich versetzte ihr zum Abschluss einen kleinen Klaps.

„Schade", meinte sie und ich fand die Antwort großartig.

„Nun schau dir unseren Kleinen an", kam es wieder von Paul, „rot bis über beide Ohren."

„Du hast sie ja nicht alle", sagte ich.

„Man merkt, wer noch nie eine gepimpert hat", sagte er, deutete mit dem Finger auf mich und rief Kralle zu: „Unser Kleiner hier hat noch nie ein Mädchen gehabt, weißt du das?"

Kralle lachte und winkte ab.

„Woher willst du das wissen?", rief ich. Jetzt hatte ich sicher einen roten Kopf.

„Das spürt man", sagte Paul überheblich. „Das steht dir auf die Stirn geschrieben."

Scheiße, dachte ich, wenn man es mir so deutlich ansehen kann. Das erhöht meine Chancen sicher nicht.

„Vergiss ihn", flüsterte Sanne mir zu.

Sie wollte mir wohl helfen, aber sie war ein Mädchen. Wenn mir schon Mädchen helfen müssen, bin ich doch bedient.

„Flachwichser", sagte ich zu Paul und beobachtete ihn verstohlen aus dem Augenwinkel. Ich rechnete damit, dass er eine Reaktion zeigen würde, aber er machte nichts, verzog nicht mal den Mund. Er lag nur da wie ein Stück Fleisch beim Metzger.

„Wer will ein Bier?", fragte Kralle.

„Jeder!", sagte ich.

Paul und Sanne sagten nichts. Kralle ging hinein und seine kalten nassen Füße tropften, als er über mich drüberstieg. In der Hütte gab es auch einen Kühlschrank und ich wunderte mich jedes Mal, dass er überhaupt eingeschaltet war. Ich lag zwischen Sanne und Paul und fühlte mich nicht gut dabei. Ein armseliger Schutzwall war ich, der dem Angreifer nicht lange würde standhalten können. Sanne stützte sich auf die Ellenbogen und bog ihren Rücken durch. Ihr kleiner Busen war kaum zu sehen. So fast nackt waren wir uns ähnlich. Beide waren wir noch Kinder, beide noch im Ofen, halb gar, nicht fertig. Während ich aber wartete, tat sie schon so, als wäre sie vollendet.

Kralle kam und hielt ihr eine Dose Bier hin. Sie ließ sich die Dose lange vor die Nase halten, bevor sie sie nahm. Mir warf er sie zu und ich konnte sie gerade noch irgendwie fangen. Paul fing sie richtig lässig, riss sie auf, schnippte den Verschluss in den See und trank.

„He", sagte Kralle, „wirf das nicht ins Wasser. Nachher tritt noch einer von uns drauf und schneidet sich den

Fuß auf. Mein Vater wird außerdem stinksauer, wenn er irgendwelchen Müll neben dem Steg entdeckt."

„Dein Vater ...", murmelte Paul verächtlich und man konnte ihm ansehen, wie egal ihm das war. Er war kräftig, untersetzt und hatte den Körperbau eines Dreißigjährigen. So stellte ich mir immer irgendwelche Bauarbeiter vor. Paul war gerade zwanzig und alle schätzten ihn viel älter. Er benahm sich auch so, als wäre ihm unsere Altersgruppe fremd.

Ich öffnete die Dose und trank. Das Bier rann kühl in meinen Bauch hinunter und schickte sofort eine starke Botschaft an mein Hirn. Alkohol vertrug ich nur in Mengen, die keiner ausschenkte. Ich wusste, wenn ich diese Dose in mich hineinschüttete, wäre ich völlig bedient. Sanne nippte auch nur daran, zündete sich eine Zigarette an, rauchte ein paar Züge und hielt sie mir hin.

„Willst du weiterrauchen?"

Ich nickte und nahm die Kippe. Zum zweiten Mal an diesem Tag rauchte ich eine Zigarette, die sie vorher zwischen ihren Lippen gehabt hatte. Es schmeckte auch nicht anders, aber für mich war es etwas ganz Besonderes. Das kleine Schlückchen Bier, das ich getrunken hatte, waberte wichtigtuerisch durch meinen Kopf, während ich rauchte und das Wasser glitzern sah. Manchmal gab es Augenblicke, da war alles gut.

„Ich hol das Boot raus." Kralle machte sich am Tor zu schaffen.

„Willst du segeln?", rief ich ihm zu.

„Ne, rudern."

„Wär aber Wind."

„Ich weiß, will aber rudern."

Paul hatte die Dose geleert und warf sie nach hinten ins Schilf, als Kralle nicht hersah. Er fand das lustig.

„Du hältst dein Maul", raunzte er mich an. Ich hob nur beschwichtigend die Hände.

Kralle drückte das Holztor auf und schob das Boot am Steg entlang nach vorne. Es war ein altes Holzboot, ein wenig vergammelt, aber tausendmal schöner als die Plastikdinger, die verkehrt herum an den Stränden lagen und wohl nur dazu dienten, dass irgendein reicher Arsch zu seiner Yacht hinausrudern konnte.

„Wer kommt mit auf eine Seerunde?", fragte Kralle.

Ich wartete ab. Ich wäre gern mitgefahren, aber ich wollte Sanne hier nicht mit Paul zurücklassen. Ich war mir sicher, der Kerl würde sich sofort über sie hermachen, wenn wir hinter der nächsten Biegung wären. Und der Gedanke, dass sie sich vielleicht sogar freiwillig mit ihm einlassen könnte, war noch schlimmer.

„Ich komm mit", sagte Paul, und ich war völlig überrascht, als er tatsächlich aufstand und ins Boot stieg.

„Sanne?", fragte Kralle.

„Keine Lust", sagte sie, „ich will lesen."

„Du?" Jetzt war ich an der Reihe zu antworten.

Aber war ich so blöd, mit den beiden wegzufahren? Jetzt doch nicht.

„Ich find's hier schön", mimte ich den Unschuldigen.

„Die lässt dich nicht drüber, Kleiner", sagte Paul, „mach dir keine Illusionen. Die kennt Besseres."

„Lass ihn in Ruhe, scheiße noch mal", polterte Kralle, und es klang endlich, als meinte er es etwas ernster.

„Schon gut, schon gut, hau lieber rein, Alter. Was interessiert es mich, sie ist dein Mädchen."

Sie setzten sich nebeneinander, hängten die Ruder ein und fuhren los. Sie machten gleich mächtig Fahrt und waren bald in der Mitte des Sees. Ich konnte noch nicht ganz glauben, dass ich jetzt hier allein mit ihr saß.

„Hattest du mal was mit Paul?", fragte ich sie.

„Wie kommst du drauf?"

„So halt. Wie er dich anfasst ..."

„Er war mein erster Freund."

„Echt?" Ich wunderte mich darüber, richtig geraten zu haben. „Wie lange ist das her?"

„Zwei Jahre ... länger."

„Und?"

„Was und?"

„Warum habt ihr euch getrennt?"

„Warum man sich halt so trennt ..."

„Streit also", nickte ich und trank einen Schluck. Das Boot machte jetzt einen Bogen nach rechts und würde schnell hinter dem Schilf verschwunden sein. Die beiden nebeneinander an den Rudern bildeten ein komisches Paar.

„Du hast wirklich keine Ahnung", sagte sie. Es klang eher mitleidig.

„Natürlich nicht", gab ich zu. Was sollte ich groß rumreden.

Sie setzte sich auf, streifte die Träger wieder über die Schultern und schob die Sonnenbrille hoch in ihr Haar. Sie hatte wirklich sehr schöne Augen. Mit ihren wilden, unordentlichen Locken wirkte sie auf mich, als wisse sie schon alles über das Leben.

„Warum hast du keine Freundin?", fragte sie mich.

Für eine Sekunde stand die Welt still. Eine Scheiß-frage, ich hasste diese Frage wie keine andere sonst.

„Weiß nicht", druckste ich rum.

„Du weißt es sehr gut."

„Ja?"

„Du wartest und ich frage mich, worauf."

„Ich warte?"

„Du sitzt nur da und wartest ... ja."

„Na, dann warte ich eben."

„Worauf also?"

„Wer will schon einen wie mich?"

„Du bist ein Idiot, du hast keine Ahnung."

„Das stimmt."

„Häng nicht zu viel mit den beiden da rum. Sie nehmen dich nicht ernst. Du bist ein Junge für sie, nichts weiter."

„Nicht nur für sie."

Sie schüttelte ihre Lockenpracht. „Idiot."

„Danke. Mein Vorname ist übrigens Voll."

Ich hielt es für witzig, aber sie ging nicht darauf ein. „Du merkst ja noch nicht mal, wenn sich eine für dich interessiert."

„Wär doch auch ein Wunder."

„Quatsch."

Ich sah sie an, aber ich konnte den Blick in ihre Augen nicht lange ertragen. Sie war einfach zu schön. Es tat richtig weh.

„Interessierst du dich denn für mich?", fragte ich sie. Das war für mich so etwas wie die Eine-Million-Frage. Ich hatte mich noch nie getraut, sie zu stellen. Warum nun ausgerechnet an diesem Tag, wusste ich nicht. Du wartest und die Dinge kommen eben. Die Sonne brannte mir auf den Rücken und trotzdem fror ich jetzt.

Sanne lachte vergnügt. „Was denkst du denn?", sagte sie herausfordernd.

„Nichts. Was soll ich schon denken?"

„Glaubst du, ich könnte mich in einen wie dich verlieben?"

„Nein, glaube ich eigentlich nicht."

„Warum stellst du dann diese Frage?"

„Hol mir eben gerne Absagen."

Einen Moment lang zögerte sie. „Du bist ein verdammter Idiot."

„Sagtest du bereits."

Sie drehte sich auf den Rücken und streckte sich aus. Ihre dünnen Arme und Beine waren die eines hochgeschossenen Kindes. Waren mir die Körper älterer Frauen oft zuwider, schien mir der ihre jetzt nah und vertraut.

Sie war wie ich. Ich leerte das Bier in den See, um es nicht mehr trinken zu müssen. Es zischte. Auf dem Rücken liegend betrachtete ich die wenigen Wolken, die über uns hinwegzogen. Das Schilf raschelte und Libellen kamen vorbei, hielten in der Luft und schienen uns zu betrachten.

Ich hörte, wie Sanne aufstand, der Steg federte unter ihren Schritten. Sie wird hineingehen, um sich noch etwas zu holen, dachte ich. Oder hinter der Hütte ins Gebüsch pissen. Oder beides. Ich dachte darüber nach, warum ich überhaupt hier war. Welche Funktion hatte ich in dieser Freundschaft? Ich saß im Auto und war dabei. Wenn ich nicht dabei wäre, würde es für die anderen keinen Unterschied machen. Mir würde eine Hütte wie diese hier nie gehören, nicht in hundert Jahren. Warum durfte ich also hier sein? Weil Freundschaft ein biochemischer Prozess im Hirn war? Wieder so eine Frage, die einem keiner beantwortete. Vielleicht war es auch egal, ob ich dabei war oder nicht. Einer mehr oder weniger, was machte das schon?

Ich hörte Sanne ins Wasser gehen und öffnete die Augen. Bis zu den Knien stand sie neben dem Steg im Wasser. Sie war jetzt nackt und lachte mich an. Wahrscheinlich lachte sie mich aus. Guck mich an, dachte sie wohl, ein nacktes Mädchen, davon kannst du doch nur träumen. Ich träumte davon.

„Ist es kalt?", fragte ich.

„Es geht."

Das Bootshaus lag so versteckt und allein, dass ich mich jetzt wie auf einer Insel mit ihr fühlte.

„Komm doch auch rein", sagte sie, die Hände in die Hüften gestützt und den Rücken nach hinten gebogen. Ihr kleiner Pelz ragte vorwitzig aus ihrer Mitte heraus.

„Weiß nicht."

Es wäre mir lieber gewesen, sie hätte ihren Badeanzug anbehalten. Jetzt war mir alles irgendwie peinlich. Wahrscheinlich glaubten Mädchen, dass sie uns Jungs so verführen könnten. Ich aber wäre am liebsten abgehauen. Weiß nicht, warum eigentlich, aber das war mein Gedanke. Geh weg, es ist nicht gut hier. Sie spielt mit dir und du kennst die Regeln nicht. Du wirst dich nur wieder lächerlich machen.

Sanne machte einen Satz nach vorn, tauchte ganz unter und kraulte hinaus. Manchmal blitzte ihr nackter, weißer Po hervor. Ich glotzte ihr ratlos hinterher. Wenn ich allein mit ihr hierhergefahren wäre, würde ich ihr hinterherschwimmen. Auch nackt. Wenn schon, denn schon. Aber ich war ja nur mitgefahren, hinten im Opel. Die beiden anderen würden gleich wieder auftauchen und vor denen wollte ich wenigstens noch meine Shorts anbehalten. Sie waren behaart, sie hatten Muskeln, sie waren Männer. Sicher hatten sie auch dickere Pimmel. Ich wollte es gar nicht wissen. Sie waren mir in jeder Beziehung überlegen.

Ich stand auf, ging durch die Hütte nach hinten und pisste an einen Baum. Grillen zirpten und die Mücken gingen sofort auf mich los. Scheiß Biester, es gab wohl keinen Fleck auf dieser Erde, wo nicht irgendein Spielverderber lauerte.

Ich nahm mir eine Büchse Cola aus dem Kühlschrank und wollte nicht verpassen, wie Sanne wieder aus dem Wasser rauskam. Aber sie war noch weit draußen, ihr Kopf ein kleiner Punkt mitten im See. Ich setzte mich an den vorderen Rand des Steges, öffnete die Büchse und trank. Für Minuten war es wieder so, als wäre ich allein mit ihr. Ein richtig schöner Gedanke war das. Mit dem Wagen hierherfahren, baden, träumen, sich lieben. Endlich lernen, wie es ist, kein Kind mehr zu sein.

Von rechts tauchte das Ruderboot auf. Durch das sich wiegende Schilf hindurch sah ich es wie einen undeutlichen, kriechenden Schatten. Die beiden hängten sich mächtig rein und hielten auf sie zu. Immer wieder drehten sie die Köpfe und korrigierten den Kurs, als müssten sie sich beeilen, um ihre Beute nicht zu verpassen. Sanne war umgekehrt und wollte wohl zurückkommen. Sie kraulte und ihr Schwimmstil war gut. Aber sie war noch weit draußen und die beiden im Boot sehr schnell. Sie schnitten ihr den Weg ab, und ich hörte, wie sie ihr etwas zuriefen und lachten.

Warum war sie nur nackt in den See gestiegen, dachte ich. Jetzt war nichts mehr zwischen ihr und Pauls gierigen Augen. Die beiden umrundeten sie mehrmals und sie spritzte Wasser zu ihnen hoch ins Boot.

Also bereitete es auch ihr Vergnügen. War es ein Jux, nichts als ein großer Spaß. Das Boot neigte sich und ich sah, wie sie von den beiden aus dem Wasser ins Boot gehoben wurde. Wahrscheinlich konnte sie nicht mehr. Sie saß im Heck und zog die Beine an ihren Körper. Kralle und Paul ruderten wieder. Sie nahmen aber nicht Kurs auf die Hütte, sondern wendeten und verschwanden bald wieder rechts hinter dem Schilf. Ich hörte, wie sie zurück ins Wasser sprang, und weil ich sie nicht mehr sehen konnte, ließ ich mich vom Steg in den See gleiten und schwamm hinaus. Das Wasser war verteufelt kalt und betäubte mich für einen Moment. Ich fühlte Gräser an meinem Bauch und den moorigen Boden unter den Füßen. Vor dem Schilfgürtel sah ich das Boot wieder. Sie zogen Sanne wieder aus dem Wasser, jeder der beiden packte einen ihrer Arme. Sie lachten, aber ich glaubte erkennen zu können, dass Sanne nicht mitlachte. Nun ruderte nur noch Paul. Kralle setzte sich zu ihr ins Heck und umarmte sie, als wollte er sie trösten. Vielleicht wollte er sie auch nur festhalten. Ich schwamm weiter hinaus, doch das Boot entzog sich immer mehr meinem Blick. Der See hatte die Form einer gebogenen Wurst und das Bootshaus lag im oberen Drittel der Krümmung.

Was wollten sie nur dort hinten? Soweit ich wusste, war da nur Wald und etwas später kam ein öffentlicher Badeplatz, den aber nur Leute aus den umliegenden Dörfern besuchten. Eine Weile schwamm ich hinterher, aber es war sinnlos, ich fror schon jetzt so sehr, dass meine Zähne klapperten, wenn ich sie nicht entschlossen zusammenbiss. Zurück am Steg fühlte ich mich wie ein Schiffbrüchiger und einziger Überlebender einer Katastrophe. Ich zog die Badeshorts aus, wrang sie so gut es ging aus und legte sie auf das warme Holz. Ich hatte nur diese eine Hose dabei und wollte sie trocknen lassen, bis die anderen wiederkamen. Mein Pimmel war vom kalten Wasser so klein geworden, als wollte er sich demnächst in Luft auflösen. Beim Nacktbaden würde ich wohl nie eine erobern.

Jede Minute erschien mir wie eine Ewigkeit, und ich versuchte mir vorzustellen, was die zwei auf dem Boot mit ihr vorhatten. Wie sie sie anfassen und auslachen würden. Dabei war Kralle ihr Freund, sie schlief mit ihm, und mit Paul hatte sie schließlich auch mal was gehabt. Also war es doch nur ich, der sich jetzt weiß Gott was zusammenreimte. War ich eifersüchtig? Fühlte sich so Eifersucht an? Ich war wütend, aber nur, weil ich hier herumhocken musste und ausgeschlossen worden war. Nicht dazugehörte. Nicht zusehen konnte, wie andere lebten, um mir etwas abzugucken für später, wenn der Startschuss fiel und sich die Türen für mich öffnen würden. Bertram Maier, ihr Auftritt.

Nachher werden sie sicher gemütlich heranrudern und so tun, als wäre nichts gewesen. Keiner wird mir irgendetwas von dem erzählen, was geschehen war, auch sie nicht. Selbst wenn nichts von Bedeutung geschehen war, würden sie mich nur hämisch angrinsen und mich hängen lassen. Meine Fantasie würde Purzelbäume schlagen und nicht eine Prise Wahrheit und Wirklichkeit werden sie mir gönnen, um sie zu besänftigen. Warum auch, ich gehörte doch irgendwie nicht zu ihnen.

Ich streckte mich auf dem Steg, verschränkte die Arme im Nacken und ließ die Sonne meinen unterkühlten Körper wärmen.

War es nicht auch gut, jetzt allein zu sein? Ich drehte mich auf den Bauch und betrachtete den nassen Fleck, den ich hinterlassen hatte. Rasch trocknete er weg. Das warme Holz unter mir fühlte sich gut an. Es sorgte sogar für eine schwache Erektion.

Na, Alter, zurück unter den Lebenden?, begrüßte ich meinen Pimmel.

3

Ich wurde nervös.

Die Warterei nervte, ich fand komisch, was gerade geschah. Ich setzte mich auf, ging herum, legte mich wieder hin, trank etwas, blätterte in Sannes Buch, aber es stand nur Schwachsinn darin, und ich wunderte mich, wie sie das nur lesen konnte. Meine Shorts waren schnell wieder trocken geworden und ich zog sie an. Hätten sie das Segelboot genommen, könnte ich jetzt mit dem Ruderboot rausfahren und sie suchen. Aber das hatten sie ja nicht. Ich könnte im Wald am See entlanglaufen und nach ihnen suchen. Doch die verdammten Mücken würden mich auffressen, noch bevor ich irgendwo war. Ich war auf diesem Steg wie festgenagelt und vielleicht wollten sie das sogar. Mich hier wegsperren. Wenn meine Eltern Sex haben wollten, verriegelten sie die Schlafzimmertür und hängten eine Kappe vor das Schloss. Meine kleinen Schwestern wollten immer durchs Schlüsselloch spähen, ich nicht. Sie fragten mich Löcher in den Bauch über das, was da drin geschah, und ich erzählte ihnen allen möglichen Schwachsinn, bis mich der Schulpsychologe darauf ansprach, weil meine Eltern Angst bekommen hatten, dass ich mich nicht richtig entwickeln würde. Aber was ist schon richtig? Hier auf diesem dreimal verfluchten Steg zu stehen und später so zu tun, als wäre alles in schönster Ordnung?

Das wurde wohl von mir verlangt. Der Schulpsychologe gab auch erst Ruhe, als ich ihm all das sagte, was er von mir hören wollte. War gar nicht schwer, so wie alles auf der Schule. Er sagte mir Halbsätze vor und ich ergänzte sie dann. Es war wie ein Spiel. Sicher hat er sich danach großartig gefühlt. Toll, wieder habe ich einem Schüler entscheidend helfen können. Dabei hatte er mich nur einer weiteren Illusion beraubt. Der Illusion, dass es da draußen Leute gäbe, die irgendetwas von alldem verstanden, was wir die Welt nannten.

Ich hörte Sannes Stimme. Sie sprach ruhig und gefasst. Das Boot war schon nahe am Ufer, als es den Schilfgürtel umrundete und zum Steg abbog. Sanne saß entspannt hinten im Heck, die Arme lässig auf den Bootsrand gelegt. Es fiel eigentlich gar nicht weiter auf, dass sie nichts anhatte. Kralle ruderte sehr geschickt heran. Ich stand auf und ließ mir die Bugleine zuwerfen.

„Wo ist Paul?", rief ich ihnen zu.

„Ausgestiegen", sagte Kralle.

„Wieso ausgestiegen?"

„So halt."

Da waren sie also, die Antworten, mit denen ich nichts anfangen konnte. Ich half Sanne beim Aussteigen.

„Geht's dir gut?", fragte ich sie.

„Klar."

Ihre Hand war ganz kalt und ich sah die Gänsehaut, die die feinen Haare auf ihrem Unterarm wegstehen ließen. Ihre Brustwarzen ragten wie Spitzen nach vorne.

„Was hast du gemacht?", fragte mich Kralle. „So ganz allein?"

„Was soll ich gemacht haben? Hier kann man nicht viel machen. Wo wart ihr eigentlich?"

„Rudern."

„Nur rudern?"

„Was noch?" Kralle sah mich an, als hielte er mich für einen kompletten Idioten. Sanne war inzwischen in der Hütte verschwunden.

„Sag schon, was war?", sagte ich. „Hat es Streit gegeben?"

„Wie kommst du da drauf? Warum sollten wir streiten?"

„Warum man halt so streitet."

„Haben wir aber nicht."

„Wo ist Paul?"

„Unterwegs ausgestiegen."

„Baden gegangen?"

„Wer aus einem Boot aussteigt, kann nur baden gehen." Kralle fand seine Antwort witzig.

„Und ihr habt nicht gestritten?"

„Warum ist dir das so wichtig?"

„Ich will es halt wissen."

„Da gibt es nichts zu wissen."

„Du kannst es mir doch sagen."

„Was soll ich dir sagen ...?"

„Ob es was gegeben hat zwischen euch, Paul und dir ..."

„Scheiß."

„Vielleicht wegen Sanne."

Endlich reagierte er. Ihr Name war das Stichwort gewesen. Kralle wandte sich ab und bugsierte das Boot zurück in die Hütte. Es fiel mir auf, wie er sich dabei anstellte. Er wirkte fahrig und wütend. Ob er sauer wegen meiner Fragerei war? Oder auf Paul? Sanne kam heraus, trug das schwarze Castrol-Shirt und einen Slip. Sie stellte sich in die Sonne und bürstete ihr Haar.

„Ich hab mir schon Sorgen gemacht", sagte ich.

„Warum denn?"

„Na, es sah ziemlich komisch aus, wie sie dich da aus dem Wasser gefischt haben."

„Wieso sah es komisch aus?"

„Als ob es dir nicht recht war."

„Ja?"

„Ja. Viel hattest du ja nicht an und da sieht es dann schon ein wenig komisch aus."

„Ach ja?"

„Ja." Ich nickte und meine Augen flehten sie um eine Antwort an. Eine richtige Antwort, nicht dieses Hin und Her sinnloser Worte.

„Du brauchst dir keine Sorgen um mich zu machen, ich komm schon zurecht."

Das war eine Abfuhr. Sie knallte die Tür vor mir zu. Ich spürte, sie war jetzt wieder so weit weg von mir wie eh und je. Vorhin allein auf dem Steg waren wir uns einen kurzen Moment nahe gewesen, doch jetzt standen wir wieder jeder an seinem Platz und alles war anders geworden. Türen gingen auf und fielen wieder zu, und ich wusste noch nicht, warum es geschah. Kralle streckte seinen Kopf aus der Hütte und rief:

„Kleiner, noch ein Bier?"

„Danke", sagte ich, „hab mir 'ne Cola genommen ... Danke."

Kralle nickte und verschwand wieder im Dunkeln. Sanne bürstete ihr Haar, wandte sich plötzlich ab und eilte hinein. Ich kapierte nicht, bis ich ein Federn im Steg spürte und sah, dass sich Paul daran festhielt. Er musste ganz leise herangeschwommen sein.

„Ziemlich kalt, finde ich", rief ich ihm zu, aber er verharrte nur still im Wasser und rührte sich nicht. Er hatte etwas Drohendes an sich. Dann schwang er sich hoch auf den Steg, prustete und streifte sich die nassen Haare in den Nacken. Er war nackt.

„Wo ist deine Badehose?", fragte ich ihn ziemlich verstört.

Er beachtete mich nicht. Als wäre ich Luft. Paul stand auf, müde, schwerfällig, sah an mir vorbei und ging hinein. Ich wich ihm aus. Er war ziemlich dick, schwammig, aber auch kräftig. Wie ein Tier, ein Klotz. Sein weißer Hintern leuchtete wie ein Witz und wirkte ungewöhnlich klein. Wieso hatte er keine Hose mehr an?, fragte ich mich, aber auch das war so eine von den Fragen, die ich keinem stellen konnte, weil sie mir niemand beantworten würde. Sein Ding hatte ich mir nicht angesehen. Es war mir zuwider, mich ekelte davor. Der ganze Kerl ekelte mich an.

Wieder saß ich allein auf dem Steg. Warum nahmen sie mich überhaupt mit? War ich ein Maskottchen für sie? Ein scheiß Anhängsel? Etwas, das normalerweise am Rückspiegel baumelte? Sanne kam heraus. Wahrscheinlich, weil Paul jetzt drin war. Erst stellte sie sich neben mich, dann setzte sie sich hin. Ich sah sie an. Ihr Profil mit der kleinen Nase, die herabfallenden Locken, die Augen versteckt hinter der Sonnenbrille, alles erschien mir wie ein großes Mysterium.

„Na?", sagte ich. Ich musste immer quatschen. Auch wenn es gar nichts zu quatschen gab. Ich hasste es, still zu sein, wenn mir Fragen auf der Seele brannten.

„Na", antwortete sie.

„Schön hier."

„Friedlich."

„Friedlich", wiederholte ich.

Ich betrachtete ihre Arme und Beine, als suchte ich nach Spuren, Hinweisen, Andeutungen. Ich fand aber keine neuen Flecke, denen ich irgendwelche Ereignisse zuordnen konnte. Also schickte ich meinen Blick wieder über den See. Gegenüber, vielleicht fünfhundert Meter entfernt, gab es noch ein Bootshaus und einen Steg. Da waren jetzt auch Badegäste. Kinder spielten im Wasser.

„Warum hatte er keine Hose mehr an?", fragte ich sie.

Erst sagte sie nichts. Als ich die Hoffnung auf eine Antwort schon aufgegeben hatte, meinte sie: „Nacktbaden ist doch schön."

Ich wäre am liebsten laut geworden, aber ich riss mich zusammen. „Das ist der einzige Grund? Paul schien wütend zu sein, als er hier ankam."

Sie lächelte einen kurzen Augenblick lang, dann verschwand ihr Lächeln, als wolle sie nichts mehr von sich verraten.

„Solltest du auch mal probieren", sagte sie.

„Ja, ja."

Lieber sollte sie gar nichts sagen, als so einen Mist.

Es polterte und Paul schrie in der Hütte herum.

„Du Scheißkerl!", rief er. „Du verdammter Scheißkerl! Es war eine Vereinbarung und sie gilt ..."

Kralle sagte auch was, aber leiser, ihn konnte ich nicht verstehen.

„Was ist jetzt wieder los?", fragte ich sie. „Keiner sagt mir, was gerade abgeht. Und da ist doch was."

„Sei froh, wenn du nichts weißt."

„Warum soll ich darüber froh sein?"

„Ich wäre froh."

„Ja?" Es erstaunte mich.

Sanne nickte, dann hob und schüttelte sie den Kopf, um die Locken aus ihrem Gesicht zu vertreiben. Der Wind half ihr dabei und sie schloss kurz die Augen.

In der Hütte ging der Streit weiter. Die beiden diskutierten heftig.

„Worum geht es?", fragte ich.

Sanne legte nur ihren Kopf in den Nacken und hielt ihr Gesicht in die warme Sonne. Mir würden sie es auch in hundert Jahren nicht erzählen, dachte ich.

„Wir hätten uns lieben können", sagte sie.

„Was meinst du?"

„Vorhin war ein besonderer Moment gewesen. Solche Momente sind selten."

„Ja?"

„Ja."

Ich wusste nicht, was sie meinte, ein wenig glaubte ich es zu ahnen, aber ich stellte mich trotzdem lieber dumm. Vielleicht irrte ich mich ja auch, und ich wollte es nicht in Andeutungen hören, sondern von ihr bestätigt bekommen. Manche Erfahrung musste erst bestätigt werden, bevor man sie annehmen konnte. Bevor man sie glaubte. Ich glaubte gar nichts. Ich wollte es lieber handfest.

Sie tat mir aber nicht den Gefallen, sondern schwieg. Sie war nicht mein Mädchen, also was soll's? Ich legte mich wieder auf den Rücken, aber der Himmel über mir interessierte mich jetzt nicht mehr. Eines Tages wird es schon passieren, was auch immer, ich musste nur warten, ein wenig Geduld haben. Mittlerweile klang es in der Hütte so, als würden sich die beiden schlagen. Es klatschte, rumpelte und man hörte die beiden schwer atmen. Sie brüllten aber nicht mehr, das war komisch. Sie machten sich wohl schweigend fertig, konnte das sein? Ich stand auf, wollte nachsehen, fragen, beruhigen, aber vor allem wollte ich meine Neugier befriedigen.

„Bleib", sagte Sanne.

„Warum?"

„Ist besser so."

„Warum?"

„So halt."

Unentschlossen stand ich da.

„Ist besser so", wiederholte sie.

Ich hockte mich neben sie.

„Warum schlagen sich die beiden Idioten da drin?", fragte ich.

„Ich weiß nicht."

„Du weißt es sehr gut."

„Vielleicht."

Sanne sah nur geradeaus, über den sich im Wind wiegenden Schilf und den See hinweg. Ihr Blick versickerte irgendwo am Horizont und sie war sehr schön in diesem Augenblick. Ich ging also nicht hinein und fragte nicht mehr weiter. Es war auch still geworden, und ich rechnete damit, dass die beiden gleich mit einem Bier herauskommen würden.

„Sie haben sich wieder beruhigt", sagte ich.

Sanne hielt die Augen geschlossen.

„Ist doch idiotisch, sich zu streiten", redete ich weiter.

Sie zog die Beine an und setzte sich in den Schneidersitz. Sie legte ihre Handrücken auf die Knie und berührte mit den Zeigefingern die Daumen. Ihre Augen hatte sie dabei nur ganz kurz geöffnet. Ich musste grinsen, als sie anfing, eine Melodie zu summen. Aber dann dachte ich, sie hatte recht. Sie dachte nicht immerfort an andere, was sie tun und warum sie es tun. Es war ein warmer Tag und ich war hier in ihrer Nähe, also war es gut. Gerade als ich mich auch in den Schneidersitz setzen wollte, kamen die beiden raus. Jeder hatte eine Dose

Bier in der Hand und ihre Gesichter wirkten völlig entspannt.

„'n Bier, Bobo?", fragte Kralle.

„Ne, lass mal", antwortete ich.

Kralle setzte sich hinter Sanne, als wollten sie gemeinsam Motorrad fahren. Er ließ sich seufzend fallen, der Steg wackelte. Paul verzog sich ganz ans vordere Ende, so als ob er uns meiden wollte. Mir war es nur recht.

„Alles klar, Großer?", fragte Kralle und lächelte mich an.

Ich sah seine geschwollene Unterlippe und er musste auch aus der Nase geblutet haben.

„Und bei dir?"

„Alles Roger."

„Was war denn?"

„Vergiss es, da war gar nichts."

Kralle umarmte Sanne und fasste ihr ganz ungeniert an den Busen. Er streichelte sie zärtlich und sie ließ ihren Kopf zurück auf seine Schulter fallen. Sie hob ihre Arme, griff nach hinten an seinen Kopf, zog ihn zu sich und küsste ihn.

„Bleiben wir noch lange hier?", fragte sie.

„Möchtest du schon gehen?"

„Weiß nicht ... vielleicht."

„Es ist schön hier."

„Ja."

„Ja", wiederholte ich. Es war ein völlig überflüssiges Wort. Es war ein Ja, das einer sagte, der nur danebensaß.

Kralle nahm einen Schluck und auch Sanne trank aus seiner Büchse. Ihre säuerlichen Bierfahnen wehten zu mir herüber. Paul zerdrückte seine Dose. Das Knacken war sehr laut. Plötzlich schrie er, es klang wie ein Befreiungsruf, ein gellender Brunftschrei, eine Mischung aus Lust und Wahn und Absurdität. Er warf die zerdrückte Büchse in hohem Bogen ins Schilf. Ich dachte, Kralle würde jetzt sicher protestieren, aber Kralle grinste nur.

„Ist es wieder gut?", sagte Sanne zu ihm.

„Hm."

„Schön", sagte sie und kuschelte ihren Kopf an seine Schulter.

Sie hatten sich also gestritten und wieder versöhnt, und jetzt hockten wir hier rum und alles war gut. Für mich war nichts gut. Für Paul wahrscheinlich auch nicht. Der saß da wie auf Entzug.

„Gehen wir schwimmen?", fragte Kralle. Aber mich bezog er dabei nicht mit ein. Die Frage galt ausschließlich ihr.

„Möchtest du?"

„Ja, irgendwie ..."

„Es ist kalt", sagte ich.

Die beiden sahen mich so mitleidig an, dass ich rot wurde. Sie standen auf und gingen in die Hütte. Ich blieb sitzen und fühlte mich allein mit Paul auf dem Steg nicht wohl. Der Kerl hatte eine unangenehme Ausstrahlung. Wie ein Komposthaufen im Sommer. Umso näher man kommt, desto mehr beginnt es zu stinken. Ich hörte, wie Sanne und Kralle in der Hütte lachten. Es war jenes Lachen, mit dem sich Liebende verständigen. Ich legte mich wieder auf den Rücken und starrte in den Himmel. Es war Abend und das Blau verlor langsam sein Leuchten. Ich verschränkte die Hände hinter dem Kopf.

Kralle und Sanne liefen neben der Hütte am Steg vorbei ins Wasser. Sie waren nackt und ich beneidete Kralle um seine Selbstsicherheit. Ich beneidete ihn um sein Mädchen, sein Lächeln, seinen athletischen Körper und seinen Pimmel, den das kalte Wasser ganz offensichtlich nicht einschüchtern konnte. Man hätte mir sein Leben schenken können und ich hätte die Rolle, die er spielte, gar nicht füllen können. Ich saß schon am richtigen Platz, oben am Steg, aber ich brannte einmal mehr darauf, die Seiten wechseln zu dürfen. Sie ließen sich ins Wasser fallen, kraulten hinaus, neckten sich, küssten sich und wahrscheinlich fummelten sie auch unter der Wasseroberfläche aneinander herum. Ich würde es jedenfalls machen.

Paul drehte sich um und sah mich an. Sein Blick gefiel mir nicht. Das war einer jener Mir-ist-gerade-langweilig-Blicke, bei denen einer wie ich schnell zum ersehnten Zeitvertreib werden konnte. Mit Paul wollte ich mich nicht schlagen. Das wäre kein fairer Kampf. Ich war zwar gelenkig und ein guter Sprinter beim Fußball, aber gegen schiere Kraft und Masse hatte ich keine Chance.

„Jobst du eigentlich?", fragte mich Paul.

„Wieso?" Mit dieser Frage hatte ich nicht gerechnet.

„Nur so."

„Manchmal."

„Was denn so?"

„Weiß nicht, dies und das."

„Sag halt."

„Warum willst du das wissen?"

„So halt, interessiert mich eben."

Jetzt stand der Kerl auch noch auf und kam zu mir rüber. Ich wäre am liebsten ins Wasser gesprungen und den beiden hinterhergeschwommen. Aber die konnten jetzt sicher ganz gut auf mich verzichten. Paul ging an mir vorbei in die Hütte.

„Auch noch 'n Bier?", fragte er mich.

„Ne, lass", sagte ich.

Ich hörte, wie er innen den Kühlschrank wieder zuwarf. Er kam raus und setzte sich neben mich, als wären wir die besten Freunde. Er hielt mir eine Dose Bier hin. Ich schüttelte den Kopf.

„Nun nimm schon, stell dich nicht so an. Willst du ewig 'n Kind bleiben?"

Er wackelte mit der Dose vor meinem Gesicht herum und ich nahm sie, öffnete sie und trank einen Schluck. Es schmeckte ganz gut und schickte eine angenehm warme Woge hoch zu meinem Kopf, die mich etwas entspannte und die Angst vor diesem Kerl dämpfte.

Paul warf den Verschluss wieder ins Schilf.

„Muss das sein?", fragte ich genervt, als ob die Hütte irgendwas mit mir zu tun gehabt hätte.

Er lachte und rülpste. Ich hätte nichts sagen sollen. Wenn du nichts tun kannst, hältst du besser den Mund. Er trank in hastigen, gierigen Schlucken.

„Also, was ist jetzt?", sagte er.

„Was meinst du?"

„Job und so, kann mir nicht vorstellen, dass du keine Geldsorgen hast?"

„Wer hat die nicht?"

„Ich hab kaum Geldsorgen."

„Ach ja? Du jobbst doch auch nur rum", sagte ich und sah ihn ausnahmsweise mal an. In seinem Gesicht schienen sich tausend wunderliche Gedanken zu spiegeln.

„Kommt eben drauf an, was du machst", grinste er mich an.

„Und was machst du?"

„Dies und das. Ergibt sich ..."

„So geht's mir auch." Ich winkte ab. Blödes Gerede, dachte ich.

„Du hast doch so 'ne Kamera."

„Was für 'ne Kamera?"

„'ne Videokamera."

„Schon." Oh Gott, dachte ich, er will sie sich also ausleihen, aber wenn es einen Menschen auf dieser Erde gab, dem ich meine schöne Videokamera ganz bestimmt nicht leihen würde, dann war es Paul.

„Willst du in den Urlaub fahren?"

„Scheiß. Würde ich in den Urlaub fahren, müssten Mädels mit, aber nicht so 'ne Kamera. Bin doch nicht so 'n bescheuerter Spießer."

Ich lachte, weil er lachte. Dann trank ich einen zweiten und dritten Schluck und wusste, schon der vierte würde mir nicht mehr guttun. Ich stellte die Dose zur Seite. Vielleicht fiel sie ja mal um oder ich bekam die Gelegenheit, das restliche Bier in den See zu schütten.

„Kralle hat mir erzählt, dass du gut bist mit dem Ding."

„Hat er das?" Jetzt machte mir dieser Sack auch noch Komplimente.

„Du willst mal auf die Filmhochschule oder so."

Ich nickte.

„Du kennst dich richtig aus, hat er gesagt. Fast wie 'n Profi."

Als Kind hatte ich fotografiert und die Bilder selbst entwickelt und abgezogen. Doch dann war ich der Videofilmerei verfallen. Ich experimentierte, schnitt, vertonte, bearbeitete. Wenn ich Geld hatte, steckte ich es in irgendwelche Projekte. Ich hatte nur selten Geld. Ich war der große Nervtöter, weil ich alle möglichen Leute anhaute, für mich zu spielen. Paul würde ich nie anhauen.

„Es ist halt ein Hobby", sagte ich und hasste dabei das Wort Hobby. Ein Schrebergarten ist ein Hobby, Seidenmalerei und Bergsteigen sind Hobbys, meine Filmerei aber war viel mehr. Es war meine Art, mich der Welt zu stellen. Nämlich mit einer Kamera dazwischen.

„Du schneidest auch, machst Musik drüber und all das."

Ich nickte.

„Find ich stark."

Ich stutzte. Seine zusammengekniffenen Schweinsäuglein wirkten plötzlich ganz freundlich und offen.

„Echt?", fragte ich. „Ich wusste nicht, dass du dich für die Filmerei interessierst ..."

„Na ja, jetzt schon. Hab da nämlich was am Laufen."

„'n Job?"

„'ne Idee. Kannst du auch Kassetten kopieren?"

„VHS halt."

„Was anderes brauche ich nicht."

„Beim Fernsehen verwenden sie Beta." Ich war froh, mal was zu wissen. Aber es interessierte ihn nicht, er winkte nur ab.

„Fernsehen ist doch Scheiße", sagte er. „Fernsehen kannste vergessen."

Er trank aus, zerdrückte die Dose und wollte sie nach hinten ins Schilf werfen. Ich hielt ihm meine offene Hand hin.

„Lass das", sagte ich. „Kralle kriegt wirklich Ärger mit seinem Alten."

„Ach, der soll sich nicht so haben ..."

Er drückte mir die verbeulte Dose in die Hand, umschloss meine Hand mit seiner und drückte zu. Die Dose knackte und der Schmerz schoss mir wie ein Blitz in den Kopf.

„Da haste deine Dose", sagte er und stand auf. „Ich hol mir jetzt was zu rauchen."

Ich schüttelte meine Hand aus und verfluchte diesen Mistkerl. Dann nutzte ich die Gelegenheit und leerte mein Bier in den See. Kralle und Sanne waren nicht mehr zu sehen. Sie mussten abgebogen sein. Paul tauchte auch nicht mehr auf und mir wurde langweilig. Ich stieg vom Steg runter ins seichte Wasser und spazierte darin herum. Der Boden war weich, und ich versank bis zu den Knöcheln im Schlamm. Ich fand es scheußlich kalt und fühlte mich allein. Gegenüber stand die Sonne knapp über den Wipfeln der Bäume und leuchtete so blutrot, wie sie es nur selten tut. Sie wäre ein schönes Motiv gewesen, doch Sonnenuntergänge hatte ich schon genug im Archiv. Als Zoom, als Tele, als Zeitraffer, im Winter, Sommer, ich hatte vergeigte Schwenks und schräge Freihandaufnahmen. Ich hatte alles. Es ist das, was du filmst, wenn du allein bist. Durch Paul begann ich wieder, alles wie durch einen Sucher zu sehen. Manchmal glaubte ich, ich würde zwanghaft handeln.

Wenn ich den Fuß hob, tropfte der Schlamm seitlich herunter. Es hieß, dass es in diesem See auch Blutegel gab, und sie hatten darum Salz in der Hütte. Wenn man es auf die Blutegel streute, ließen sie los. Allein der Gedanke daran war schon eklig. Ich stellte mir vor, wie Paul mit einem Blutegel an seinem Schwanz aus dem Wasser gesprungen kommt und schreit. Sanne würde wahrscheinlich umkippen. Nur Kralle würde ruhig bleiben. Er war hier aufgewachsen. Wenn du als Kind draußen sein durftest, war alles ganz anders. Vielleicht hatte er ja deshalb einen so athletischen Körper, obwohl er kein bisschen trainierte. Er hatte ihn geschenkt bekommen, so wie er eines Tages diese Hütte hier geschenkt bekommen würde. Einfach so.

Ich hörte Stimmen und war überrascht. Kralle und Sanne waren offenbar am Ufer zurückgelaufen. Sie wechselten mit Paul ein paar Worte und ich hörte sie lachen. Alle hatten also wieder gute Laune. Ich setzte mich auf den Steg. Meine Füße brannten vor Kälte und binnen Minuten verlor die Sonne all ihre Kraft. Die Farben wurden stumpf und die ersten Mücken eroberten den Steg. Solange die Sonne ihn erwärmte, blieben sie hinter der Hütte im Wald. Aber wenn das Licht verlöschte, kamen die Biester in Scharen heraus. Eine erschlug ich auf meinem Oberschenkel, aber sie hatte mich bereits gestochen und hinterließ einen roten Fleck. Ich schnippte ihre Reste ins Wasser.

Sanne stand in der Tür und sah mich an. Sie rubbelte sich das Haar trocken und hatte sich bereits angezogen.

„Wir fahren dann", sagte sie.

„Gut."

„Was hast du gemacht?"

„Nichts. Mit Paul geredet."

„Ja?"

„Ja." Sicher wunderte sie sich darüber.

„Du hättest noch mal reingehen sollen. Es ist schön."

„Es ist kalt."

„Aber nein."

Wahrscheinlich war es warm, wenn man sich aneinander festhielt. Warst du allein, war es kalt.

„Die Mücken kommen", meinte ich.

„Bobo, zieh dich an, wir wollen fahren", rief Kralle aus der Hütte.

„Ja."

Ich ging hinein und zog mich an.

4

Es war fast dunkel, als wir wieder im Wagen saßen. Paul wollte unbedingt fahren. Als ich es mitbekam und sah, wie er sich auf den Fahrersitz fallen ließ, versank ich in der Rückbank. Es passte mir nicht, dass er fuhr. Sanne gefiel es wohl auch nicht, denn sie sagte: „Oh Mann, es wird mir nur wieder schlecht werden."

„Er hat versprochen, nicht so zu rasen", sagte Kralle.

„Einen Scheißdreck habe ich", sagte Paul.

„Kralle fährt ja auch immer letzte Rille", sagte ich, aber es hörte mir keiner zu. Als wir die Türen zuschlugen, sahen wir die vielen Mücken, die innen an den Scheiben tanzten. Mit den Handtüchern aus unseren

Badetaschen machten wir uns auf die Jagd. Die Tücher waren so feucht, dass sie Flecken auf den Fenstern hinterließen. Wir schlugen herum und hauten uns die Handtücher auch über die Köpfe. Wenn sich einer beklagte und „Aua!" rief, behaupteten wir, da wäre gerade eine Mücke gewesen. Es war aber nur eine wilde Balgerei.

Paul startete den Motor und mit wimmerndem Rückwärtsgang bugsierte er den Wagen hinaus auf den Feldweg, der hoch zur Straße führte. Der Weg war eigentlich für Autos gesperrt, aber Kralle fuhr ihn immer hinunter an den See. Warum laufen? Sein Vater fuhr ihn nur, wenn er etwas zu transportieren hatte, was er nicht tragen konnte. Was zu schwer war oder zu sperrig. Es musste immer einen triftigen Grund für alles geben, was man tat. Kralles Vater war so prinzipienfest wie ein Betonklotz hart. Er war schon alt, über sechzig, schätzte ich, und er war bei einer Bank. Ziemlich weit oben sogar. Kralle war sein einziges Kind. Sein Erbe, sein Stammhalter, seine Hoffnung, was wusste ich schon. Meinem Vater war ich jedenfalls nicht so wichtig. Der arbeitete bei der Führerscheinstelle und gab mir zwanzig Mark, wenn wir uns trafen. Dabei lachte er und sagte stets denselben Spruch: „Versauf es aber nicht gleich." Ich gab ihm immer dieselbe Antwort: „Nein, nein, nur ein paar Drogen." Es war unser Ritual und brachte mir nicht viel ein. Ich war mir sicher, dass er mir den Führerschein nicht bezahlen würde, wenn ich achtzehn wurde. Er war ein Knicker.

Paul trieb den Wagen so, dass ich mich fragte, ob er ihn mit Absicht kaputt machen wollte. Er drehte die Gänge, bis der Motor nur noch zu winseln schien. Mit meinem Wagen hätte er das nicht machen dürfen. Kralle schien es egal zu sein. Der saß nur daneben, als ginge ihn das alles nichts an. Sanne legte sich wieder quer auf die Rückbank, doch diesmal mit ihrem Kopf auf meinem Schoß. Ihre Füße stemmte sie gegen die Seitenscheibe, um sich abzustützen.

„Paul ist ein verdammter Idiot", sagte sie leise, so dass nur ich es hören konnte.

Ich nickte. Sie roch nach Wiese und dem Wasser des Sees. Sie roch nach einem Wesen von einem anderen Stern. Ich legte meinen rechten Arm auf die Kante zum Seitenfenster und meinen linken auf die Lehne der Rückbank. Es war nicht sonderlich bequem, aber ich traute mich nicht, sie anzufassen. Es war vollkommen dunkel im Fond, eine Schwärze, die unserem Zusammensein etwas Heimliches und Aufregendes verlieh. Oft schlingerte der Wagen und kreischten die Reifen, aber ich wusste, dass mir nichts passieren würde. Ich war gerne unterwegs. So hatte ich das Gefühl, mein altes Leben hinter mir zu lassen. Jeder Meter davon weg war ein Meter in die richtige Richtung.

Plötzlich rutschte der Wagen seitlich weg, ich hörte, wie ein Leitpfosten gegen den Kotflügel schlug und sah, wie er am Fenster vorbei in den Wald flog.

Paul ruderte am Lenkrad und ich hatte nicht den Eindruck, dass er viel Ahnung vom Autofahren hatte. Kralle hielt sich am Griff über der Tür fest, und ich spürte Sannes erstaunten Blick auf mir. Ich erwartete einen Knall, aber der kam nicht. Stattdessen beruhigte sich der Wagen wieder und Paul sagte: „Das war knapp."

„Die Kurve hättest du doch sehen müssen", sagte Kralle.

„Ich hab sie gesehen, aber 'nen Tick zu spät."

„Ich hatte sie schon lange gesehen."

„Deine Scheinwerfer sind so was von Scheiße."

„Die Reflektoren sind angerostet." Kralle lachte wie aufgedreht. Das war sicher das Adrenalin, das in unser aller Adern pulste.

„Funzeln sind das!", fluchte Paul. „Gelbe Funzeln."

„Kannst die Nebellampen dazuschalten, fällt mir ein."

„Das Ding hat Nebellampen? Ich fass es nicht ..."

„Irgendwo muss ein Schalter sein." Kralle lehnte sich zu Paul und deutete irgendwohin.

Paul schaltete den Wischer ein. Mühsam quälte sich der Gummi über die trockene Scheibe und verschmierte die tausend Insekten.

„Das ist der Wischer", sagte Kralle.

„Seh ich selbst", brummte Paul.

Es klickte noch ein paar Mal, bis Paul endlich meinte: „Wow, Nebellampen, tatsächlich."

„Die linke scheint kaputt zu sein", sagte Kralle.

„Scheiß auf die linke."

Paul fuhr jetzt langsamer, er hatte seinen Mut offenbar verbraucht. Ich lachte über ihn. Was für ein lächerlicher Angeber. Nach so einem Fehler würde ich den Schwanz nicht einziehen. Fehler sind Herausforderungen, die dich nicht entmutigen dürfen. Wer nach einem Fehler klein beigibt, wird es nie schaffen. Ich hatte natürlich leicht reden in meiner Ecke hinten im Opel. Aber ich fühlte mich gut. Ich spürte Sannes Kopf. Er war nicht schwer, und ich hätte meine Hände gerne mal in ihren Locken vergraben. Ob sie mich das machen ließe? Kralle würde es kaum mitbekommen. Der müsste sich schon umdrehen und ganz genau hinsehen. Da bliebe genug Zeit, vorher die Hände wieder wegzunehmen.

Ich ließ meine rechte Hand von der Fensterkante nach unten sinken. Ich schlich mich an sie ran wie ein Dieb. Aber anders traute ich mich nicht. Vorsichtig berührte ich ihre Haare, die seitlich über meine Oberschenkel herabhingen. Ich fragte mich, ob sie es schon spüren konnte? Wie zufällig streifte ich ihren Kopf. Sie zuckte nicht weg, das nahm ich als gutes Zeichen. Ich spürte ihre Finger, sie griff entschlossen zu und zog meine Hand an ihr Gesicht. Ihre Wange fühlte sich unglaublich weich an. Mein Herzschlag beschleunigte sich, und ich streichelte ihr Gesicht mit meinen Fingern. Sie schien mir jetzt wie eine Unbekannte, von der ich noch nichts wusste. Ihre schmalen Augenbrauen kitzelten meine Fingerkuppen, und ich spürte, wie sie zwinkerte. Ihren Mund mied ich, irgendetwas hielt mich zurück, doch als ich in seine Nähe kam, drehte sie den Kopf und schnappte nach meinen Fingern. Sie hielt sie mit den Zähnen fest und saugte an ihnen. Ich musste lachen, es verwirrte mich. Es war eine stockfinstere Nacht und selbst in den wenigen Orten, die wir durchquerten, gab es kaum Licht. Als lohnte es sich nicht, die Welt um diese Zeit noch zu beleuchten. Als wäre da nichts mehr. Draußen huschten die Wälder und Maisfelder und schwarzen Gehöfte vorbei, und es war mir, als wären wir jetzt Reisende in einem summenden Raumschiff, unendlich allein.

Sanne lachte, ich spürte es deutlich. Sie verarschte mich also, hielt mich nur zum Narren. Ich zog meine Hand weg. Paul bog in eine Riesentankstelle ein, deren grelles blaues Licht in den Augen schmerzte. Diese Tankstellen schwebten wie Inseln inmitten des Nichts.

„Du kannst an keiner Tanke vorbeifahren, was?", fragte Kralle.

„Brauch jetzt was", sagte Paul.

„Tanke ist gut", meinte Sanne.

„Musst du Pipi?", fragte Kralle. Sie ignorierte die Frage.

Wir stiegen alle aus und gingen in den Shop, er war groß wie ein Supermarkt. Wir stellten uns in die Cafeteria-Ecke an einen runden Tisch. Wir kauften uns Kaffee und Bier, und Sanne verschwand im Klo. Wir blinzelten alle, hatten Probleme mit dem grellen Licht und sahen richtig verschlafen aus. Kralle reichte Zigaretten und wir steckten uns eine an.

Sanne kam zurück.

„Wie wär's mit Croissants?", fragte Kralle.

„Ja, Schoko", sagte Sanne.

„Du?", fragte mich Kralle.

„Auch", sagte ich.

„Ist doch Dreck", schüttelte Paul den Kopf, wandte sich ab und schlurfte hinüber zu den Zeitschriften. Seinen Kaffee nahm er mit. Kralle stellte sich an der Kasse neben der Theke an. Sanne nippte am Kaffee, als wollte sie nur ihre Oberlippe befeuchten. Immer wieder sah sie mich dabei an, und ich musste unsicher grinsen, wenn sich unsere Blicke trafen.

„Hat er dich gefragt?"

„Wer? Kralle?"

„Paul."

„Paul?"

„Ja."

„Was?"

„Hat er dich gefragt?"

„Er hat mich was gefragt, ja."

„Und? Wirst du es machen?"

„Ich weiß nicht ..."

„Du bist unsicher?"

„Eigentlich nicht."

„Kann ich verstehen."

„Ja?"

„Ja." Sie nickte, zwinkerte mir zu und tauchte ihre Oberlippe in den Kaffee. Ich wusste nicht, was sie mit ihren Fragen bezweckte, wollte aber nicht mehr nachhaken. Ich hatte das Gefühl, je mehr Fragen ich stellte, desto weniger erfuhr ich. Kralle kam mit den Croissants. Sie waren warm und die Schokolade blieb in den Mundwinkeln hängen, wenn man hineinbiss.

„Ich hab ihn gefragt, ob ihn Paul angesprochen hat", sagte Sanne.

„Und? Was sagt er?", meinte Kralle. Er sprach von mir in der dritten Person, obwohl ich doch danebenstand.

„Er zögert", sagte Sanne.

„Klar ... Ist irgendwie ... klar." Kralle klopfte mir freundschaftlich auf die Schulter.

„Ich werde sie ihm nicht leihen", sagte ich.

„Was?", fragte mich Kralle.

„Die Kamera, er kennt sich eh nicht damit aus."

„Paul wollte sich deine Kamera leihen?"

„Ja."

„Er hat also gar nicht gefragt." Sanne lachte. „Das ist typisch."

„Dann weißt du es noch gar nicht?"

Ich sah Kralle an. Er wirkte amüsiert.

„Nein", sagte ich. „Was?"

„Ja, dann."

„Vielleicht teilt es mir mal einer mit", murmelte ich. Viel Hoffnung hatte ich nicht.

Paul kam zurück, warf ein paar Zeitschriften auf den Tisch. Obenauf lag der Playboy. Penthouse fand ich besser. Aber die Tussi auf dem Titel war gut.

„Du hast es ihm nicht gesagt", fuhr Kralle Paul an. Auf seiner Stirn bildeten sich Fältchen.

Paul schwieg, blätterte einhändig in der obersten Zeitschrift und schüttete den Rest Kaffee in sich hinein, der noch in seinem Pappbecher schwappte.

„Lasst uns abhauen", brummte er.

„Fahr du jetzt", sagte Sanne zu Kralle.

„Okay."

Mir war es auch lieber, wenn Paul nicht mehr fuhr.

Nach der Pause in der Tankstelle waren alle müde. Jeder lehnte sich an seine Seite und keiner sagte mehr ein Wort. Nur Kralle musste wach bleiben, denn er fuhr ja. Der Wagen summte völlig gleichmäßig und bald wanderten die Geräusche von mir weg, als könnte ich eine Tür zwischen mir und der Welt schließen. Ich sah mir die Bilder an, die meine Gedanken vorbeiwandern ließen, und dachte halbe Sätze, die ich im Nichts versickern ließ. Ich schlief nicht fest, bekam mit, als wir die Stadtgrenze erreichten und an Ampeln warten mussten. Die Stadt kam mir vor wie die Heimat nach einer Reise durch unendliches Blau.

5

Irgendwann hielten wir in der breiten Hofeinfahrt von Kralles Elternhaus.

„Nicht ins Route 66?", fragte ich verwundert. Das war unser Standardschuppen, in dem wir meistens abhingen.

„Nein", sagte Kralle.

„Wie komm ich denn von hier aus jetzt heim?"

„Ich fahr dich nachher."

„Echt?"

„Klar."

Wahrscheinlich rief er mir wieder ein Taxi, weil er lieber mit Sanne ins Bett wollte, dachte ich. Kralle war großzügig, vor allem, wenn er sich damit vor irgendwelchen Verpflichtungen drücken konnte.

„Tierischer Schuppen", sagte Paul.

„Warst du noch nie hier?", fragte ich ihn verwundert.

„Ist ewig her."

„Das ist 'ne richtige Villa", redete ich schlau daher wie ein Wichtigtuer.

Kralle sperrte die breite Haustür auf. Sie war schwer wie ein Burgtor und voller Riefen, als ob man das flüssige Metall mit einem Gartenrechen bearbeitet hätte. Im Inneren roch es stickig.

„Wo ist dein Vater noch mal?", fragte Sanne.

„Italien."

„Wegen Beatrice, was?"

„Klar."

„Ist das seine Freundin?", fragte ich.

„Seit neuestem, ja."

Kralles Mutter war schon lange tot, das wusste ich. War sicher nicht leicht gewesen, ohne Mutter aufzuwachsen. War aber andererseits auch nicht einfach, mit einer Mutter aufzuwachsen. Jedenfalls mit so einer wie meiner.

„Ist sie jünger?", fragte ich.

„Was denkst du denn?" Kralle lachte mich aus.

Ich traute mich nicht mehr nachzufragen, obwohl ich es gerne gewusst hätte.

„Sie ist erst 39", sagte Sanne zu mir, als wir ins Wohnzimmer gingen und das Licht anmachten. Der Raum war unfassbar groß. Die Vorderseite zum Garten hin bestand nur aus Glas. Die Terrasse und der Rasen wurden von kugelförmigen Lampen beleuchtet.

„39 erst", wiederholte ich, fand es aber steinalt.

Sanne öffnete eine Schiebetür. Warm und frisch wehte die laue Nacht zu uns herein.

„Wir sind kurz am Pool", rief Kralle und verschwand mit Paul durch eine Seitentür.

„Wollen sie schon wieder baden?", wunderte ich mich.

„Nein", lachte Sanne, „nur was abchecken."

„Was denn?"

„Weiß nicht, irgendwas halt."

„Ah."

Im Wohnzimmer gab es auch eine richtige Bar mit Tresen und Barhockern davor. Lustig fand ich die hängenden Gläser, die man nur nach vorne herauszuziehen brauchte.

„Ich hätte Lust auf Prosecco." Sanne zog eine Flasche aus dem Kühlschrank und hielt sie mir hin.

„Machst du sie auf?"

Ich wurde total unsicher. „Müssen wir nicht erst fragen?"

Sie kicherte nur, wie wenn ich ein Kindskopf wäre. Ich fummelte die Schnur ab und versuchte den Korken herauszudrehen. Er ging verdammt schwer. Endlich ließ sich das Ding bewegen und es ploppte. Sie stellte zwei Gläser auf den Tresen.

„Und die anderen?", fragte ich.

„Später … Ist doch egal."

Ich schenkte ein, mir nur ein halbes Glas. Mir war nicht nach dem Prickelzeugs, aber wenn ihr so viel daran lag, wollte ich ihr den Gefallen tun.

„Prost", sagte sie.

„Ja, Prost."

Wir stießen an und tranken.

„Komm mit raus", meinte sie.

„Ja."

Wir stellten uns auf die Terrasse. In der Nähe gab es wohl ein Gartenfest, die Musik brandete in dumpfen Wellen zu uns herüber und ab und zu quiekte eine alberne Frauenstimme vor Lachen. Ich stand mit Sanne im Halbdunkel und hielt ein Proseccoglas in der Hand. Es war, als ob wir gerade unseren Hochzeitstag begehen würden. Genau wie bei meinen Eltern, als ich noch ein Kind und sie noch zusammen waren. Wir hatten zwar nur einen Balkon im dritten Stock, doch an den lauen Sommer, den Sekt und die beiden im Halbdunkel nebeneinander konnte ich mich noch gut erinnern. Sie waren die ganze Zeit bloß dagestanden und hatten geschwiegen, manchmal führten sie ihr Glas zum Mund und tranken. Wenige Jahre später ließen sie sich scheiden.

„Wenn du es machst, bin ich dabei", sagte Sanne.

„Ja?"

„Doch."

Ich fühlte mich geschmeichelt und wusste nicht warum. Aber es war ein schönes Gefühl.

„Nur mit dir, mit keinem anderen."

Anstatt nur irgendwelchen Unsinn zu antworten, trank ich. Das Zeug kitzelte mich in der Nase.

„Ich glaube, wir werden danach viel vertrauter miteinander sein."

„Hm." Sprachen alle in Rätseln, weil ich erst Siebzehn war, oder war ich nur zu bescheuert, um endlich zu erraten, worum es hier ging?

„Sanne?", rief Kralle.

„Ja?"

„Kommst du mal."

„Ja."

Sie drückte mir ihr Glas in die Hand und lief ins Haus. Jetzt stand ich alleine im Garten und hörte der fernen Party zu. Die Frau kreischte in regelmäßigen Abständen. Ob sie lachte oder gekitzelt wurde, konnte ich nicht sagen. Es klang, als ob sie schon ziemlich einen sitzen hatte und nicht mehr die Jüngste war. Ältere Frauen konnten gewaltig aufdrehen, ordinär und unerträglich werden, das wusste ich. Gut, dass sie noch so angenehm weit von meinem Leben entfernt waren.

Frauen wie Gisela fand ich zum Abgewöhnen. Gisela hieß die Freundin meines Vaters. Mal waren sie zusammen und mal wieder irgendwie auch nicht. Gisela war das deutlich sichtbare Zeichen dafür, dass es sich mein Vater nicht mehr aussuchen konnte. Dass er nehmen musste, was übrig blieb. Kralles Vater war da offensichtlich geschickter. Lag sicherlich vor allem an der Kohle.

Ich fand es gut, hier im Garten zu stehen, als ob es meiner wäre. Ich trank, obwohl es mir nicht schmeckte, weil mir die Pose gefiel, in der ich es tat. Der Rasen war perfekt, die Beete waren perfekt, die Büsche und Hecken, alles war scheißperfekt. Ich dachte darüber nach, ob Kralle wohl bei der Gartenarbeit helfen musste? Mein Vater hätte mich helfen lassen. Hol mir mal den Rechen, den Grasfangkorb, das Benzin für den Rasenmäher.

Sicher hätte ich es gehasst. Aber eines Tages würde ich den Garten und das Haus, den Rechen, den Grasfangkorb und den Rasenmäher mitsamt dem Benzin erben und wäre reich. Mein Vater würde mir nicht mal seinen alten Ford schenken, wenn ich die Führerscheinprüfung machte.

Was, meinen Escort willst du? Der hat doch gerade erst frisch TÜV, nein, nein, kommt nicht in Frage, du hältst mich wohl für einen Krösus?

Ich hielt meinen Daddy für viel, aber dafür nicht.

„Auf Gisela", sagte ich, hob das Glas und prostete in die Nacht. Die Frauenlache drang herüber und mein Grinsen war sehr finster.

Ich schlenderte herum und fühlte mich vergessen. Was die wieder rummachen?, dachte ich.

War das nicht komisch? Sie nahmen mich mit und dann ließen sie mich dauernd allein. Am Gartenteich quakten ein paar Frösche. Als ich näher kam, waren sie still. Ich blieb stehen und nach kurzer Zeit fingen sie wieder an. Manchmal gluckste es im Wasser. Ich schüttete den Rest Prosecco aus meinem Glas in den Teich.

„Prost, Frösche."

Seitlich am Haus sah ich hell erleuchtete Fenster. Sie gehörten zu dem Swimmingpool, den solch ein Haus natürlich haben musste. Würden sie baden, ohne es mir zu sagen? Ich sah Sanne. Sie hockte am Beckenrand und spielte mit einer Hand im Wasser herum. Manchmal sagte sie etwas, was ich nicht verstehen konnte. Sie trug ihre Kleidung und passte damit nicht zum Pool. Paul stand seitlich, hielt eine Dose Bier in der Hand und deutete herum. Er wirkte auf mich wie ein Innenarchitekt, der seine Vorstellung eines Umbaus beschreiben wollte. Kralle sah ich erst, als ich vor den Fenstern ankam und stehen blieb. Er lag auf einem Deck-Chair und schien nur zuzuhören. Einmal lachte er kurz. Mir war langweilig und ich wollte nicht, dass sie mich dort sahen. Also lief ich zurück zur Terrasse und von dort ins Wohnzimmer. Jemand hatte leise Musik eingeschaltet. Emerson, Lake and Palmer. Fanfare for the Common Man. Ein stolzes, selbstbewusstes Lied, es passte zu dieser Bude hier. Weniger zu mir.

Ich stellte das Glas auf den nächstbesten Tisch und ließ mich schräg ins Sofa fallen. Das weiße Leder roch verflixt gut.

„Bobo?" Kralles Stimme.

„Ja?"

„Ah, da bist du ... Kommst du mal?"

„Ja?"

Irgendwie war es spannend. Und gleichzeitig nervte es.

Kralle winkte mich in den Poolraum. Sanne saß noch immer am Becken und machte im Wasser rum, als wollte sie es umrühren. Paul sah mich an, als hasste er mich. Hass mich ruhig, dachte ich, ich hasse dich auch.

„Was gibt's?", fragte ich und tat ganz locker.

Kralle setzte sich auf den Deck-Chair und sagte: „Weißt du, wir planen da so ein Projekt."

„Was denn für ein Projekt?"

„Wir glauben, damit Kohle machen zu können. Nicht zu knapp."

„Wollt ihr 'ne Bank überfallen?" Ich lachte, als würde ich einen Witz machen, dabei hätte ich den anderen in diesem Moment so ziemlich alles zugetraut.

„Nein." Kralle grinste.

„Er macht's eh nicht." Paul winkte ab und kleckerte mit dem Bier rum.

„Jetzt lass ihn mal", sagte Sanne und dann sah sie mich an. Was war sie nur für ein schöner Anblick dort am Pool, von der Wasseroberfläche mit tanzendem Licht übergossen.

„Wir wollen einen Film drehen", lüftete Kralle endlich das Geheimnis. „Ein Video."

„Echt?" Ich war verblüfft. Die meisten meiner Freunde nervte ich nur mit meinen Filmen und Ideen. Für die war das etwas, was ihr Alter im Urlaub machte und wo man die Zunge rausstreckte oder mit bösem Blick erstarrte.

„Was für einen Film?", wollte ich wissen.

„Du kennst dich doch recht gut aus", lobte mich Kralle. „Du hast mir doch mal was gezeigt ... so richtig geschnittenes Material und so. Fast schon professionell."

Danke für das Fast, dachte ich, sagte aber: „Schon."

„Der bringt's nicht." Paul grinste.

„Lass ihn!", rief Sanne.

„Also, wir wollen einen Film machen ... und vermarkten. Selbst vermarkten, verstehst du?" Kralle hob die Hand. „Wir gründen eine Firma und ziehen das ganz alleine durch. Ohne Zwischenhändler, die sich unseren Profit einstecken."

„Und was soll ich dabei?", fragte ich.

„Na, du hast doch alles, um einen Film zu drehen. Kamera, Schnittgerät, Lampen, was weiß ich noch alles ... Das hast du doch, oder?"

„Schon." Ich hatte 'ne ganze Menge Equipment und ich war richtig stolz darauf. Ich machte meine Filme, um mich nicht alleine zu fühlen. Ich verkroch mich regelrecht in meinen Filmen, wenn es schlimm war. Wenn ich das Gefühl hatte, nur rumzustehen und nicht zu wissen, wohin in dieser Welt. Ich spielte den Künstler, obwohl ich wusste, dass mir dazu das Selbstvertrauen fehlte.

„Wir haben eine Idee, so'n Konzept und die ... die Voraussetzungen", sagte Kralle.

„Kontakte", ergänzte Paul.

Was für Kontakte wird der schon haben, dachte ich.

„Wir wollen dich in unser Team aufnehmen", meinte Kralle. „Als dritten Mann."

„He?", protestierte Sanne. „Du spinnst wohl? Bin ich plötzlich nicht mehr dabei?"

„Als vierten Mann ... als viertes Mitglied", eierte Kralle rum. „Du verstehst schon."

„Viertes Mitglied", höhnte Paul.

„Na ja, warum nicht", sagte ich. Ich fühlte mich geschmeichelt, dass sie mich dabei haben wollten, aber irgendwie dachte ich, überschätzten die mich total. Ich war kein Profi. Ich dachte mir was aus und probierte rum. Mal fühlte ich mich genial und mal wie das genaue Gegenteil. Vielleicht geh ich mal auf die Filmhochschule, wenn ich das Abi habe.

„Sehr gut", sagte Kralle, „ich wusste, auf dich kann ich zählen."

„Kannst du." Ich nickte ihm zu.

„Der bringt es nicht." Paul donnerte die leere Bierdose in einen Mülleimer.

„Lass ihn in Ruhe", rief Sanne.

„So schlecht bin ich nicht", meinte ich trotzig.

„Nein, du bist gut." Kralle legte sich lang und faltete die Hände im Nacken. „Es wird ein Spaß, ein Riesenspaß, sage ich euch, wir werden viel dabei lachen."

„Wer wird die Videos kaufen?", fragte ich.

„Alle möglichen Leute", meinte Kralle.

„Ja?", sagte ich.

„Ja."

„Der bringt es nicht, wenn ihr mich fragt." Paul lachte. „Was für eine Schnapsidee, es mit ihm durchziehen zu wollen."

„Oh, Mann!", rief Sanne und ließ sich seitlich in den Pool fallen. In voller Montur. Sie schwamm darin wie eine Leiche. Rührte sich nicht mehr, ließ den Kopf im Wasser hängen und hielt wohl die Luft an. Sie irritierte mich, wahrscheinlich stand ich mit offenem Mund da und starrte sie nur an. Kralle lachte, strampelte mit den Beinen in der Luft herum und stieß einen gellenden Schrei aus. Eine Art Ja-ha-ha-hui-hu oder so.

„Scheiße", knurrte Paul, aber auch er lächelte jetzt mal. „Morgen?"

„Morgen!", rief Kralle. „Morgen, morgen, morgen!"

„Was ist morgen?", wollte ich wissen.

„Morgen fangen wir an", sagte Paul.

„Den Film?"

„Genau, den Film."

„Ihr wisst doch noch nicht einmal, ob ich morgen überhaupt Zeit habe", meinte ich genervt.

„Du hast schon Zeit", sagte Paul.

„Ja?"

„Ja."

„Oh, Mann!", rief Kralle. Er sprang auf und rannte in den Pool, als würde er ihn gar nicht sehen. Das Wasser spritzte bis an das gegenüberliegende Fenster. Jetzt kam auch wieder Sanne mit dem Kopf raus. Zwei Irre, dachte ich und überlegte, ob ich auch in den Pool springen sollte. Spontan sein, aufgedreht. Nicht nur danebenstehen. Wenn man das überlegen muss, war man es nicht. Ich sah, wie sie sich im Wasser küssten, und wusste, ich werde nicht reinspringen.

„Kann ich den Wagen haben?", fragte Paul. „Bis morgen?"

„Vormittag?", fragte Kralle.

„Na ja, Mittag oder so ..."

„Hau schon ab."

„Die Firma dankt."

„Scheiße ... Firma", lachte Kralle. „Der Schlüssel steckt, glaub ich."

„Find ich schon."

„He", sagte ich. „Wie komm ich dann heim?"

„Paul, nimmst du Bobo mit?", rief Kralle.

„Wo wohnt der denn?"

„Immer noch am Berliner Platz", sagte ich.

Er schnaufte genervt. „Ist 'n Umweg."

„Bitte, das ist kein Umweg", sagte Kralle. „Ich hab es ihm versprochen und wenn du den Wagen haben willst ..."

„Dann komm schon mit, Kleiner." Paul winkte mich hinter sich her.

„Und wie ist das jetzt mit morgen?", fragte ich.

„Was soll schon sein? Wir treffen uns und dann ... Dann geht's los ..." Kralle spielte Untergang.

„Wir holen dich ab", ergänzte Sanne, „schon wegen dem ganzen Zeugs, der Kamera und so. Ist doch klar."

„Komm endlich", fuhr mich Paul an, „sonst fahr ich allein."

„Ja, doch. Morgen also. Ist schließlich wichtig für mich, es zu wissen ..."

Ich winkte den beiden im Pool noch einmal zu, dann trabte ich diesem Idioten hinterher. Ich hörte Kralle hinter mir: „Ciao, Bobo."

Paul rangierte den Opel aus der Einfahrt und schaltete die Gänge hoch. Es war eine Tempo-30-Zone, doch er beachtete es nicht. Rauschte auch über alle Kreuzungen drüber, als hätte nur er Vorfahrt. Wahrscheinlich dachte er, ich machte mir jetzt in die Hose. Ich fühlte keine Angst. Etwas in mir sagte, dir passiert nichts. Es ist noch nicht der richtige Zeitpunkt. Jetzt nicht.

„Was machst du so für Filme?", fragte mich Paul.

„Weißt du doch, Spielfilme, Experimentalfilme ... Was mir halt in den Sinn kommt."

„Was dir in den Sinn kommt, ach ne."

„Kannst dir ja was anschauen."

„Was anschauen?"

„Ja."

„Von deinen Filmen?"

„Warum nicht?"

„Ne, lass gut sein ..."

„War nur 'n Vorschlag."

„Klar ... Vielleicht bringst du es ja doch."

Seine plötzliche Freundlichkeit irritierte mich.

„Du hältst mich für einen Versager, was?", sagte ich.

„Frag lieber nicht, wofür ich dich halte."

„Mann, hast du 'ne Art drauf. Ich reiß mich nicht um den Job bei eurem komischen Projekt."

„Wart mal ab, da ist Geld drin. Richtig Kohle."

„Du sagst das Stichwort. Was krieg ich eigentlich dafür?"

„Du willst deine Gage wissen?"

„Ja, Mensch. Sollte man besser vorher drüber reden."

„Sollte man. Wenn du es richtig hinbekommst, ist 'n Tausender für dich drin."

„Tausend Mark?"

„Ja, Tausend Mark. Jetzt staunst du ..." Er drehte seinen Kopf immer wieder zu mir, statt auf die Straße zu sehen.

„Wow. Und wie viele Wochen soll ich dafür knechten?"

„Ein, zwei Tage, was weiß ich, so lange wird das nicht dauern."

„Tage? Spinnst du? Du verarscht mich doch wieder. Erzählst mir irgendwas und später werde ich wieder ausgelacht."

„Wenn du es bringst, werde ich dich nie mehr auslachen, das darfst du mir glauben. Dann hast du meine volle Hochachtung."

„Scheißdreck."

„Ne, meine ich voll ernst jetzt."

„Was bringen? Filmen?"

„Ja."

Paul nestelte Zigaretten aus seiner Brusttasche und steckte sich eine an.

„Willst du auch eine?"

„Hau her." Es war die erste Zigarette, die ich von dem Arsch bekam. Ich genoss es trotzdem, plötzlich wie ein Kumpel von ihm behandelt zu werden. Wir rauchten und der Fahrtwind wirbelte uns den Qualm um die Ohren. Die dreispurige Straße lag wie ausgestorben vor uns und wir hatten neunzig Sachen drauf. Wahrscheinlich waren nicht mal sechzig erlaubt.

„Warum soll ich das nicht bringen?", hakte ich nach. „Hab ich längst bewiesen. Ich hab schon ein paar Meter weggekurbelt. Ich kann scharf stellen, Blende ziehen, ganz gut schwenken ... liegt aber am Stativ, hätte ich ein besseres, dann ..."

„Schon recht, erzähl es mir ein anderes Mal. Da ist 'ne Trambahnhaltestelle. Die fährt zum Berliner Platz ... Mach's gut, bis morgen."

Paul stoppte den Wagen und wartete darauf, dass ich ausstieg.

„Hier? Ich weiß ja noch nicht einmal, ob noch eine Tram kommt."

„Kommt noch, ich weiß es." Paul sah auf die Uhr. „Um diese Zeit fährt sie noch."

„Warum fährst du mich nicht heim?"

„Termine, ich bin sowieso schon ziemlich spät dran."

Ich hätte ihn erwürgen können, aber als ich ausstieg, war ich auch ganz froh, ihn los zu sein. Ich stellte mich auf die Trambahninsel und wunderte mich, dass er nicht längst losgebraust war. Paul stieg aus und öffnete den Kofferraum. Er wühlte in einer dunklen Tasche, nahm etwas heraus, knallte den Deckel zu und warf mir eine Videokassette zu.

„Schon mal zur Einstimmung", sagte er, stieg ein und verschwand in der Nacht.

Es war kaum Verkehr und außer mir wartete niemand auf die Tram. Ich sah mir die Kassette an und mein Herz vergaß für eine Weile weiterzuschlagen. Ich sah den absolut größten erigierten Penis meines Lebens. Der Typ, von dem er wegstand, hatte reichlich Muskeln und schwitzte. Die Frau, in der er sein Ding gleich versenken wollte, spreizte die Beine breiter als breit, und ich glaubte, bis zu ihrem Magen in sie hineinschauen zu können. Über den beiden stand Das verfickte Wochenende. Es war die erste richtige Pornokassette meines Lebens.

Die Rückseite der Hülle zauberte mir einen Ständer in die Hose, der wehtat und mich krumm dastehen ließ. Mein Mund wurde trocken und es war nicht vom Rauchen. Lange bemerkte ich gar nicht, dass sich die Trambahn näherte. Die Gleise sirrten und die Leitung für die Stromabnehmer knisterte. Als ich die warme Luft spürte, die die Tram vor sich herschob, fiel mir erst auf, dass ich keine Plastiktüte für die Kassette hatte. Und meine Badetasche hatte ich gerade hinten im Opel vergessen. Die Tür öffnete sich vor mir und ein junges Mädchen sprang heraus. Zum ersten Mal war ich erleichtert, dass mich eine wie sie nicht beachtete. Ich verbarg die Kassette in meiner Jeansjacke, stieg ein und fummelte umständlich einen Fahrschein, den ich noch besaß, aus meiner Geldbörse. Es musste aussehen, als hielte ich mir eine Schusswunde zu.

Nur ein paar müde Gesichter hingen in der Bahn. Ich setzte mich in eine Reihe, die möglichst weit von allen anderen entfernt war. Ich zog die Kassette raus und starrte wieder die Bilder an. Sie hielten mich in ihrem Bann gefangen, zwangen meine Pupillen über ihre bunte Oberfläche. Oh Gott, ich sah da Sachen, die ich noch nie gesehen hatte, aber schon lange mal sehen wollte. Und ich fand es gut, richtig gut. Jedes dieser Bilder erzeugte einen Flash in mir, einen heißen ungeahnten Wonne-schauer, der die Schläfen an meinem Kopf pochen ließ.

In dieser Nacht schlief ich keine einzige Minute, plante mein ganzes Leben neu, hing verwirrenden Ge-danken nach, rauchte die Zigaretten meiner Mutter auf, obwohl ich Lord extra hasste, stand auf, legte mich wie-der hin, stand auf, öffnete das Fenster, sah den Mond an, die Sterne, trank eineinhalb Liter Cola und schaute die-sen Film. Jede Szene, jede Sequenz, jedes Bild. Ohne Ton natürlich, einen Stock tiefer schliefen meine beiden Schwestern und meine Mutter. Ich bewohnte das von einem Freund meiner Mutter ausgebaute Dachgeschoss. Als es endlich fertig war, hatte sie sich von ihm getrennt.

Ach ja. Und ich onanierte.

Keine Ahnung mehr, wie oft.

Wenn man davon wirklich blind werden würde, wä-re ich es aber auf jeden Fall geworden.

6

Kralle kam, um mich abzuholen. Es war nach drei am Nachmittag, und ich hatte ihn schon abgeschrieben. Meine Mutter nötigte ihm ein Stück Hefezopf und eine Tasse Kaffee auf. Er stopfte es in sich hinein, als hätte er seit Tagen nichts mehr gegessen. Meine Mutter freute es.

Ich glaube, sie mochte Kralle, weil er so gut aussah. Weil er wirkte wie einer, an den sie sich lieber rangeschmissen hätte als an meinen Vater.

Wir trugen meine Fototasche, das Stativ, alle Lampen, Leerkassetten, das Ladegerät, ein Verlängerungskabel, Reserveakkus und weiße Laken als Aufheller runter zum Opel. Der Wagen hatte in der Beifahrertür eine deftige Beule, die gestern noch nicht da war.

„Paul, die Pfeife, oder?" Ich deutete auf die Tür.

„Er sagt, es war ein anderer. Beim Parken oder so."

„Klar, beim Parken." Ich pfiff durch die Zähne. Es sollte höhnisch klingen.

„Alles klar bei dir?"

„Bei mir immer."

Wir stiegen ein und rauschten los.

„Wo geht's eigentlich hin?", fragte ich.

„Zu mir."

„Zu dir?"

„Mein Alter ist ja in Italien ... und das Wohnzimmer ... der Pool ... dachten wir, eignet sich ... irgendwie, verstehst du? Der See war doch nicht so gut."

„Waren wir nur deshalb gestern dort?"

Er lachte und hatte einen schüchternen, fast bubenhaften Gesichtsausdruck.

„Ihr kommt auf Ideen", murmelte ich vor mich hin.

„Schon. Man muss was riskieren im Leben ..."

„Wegen dem Geld?"

Kralle sah mich immer wieder an, aber er sagte lange nichts. Als suche er in meinem Gesicht nach einer Antwort. Da konnte er natürlich lange suchen.

„Auch wegen dem Geld, klar ..." Es klang wie ein Geständnis, zu dem er sich erst durchringen musste.

„Geld", sagte ich.

Er zuckte mit den Schultern, und ich dachte, er müsste doch nur warten, bis er alles bekäme. Er könnte solange studieren, reisen, mit Sanne zusammen sein. Ganz easy und relaxed.

„Geld", murmelte ich. „Geld."

„Was meinst du?"

Ich meinte nichts. Ich warf immer nur irgendwelche Worte in die Stille. Wie man Steine ins Wasser wirft, damit sich die Oberfläche kräuselt.

„Na ja", sagte ich.

Wir fuhren, hielten an Ampeln, fuhren. Die Blicke der Nebenstehenden trafen mich. Einige grinsten rüber. Es galt wohl dem Opel, in dem wir saßen. Er war cool.

„Wie soll das jetzt eigentlich gehen?", fragte ich.

„Was meinst du? ... Wir drehen das halt ab ... Weiß auch nicht. Du bist der Kameramann." Seine halben Sätze stolperten seltsam unsicher aus ihm heraus.

„Ich? Na toll ... Ich hab das noch nie gemacht."

„Es ist lustig ... Es wird ein Riesenspaß, wirst sehen."

Es war peinlich, nicht lustig, das war ein Riesenunterschied. Aber es war natürlich auch sehr aufregend. Ich hätte jetzt um keinen Preis mehr aus diesem Filmprojekt aussteigen wollen. Mann, dachte ich, Mann! Ließ mir aber nichts anmerken. Dass Sanne bei so was mitmachte, wunderte mich. War sie also doch 'ne Schlampe, und ich hatte es nicht bemerkt? Was war eigentlich 'ne Schlampe? Ich hatte auch davon keine blasse Ahnung. Vielleicht waren ja alle Frauen, die was draufhatten, Schlampen.

Vielleicht auch nicht.

„Die Kassetten haben wir?", fragte Kralle.

„Logisch."

„Akkus? ... Braucht man da nicht Akkus?"

„Ja, Mann, nerv nicht rum, geht alles klar. Ist mein Ding."

„Ich frage nur, weil wir jetzt noch irgendwo was kaufen könnten."

Er war so nervös, wie ich ihn noch nie erlebt hatte. Sonst konnte ihn eigentlich nichts erschüttern. Ich hätte mir an seiner Stelle in die Hose gemacht. Vielleicht erschien mir Sex auch nur viel zu kompliziert. Vielleicht war das ja 'ne ganz simple Sache. Alles, was ich mir darüber zusammenreimte, ging aber in eine ganz andere Richtung. Dort war es superkompliziert und konnte nur von Eingeweihten, die alle möglichen Codes kannten und über spezielles Geheimwissen verfügten, gemacht werden. Also nicht von mir.

Schnell erreichten wir das Haus und rumpelten über die Steinschwelle in die Hofeinfahrt. Der Wagen nickte dabei, als wollte er jemanden grüßen. Ich wäre gern noch ein Weilchen weitergefahren. So hätte ich meinen Gedanken noch ein wenig nachhängen können.

Paul stand in der Tür und hielt eine Dose Bier in der Hand.

„Mann, ich dachte schon, ihr kommt gar nicht mehr", maulte er, als wir ausstiegen. Zu einer abgeschnittenen Jeans trug er ein hellgelbes Frotteeshirt. Er sah aus wie ein Prolet.

„Wir mussten alles einladen", sagte Kralle, „und Kuchen gab's auch noch."

Paul rülpste. „Kuchen", brummte er, „ist ja toll."

Wir schleppten meine ganze Ausrüstung rein.

„Ist das alles?", fragte Paul.

„Was willst du?", lachte Kralle. „Einen Kran?"

„Einen Dolly?", ergänzte ich.

„Is' ja doll", sagte Paul. Ich wusste, dass er die Wagen nicht kannte, auf denen sie die Kameras über das Set schoben.

„Wo ist Sanne?", fragte Kralle.

„Liegt in der Sonne."

„Im Garten?"

„Wo sonst? In der Küche?" Paul grinste und fand sich witzig.

„Wir haben eine Sonnenliege am Pool", meinte Kralle kühl.

„Ne, sie ist im Garten."

„Ich geh mal zu ihr."

Kralle verschwand durchs Wohnzimmer.

„Hör zu, Kleiner", sagte Paul. „Vermassle das jetzt nicht, ist wichtig."

„Für wen? Für dich?" Ich fühlte mich stark, weil sie mich jetzt brauchten. Ohne meine Kamera waren sie aufgeschmissen.

„Für uns alle. Denk an die Kohle."

„Mach ich. Was ist mit Vorschuss?"

„Du hast sie wohl nicht alle ..."

„Und die Kassetten? Meinst du, die gibt es umsonst?"

„Wir haben alle Kosten."

„Was für Kosten hast du denn?" Das Adrenalin in meinem Blut machte mich stark.

„Schon mal was von Marketing gehört? Ich hab 'ne Menge angeleiert."

„Was hat das mit mir zu tun?"

Ich nahm eigentlich an, dass er mir gleich Prügel androhen würde, doch dann fasste er glatt in die Tasche und nestelte einen klein zusammengefalteten 50-Mark-Schein heraus.

„Kannst du mir zwanzig rausgeben?", fragte er.

„Nö."

„Scheiße. – Wirklich nicht?"

„Nö."

„Jetzt sieh halt mal nach."

„Brauch ich nicht nachzusehen."

„Fuck!"

Er drückte mir den Schein in die Hand.

„Dafür will ich jetzt aber auch was sehen von dir."

Das Blut schoss mir in den Kopf. „Was willst du sehen?"

„Astreine Arbeit, Kleiner."

„Ach so." Im Halbdunkel des Flurs war meine rote Birne hoffentlich nicht zu erkennen.

Wir ließen uns im Wohnzimmer in die Polster fallen. Sanne lag mitten auf dem Rasen auf einem Handtuch und trug einen schreiend gelben Bikini. Kralle hockte neben ihr. Sie quatschten, und ich hätte gerne gelauscht. Paul hatte plötzlich einen rosafarbenen, quadratischen Zettel in der Hand, wie man sie gewöhnlich in Quaderform gebündelt neben dem Telefon findet.

„Wir müssen noch über die Story sprechen", sagte er.

„Was ist das? Dein Drehbuch?"

„Wofür hältst du es denn? Für einen Einkaufszettel?"

Es war das Drehbuch. Der Zettel war auf beiden Seiten vollgeschrieben, und Paul drehte ihn abwechselnd hin und her.

„Also, wir machen es so", sagte er, „die Frau ist alleine hier und putzt die Wohnung ..."

„Sie putzt?"

„Was auch immer ..."

„Sie putzt also ... und wie putzt sie?"

„Bloß so ... irgendwie ..."

„Natürlich bloß so ..."

Er hob die Hand und hielt sie mir vors Gesicht. „Jetzt wart ab, verdammt! Sei einfach mal still! Immer musst du quatschen ..."

„Schon gut."

„Sie putzt ... oder macht sonst einen Scheiß, ist ja egal, das findet sich. Es läutet an der Tür, sie macht auf, ein Handwerker steht draußen."

So was Ähnliches hatte ich in der zurückliegenden Nacht schon einmal auf Video gesehen.

„Also", redete er weiter. „Sie lässt ihn rein und findet ihn gleich unheimlich sexy. Sie gehen hinüber ..." Er deutete zum Pool. „ ...und da passiert's dann, verstehst du? Ganz simpel."

Mich hätte interessiert, wie er das, was da passieren sollte, auf seinem Zettelchen vermerkt hatte.

„Aha." Ich machte ein gleichgültiges Gesicht.

Kralle kam rein, grinste uns unsicher an und nahm sich ein Bier aus dem Kühlschrank an der Bar.

„Ich hab ihm die Story erzählt", sagte Paul. „Er weiß jetzt Bescheid."

„Gut." Kralle wandte sich an mich. „Was meinst du dazu? Wollen wir den Film so machen oder würdest du die Handlung umstellen?"

Die Frage verwunderte mich.

„Viel Handlung ist ja nicht", sagte ich unsicher.

„Na, wart nur ab." Kralle versuchte zu grinsen.

„Wir machen es genau so, wie ich gesagt habe", brummte Paul.

„Das heißt", sagte Kralle, „Sanne zuerst, oder?"

„Putzen." Paul wischte mit der Hand in der Luft herum.

„Ich mach mal die Kamera klar", verabschiedete ich mich und ging in den Flur. Meine Hände zitterten und ich war ungeschickt, als ich die Hülle aufriss und die Kassette einlegte. Für einen Moment war mir meine Kamera völlig fremd und ich hatte keine Ahnung, wie ich das Ding bedienen musste. Das wird was, dachte ich, Mensch, Mensch, Mensch. Es war verdammt aufregend.

Sanne kam ins Wohnzimmer und umarmte Kralle.

„Muss ich jetzt?" Ihre Stimme klang leiernd. Ich hatte sofort das Gefühl, dass sie was eingeworfen hatte und zugedröhnt war.

„Bobo, was soll sie machen?", fragte mich Kralle.

„Ich dachte, sie soll putzen."

„Ist doch egal, was sie macht", ätzte Paul, „nur lasst uns endlich anfangen. Wann kommen deine Alten wieder?"

„Nicht vor morgen Abend", sagte Kralle.

„Was soll ich denn putzen?", kicherte Sanne.

„Frag ihn." Paul deutete auf mich.

„Ich hol Lampen", sagte ich und war froh, dass ich mich mit etwas Handfestem beschäftigen konnte. Meine Videoleuchten steckte ich auf alte, auf Flohmärkten billig erworbene Stative. Es sah aus wie Schrott, es war Schrott, aber es funktionierte ganz gut.

„Was soll ich anziehen?", fragte Sanne.

„Behalt den Bikini an", meinte Kralle.

„Putzen im Bikini?"

„Klar, warum nicht?"

„Hast du keinen Tanga?", nölte Paul. „Was Knapperes?"

„Zu Hause", sagte Sanne. „Ein winziges Ding, ziemlich ordinär."

„Zu Hause liegt er gut." Paul winkte ab.

„Von mir aus kann es losgehen", sagte ich. „Die Lampen stell ich nach Bedarf auf."

„Die Perücke!", rief Sanne und fuhr sich dabei mit den Fingern durch den wirren Lockenkopf. „Die Perücke! Scheiße, die darf ich nicht vergessen."

Barfuß huschte sie an mir vorbei den Flur runter in Kralles Zimmer.

„Was für 'ne Perücke?", fragte ich.

„Wir haben uns Perücken organisiert", erklärte mir Kralle, „damit wir nicht zu erkennen sind."

„Du auch?" Ich musste lachen, obwohl ich seine nie gesehen hatte.

„Ich auch, klar."

„Bei so 'nem Film sieht man die Leute eh nie richtig", sagte Paul. Ich wusste nicht, ob er Kralle damit nur beruhigen wollte. Die Gruppe, die ich heute Nacht auf Video gesehen hatte, würde ich auch im Dunkeln wiedererkennen. Diese merkwürdigen Gesichter, wenn es ihnen kam. Als ob man ihnen einen Nagel durch den Fuß trieb.

Wir rauchten, während wir auf Sanne warteten. Kralle war extrem unsicher und seine fortwährende grinsende Zunickerei ging mir auf die Nerven. Wenn es jetzt gleich losging, würde ich mich wenigstens hinter meinem Sucher verstecken können.

Sanne kam, und keiner sagte ein Wort. Ihre blonde, glatthaarige Perücke wirkte so unecht wie ein Van-Gogh-Poster im Partykeller. Aber sie sah nicht schlecht damit aus. Ziemlich billig, aber nicht schlecht. 'Ne Schlampe halt, jedenfalls für mich, der diese Bezeichnung noch nicht lange draufhatte. Sie nahm sich eine Zigarette, zündete sie an und rauchte nervös.

„Was soll ich tun?", wollte sie wissen.

Ich fragte mich, was sie ihr wohl versprochen hatten, damit sie mitmachte? Geld? Machte sie es, weil sie die Kohle brauchte? Oder tat sie es aus Liebe zum verrückten Kralle? Oder wusste Paul was von ihr, und ihr blieb keine Wahl?

„Soll er entscheiden." Paul deutete auf mich. „Kleiner, jetzt leg los."

Kralle nickte wieder. Der Idiot hatte Bammel, ich sah es ihm an.

„Mastershot", sagte ich, „die Totale am Anfang."

Ich hatte ein paar Bücher über Hollywood gelesen und auch einige Fachausdrücke drauf. Es war das erste Mal, dass ich sie verwenden konnte. Ich stellte mich mit der Kamera auf dem Stativ an die Terrassentür und versuchte, einen möglichst weiten Ausschnitt aufs Bild zu kriegen.

„Sanne kommt rein, geht dort rüber und macht halt so rum", sagte ich.

„Was soll ich rummachen?", fragte sie.

Ich sah Paul an. Aber der hatte wohl beschlossen, mir die Detailarbeit zu überlassen. Er stand auf der Terrasse und trank sein Bier, als würde ihn das alles nicht mehr interessieren. Also ging ich zur Tür und zeigte Sanne, wie sie hereinkommen sollte.

„Habt ihr einen Staubwedel?", fragte ich.

Kralle holte mir ein bescheuertes Staubtuch aus der Küche. Ich zeigte Sanne, wie sie damit hereinkommen und über die Möbel wischen sollte, eilte zurück an meine Kamera, überprüfte Blende und Schärfe und rief: „Jetzt!"

Sanne kam herein, als hätte sie einen Besenstiel verschluckt und wischte mit dem Tuch herum. Mehrmals sah sie dabei zu mir und in die Kamera. Sie summte ein Lied und murmelte irgendwelche Selbstgespräche. Mittendrin hörte sie auf und fragte: „Gut so?"

„Na ja", stöhnte Kralle.

„Einfach noch einmal", sagte ich.

„Aber wie war es denn?"

„Du musst vielleicht noch ein wenig lockerer werden", sagte Kralle.

„Wie lockerer?"

„Na, eben lockerer, du weißt schon."

„Mach einfach noch mal", rief ich ihr zu.

Ihre Augenlider hingen auf Halbmast und ich dachte: Oje.

Sie stapfte hinaus, kehrte um und kam wieder rein.

„Moment", rief ich, „muss doch erst einschalten."

„Lässt du die Kamera nicht laufen?", fragte mich Kralle.

„Natürlich nicht", sagte ich, „das ist doch keine Überwachungskamera."

„Ah?"

Ich schaltete wieder ein, rief „Jetzt!" und Sanne trottete herein, wischte lustlos mal hier und mal da, drehte sich abrupt um, sah in die Kamera und sagte: „Scheiße, können wir nicht was anderes machen?"

„Wie war die? Die war doch gut, oder?" Kralles Blick flehte mich um Zustimmung an.

„Besonders war es nicht, sie guckt dauernd in die Kamera", sagte ich.

„Sie ist nervös."

„Es sieht aber nicht gut aus, wenn sie in die Kamera guckt."

„Wenn ich nicht gut aussehe, können wir es ja gleich lassen." Sanne warf das Tuch zu Boden und rannte raus.

„Sanne!", rief Kralle ihr nach. „Bleib hier, es war gut, wir nehmen es so, es war perfekt."

Paul kam rein und fragte mich, was los wäre.

„Sanne zickt", sagte ich.

„Das war klar", meinte er. „Sonnenklar."

„Ist nicht so leicht, wenn man es das erste Mal macht", sagte ich.

„Sie macht es nicht das erste Mal, sie nicht."

„Gefilmt werden?"

„Das schon ... Wer redet denn davon?"

Ich traute mich nicht weiterzufragen. Es kratzte zu sehr am Bild, das ich mir von ihr gemacht hatte. Kralle kam mit Sanne im Arm zurück.

„Geht's wieder?", fragte Paul.

„Ja, ja."

„Sag ihr, was sie machen soll", sagte Paul zu mir.

„Putzen", antwortete ich.

„Scheiße!", rief Sanne.

Ich nahm die Kamera vom Stativ und versuchte sie zu beruhigen. „Ich geh dir hinterher und filme dich wie einer, der dich beobachtet. Mach einfach und achte nicht weiter auf mich."

„Also, wie jetzt?", fragte sie.

„Mach einfach", sagte ich.

„Mach", rief Kralle.

„Wie?", fragte Sanne. Eigentlich schrie sie uns an.

Mit der Kamera in der einen und dem Staubtuch in der anderen Hand zeigte ich ihr, wie sie gehen sollte. Ich fand, ich machte meine Sache richtig gut. Sanne war kein bisschen lockerer geworden. Doch jetzt, wo ich näher an ihr dran war und sie so klein und schwarzweiß im Sucher beobachtete, bemerkte ich, wie frustriert sie wirkte. Wie lustlos und genervt. Genau das erforderte ihre Rolle. Also war es gut.

„Gut so", sagte ich, der Ton war ja egal, da würde ich später Musik drunterlegen, vielleicht was von Uriah Heep oder so. Von Musikrechten hatte mir zu der Zeit noch keiner was erzählt.

Ich schwenkte an ihr herum, filmte ihren Busen, ihren Bauch und ihren Hintern. Der Bikini strahlte so hell, dass ich mehrmals die Blende korrigieren musste.

„Müsste es jetzt nicht endlich mal an der Tür läuten?", brummte Paul.

„Wieso? Wer kommt noch?", fragte Kralle erstaunt.

„Du."

„Ich?"

„Der Handwerker", sagte ich.

„Mann … klar, Mensch, hatte ich vergessen. Ich zieh mich schnell um."

„Ja, mach mal."

Sanne ließ sich auf die Couch fallen und seufzte. Ich stand mit meiner Kamera da, und Paul hatte sich ein frisches Bier geholt und trank. Eigentlich war er überflüssig.

Kralle trug jetzt einen blauen Overall mit der Aufschrift Erfurter Anlagenbau. Seine Perücke sah schlimm aus und er hatte eine Brille auf. Wir lachten alle über ihn.

„So erkennt mich nachher wenigstens keiner", sagte er.

„Der Mann von der Humbug-Mülleimer", höhnte Paul.

Kralle verschwand vor die Tür und läutete. Ich filmte aus mehreren Blickwinkeln, wie sie ihm öffnete und ihn hereinließ. Wenigstens machte es ihr jetzt etwas mehr Spaß und sie wirkte nicht wie ein Stück Holz.

„Was soll er machen?", fragte Sanne.

„Tja", überlegte ich, „wofür ist der Handwerker eigentlich gekommen?"

„Ist doch egal." Paul seufzte genervt. „Für irgendwas halt."

„Für den Pool?", fragte Kralle.

„Ja, ja."

„Gute Idee", meinte ich.

„Ja", stimmte Sanne zu.

Ich filmte also, wie sie hinübergingen zum Pool.

„Da auf der Liege wird endlich gevögelt", sagte Paul, als wir wieder ratlos rumstanden und keiner mehr weiter wusste. Es war das erste Mal, dass einer aussprach, was hier jetzt gleich geschehen sollte. Das Wort erschreckte uns alle ein wenig.

„Da also?" Sannes Stimme war nur noch ein Hauch.

„Ja, da ... Ist doch egal, wo", brummte Paul. „Nur jetzt müssen wir mal weiterkommen hier."

„Du hast leicht reden", sagte Kralle.

Er sah mich an, als erhoffte er sich von mir Beistand. Ich sah abwechselnd Kralle und Sanne an, wobei mir auffiel, wie abwesend sie wirkte. Gar nicht richtig hier. Ich beneidete sie fast um dieses Gefühl. Ich hielt die Kamera tapfer hoch. Kralle und Sanne legten los. Sie umarmten und küssten sich und begannen einander den Rücken zu streicheln, immer rauf und runter. Ich wartete darauf, dass sie sich ausziehen würden, aber sie zogen sich nicht aus. Rubbelten nur über den Rücken des anderen und knutschten rum. Nach zehn Minuten schaltete ich aus, da ich Angst hatte, das Filmmaterial würde nicht reichen. Ich legte die Kamera weg und setzte mich auf eine Liege.

„He, film weiter", fuhr Paul hoch, als hätte ihn einer geweckt.

„Passiert ja nichts." Ich mimte den Coolen. Der Crashkurs, den ich in der letzten Nacht genossen hatte, war nicht schlecht gewesen. Rücken streicheln stand da nicht an oberster Stelle.

„Was ist? Was soll das?", fragte Kralle.

„Fragen wir euch", sagte Paul.

„War doch gut, oder nicht?"

„Ja, war gut, aber ist nicht alles." Paul winkte ab.

„Muss ja erst in Stimmung kommen."

„Das dauert, bis du in Stimmung kommst."

„Scheiße."

„Sonst geht es schneller bei ihm", meinte Sanne, aber sie sagte es merkwürdig tonlos.

„Kannst ja vielleicht auch mal was machen", giftete Kralle zurück, „bist ja sonst nicht so passiv."

Meine Ohren schienen zu wachsen. Ich ahnte Antworten auf Fragen, die ich nie gewagt hätte zu stellen.

„Du bist ein Arsch." Sie zog den Reißverschluss seines Overalls nach unten.

Paul schlug mir auf die Schulter. „Jetzt musste einschalten, los, mach hin, Kleiner."

Ich sprang auf, nahm die Kamera und Sekunden später war ich drauf. Sanne fasste ihm zwischen die Beine und machte rum. Zu sehen war nichts. Kralles Gesicht blieb so unbeteiligt, als warte er in einer Schlange vor der Kasse. Mal stand ich hinter ihm, mal hinter ihr. Ein immer breiteres Grinsen legte sich über ihren Mund.

„Jetzt bin ich ganz aktiv", sagte sie, „und was ist? Nichts."

Kralle stieß sie zornig weg, und sie rumpelte gegen mich und die Kamera.

„Was ist jetzt wieder falsch?", stöhnte Paul.

„So geht es nicht", meinte Sanne.

„Bringt er etwa keinen hoch?", fragte Paul.

„Glaub nicht", sagte ich.

„Bobo, ich warne dich", giftete Kralle.

Klar, dachte ich, alle quatschen, nur ich soll mein Maul halten. Kralle fummelte an ihrem Oberteil rum.

„Soll ich es ausziehen?", fragte sie ihn, dann sah sie mich an.

„Klar", nickte ich und schluckte.

„Wenn's hilft", meinte Paul. „Aber lasst ihn das filmen."

„Dann mach", sagte Kralle.

Ich schaltete ein und er zog es ihr aus. Genaugenommen löste er eigentlich nur den Haken und ließ es zu Boden fallen. Ich wusste ja längst, wie sie ohne aussah, fand es aber interessant, mit der Kamera nahe ran zu gehen. Wann durfte man sich das schon mal in Ruhe ansehen, ohne gleich zum blöden Gaffer zu werden? Kralle arbeitete an ihr rum, als tastete er nach Knoten in ihrer Brust. Er wirkte nicht sehr scharf auf sie.

„Mann, ich bring's nicht." Kralle ließ von ihr ab.

Sanne starrte durch alle Wände hindurch in die Unendlichkeit. Sie mochte traurig sein. Vielleicht genervt. Sie wirkte zerbrechlich, wie aus Porzellan. Kralle holte sich ein Bier und ließ sich am Beckenrand in einen Korbsessel fallen.

„Scheißdreck", seufzte er, dann zündete er sich eine an.

Ich wollte Sanne irgendwie trösten, aber ich hatte keine Ahnung, wie ich beginnen sollte. Linkisch stand ich vor ihr, hielt meine Kamera fest und parkte meinen Blick auf ihrer Perücke. Ich dachte darüber nach, ob es gut wäre, meinen Arm um sie zu legen, zärtlich, wie es ein Freund machte, kein Liebhaber. Ein Freund. Ich bewegte mich und sie wandte sich ab. Ruckartig und schnell. Ich hatte meine Chance verpasst, ihr ein Freund zu sein. Um dennoch etwas zu tun, steckte ich mir eine an. Ich war der Kameramann, mehr nicht, nur der Kameramann.

Paul lachte plötzlich los. „So einen Film", rief er höhnisch, „werden alle sehen wollen."

Kralle saß nur da wie einer, der keinen hochbringt. Sanne verzog sich ins Haus. Ich dachte, ich würde Zeuge werden, wie sie es machen. Aber jetzt glaubte ich eigentlich nicht mehr daran.

„Ich hätt's besser gemacht", ätzte Paul. „Hab ich euch gestern schon gesagt."

„Sie ist mein Mädchen", sagte Kralle.

„Mann, ich hab sie auch schon mal geplättet."

„Aber jetzt nicht mehr."

„Als wenn das wichtig ist."

„Eine blöde Idee ist das, Porno ... absurd."

„Von wegen, die Fotos waren drei Monate Florida ..."

„Fotos ... ist ja simpel, so Fotos."

„Was für Fotos?", fragte ich. Ich hätte es nicht tun sollen. Ich musste endlich damit aufhören, sinnlose Fragen zu stellen. Keiner beachtete mich.

„Gestern tönst du noch rum ...", sagte Paul.

„Gestern." Kralle winkte ab.

So mickrig hatte ich ihn vorher nie erlebt. Ich schaltete die Kamera ganz aus und ging aufs Klo. Dann sah ich mich im Wohnzimmer nach Sanne um. Ich fand sie im Garten auf der Wiese. Sie hockte im Schneidersitz im Gras und meditierte. Sie trug das schwarze Castrol-T-Shirt.

„Stör ich?", sprach ich sie an. Natürlich störte ich, aber ich war lieber bei ihr als bei den beiden anderen. Ich ließ mich neben sie ins Gras fallen und versuchte, die tausend Fragen in Schach zu halten, die mir durch den Kopf spukten.

„Was willst du?", fragte sie gereizt. „Sollst du mich holen?"

„Nö."

Ich legte mich auf den Rücken und hörte ihr zu, wie sie zu summen begann. Ein monotones, gleichmäßiges Geräusch, keine Melodie. Auf dem Rücken liegend blinzelte ich in den Himmel.

„Sag ihm, er kann mich ficken", sagte sie. „Wie vereinbart. Warum auch nicht? Aber er muss selbst sehen, wie er es hinbekommt."

„Sag du's ihm. Bin ich die Post?"

„Ich blas ihm keinen, nicht vor euch. Auch wenn's ein Rückzieher ist, egal ..."

Wenigstens wusste ich seit ein paar Stunden, was unter diesem Begriff zu verstehen war. Gestern hatte ich ihn noch nicht gekannt. Ich machte meine Reifeprüfung also in einer Art Trockenkurs. Ich war wirklich der geborene Zuschauer.

„Na, dann nicht", sagte ich.

„Tu nicht so."

„Wie tu ich denn?"

„Na, ... so halt, abgeklärt ... als ob du drüberstehst."

„Ich steh nur daneben."

„Du gibst hier den Coolen."

„Quatsch."

„Von wegen", lachte sie.

Kralle kam raus, den Blaumann bis zur Taille heruntergezogen. Wie ein Formel-1-Rennfahrer vor dem Rennen. So sollten wir ihn filmen, das sah richtig lässig aus.

„Sanne, kommst du mal?"

„Bumsen?", rief sie und lachte.

Kralle verzog sein Gesicht, als wäre er in einen Nagel getreten, hastete zu uns, ging in die Hocke und zischte leise: „Schon mal was von Nachbarn gehört? Scheiße, ich wohne hier, ich will nicht, dass du so was durch den Garten rufst. Hast du verstanden?"

Sie lachte nur. Kralle setzte sich hin.

„Ich hab mit Paul Folgendes besprochen ..."

„Paul", sagte sie spöttisch und sah aus, als krame sie in ihren Erinnerungen ein paar Bilder von ihm hervor, auf denen er nicht gerade gut wegkam.

„Ja, mit Paul. Wir stellen die Kamera auf, Bobo schaltet ein und wir beide sind dann allein. Das ist leichter."

„Das gibt kein besonders interessantes Bild", sagte ich.

„Egal, anders wird das nichts. Nicht heute. Es ist doch schwerer, als ich dachte."

„Absurd", fand Sanne.

„Vielleicht", meinte Kralle.

7

Ich richtete die Kamera auf dem Stativ ein, wählte die Halbtotale von der Liege mit dem Pool im Hintergrund, erklärte den beiden, wo sie aus dem Bild wären, schaltete ein und ging raus. Paul saß im Wohnzimmer und sah fern.

„Fangen sie jetzt endlich an?", fragte er mürrisch.

„Weiß nicht, wahrscheinlich, werden wir ja sehen."

„Wie lange läuft das Ding?"

„Dreißig Minuten, wenn der Akku nicht schlapp macht."

„Warum tust du keinen neuen rein?"

„Er ist frisch geladen. Aber ich hab die Kamera nie durchlaufen lassen. Ich weiß nicht, wann der Akku abkackt."

„Dann kontrollier das in 'ner Viertelstunde."

„Witzbold. Sie wollen alleine sein."

„Bei den Fotos hat sie sich nicht so dämlich angestellt."

„Welchen Fotos?"

„Na, Fotos halt."

„Ihr habt euch fotografiert?"

„Wir haben mal Fotos gemacht. Vor zwei Jahren. Also, gemacht hat sie ein Bekannter, ein Fotograf."

„Von ihr?"

„Von ihr und von uns ..."

„Die hast du verkauft?"

„Was denkst du? Dass ich sie mir ins Bad klebe?"

„Was weiß ich ..."

„Das ist ein Riesenbusiness, sag ich dir, ein fetter Kuchen. Da laufen richtige Gewinnspannen."

„Mit Porno?"

Er sah mich an. „Sag mal, bist du so dämlich oder tust du nur so? Natürlich mit Porno. Drück ich mich denn so undeutlich aus, oder was?"

„Also mit Porno."

„Ja, verdammt. Du filmst ein Pärchen beim Vögeln und verkaufst es als Kassette. Du kannst Hundert Mark und mehr für jede Kassette kriegen. Hundert Mark! Ich kenn einen aus 'ner Videothek, der hilft mir beim Marketing. Tausend Stück verkauft und du hast zwei Jahre keine großen Sorgen mehr, glaub mir das."

„Klingt irgendwie gut."

„Klingt gut, klingt gut ... du Penner. Es ist noch nicht einmal illegal. Jedenfalls fast nicht. Und die beiden vögeln doch sowieso jeden Tag. Warum dann nicht mal vor der Kamera, wenn man sich was dazuverdienen kann."

„Na ja, ich denke mal ..."

„Halts Maul jetzt, Schalke spielt."

Paul drehte den Ton lauter und versank schier in der Glotze.

Nach einer Viertelstunde traute ich mich nicht, hinüberzugehen. Paul sagte nichts, vielleicht dachte er nicht mehr dran. Ich blieb still sitzen und wartete einfach ab. Ein paar Minuten später tauchte Kralle auf, verschwitzt, etwas durch den Wind, aber erleichtert.

„Geschafft", rief er. „War nicht schwer."

„Gut!", sagte ich, um etwas zu antworten.

„Wurde auch Zeit", murmelte Paul.

„Kannst die Kamera abbauen", sagte Kralle.

„Wird nichts mehr gefilmt?"

„Heute sicher nicht. Jetzt ist erst mal Pause."

Ich flitzte hinüber, aber Sanne war nicht mehr da. Ich hätte sie so gerne noch gesehen. Wie sieht ein Mädchen aus, wenn sie es gerade hatte? Fand ich interessant. Die Kamera lief noch, ich sah durch den Sucher und der Bildausschnitt war anders. Die Liege war nur noch halb drauf. Sie müssen an das Stativ gestoßen sein. Ich ließ das Band zurücklaufen und meine Hände begannen zu schwitzen. Es dauerte ewig, bis das Band endlich stoppte. Ich drückte auf Play und sah durch den Sucher. Lange war keiner im Bild. Dann kam Kralle, zog Sanne hinter sich her zur Liege. Sie setzten sich und lachten. Als ob sie miteinander plaudern würden. Wie ein

Handwerker wirkte er nicht gerade. Ich hörte zwar den Ton aus der Kamera, doch zu verstehen war nicht viel, der Lautsprecher war auch nur sehr schwach. Ich drückte auf schnellen Vorlauf mit Bild. Sanne winkte mal in die Kamera. Na toll, dachte ich. Als sie endlich zu knutschen begannen und etwas Leben in die beiden kam, schaltete ich wieder auf Normalgeschwindigkeit. Aber nicht lange. Wie vorhin geschah sonst nichts. Erst zur Bandmitte hin standen sie auf und zogen sich aus, einfach so. Sie rissen sich die Kleider nicht gierig vom Leib, sondern standen auf, zogen sich aus und setzten sich wieder. Jetzt waren sie zwar nackt, saßen aber wieder nur nebeneinander auf der Liege und küssten sich. Minuten später tat sich was. Sanne stand auf und ging an der Kamera vorbei aus dem Bild. Kralle hockte nur da wie bestellt und nicht abgeholt. Er verschränkte die Beine, damit man sein Ding nicht sah. Das Bild zitterte und die Kamera zeigte in eine andere Richtung. Sanne war an das Stativ gestoßen. Jetzt sah ich ihr Gesicht, sie lachte und richtete das Bild wieder ein. Auch Kralle kam jetzt und fummelte an der Kamera rum. Als sie sich endlich wieder einander zuwandten, war nur noch die Hälfte der Liege zu sehen, ihr Kopfende fehlte, dafür war mehr von dem Ficus im Bild, der danebenstand. Sanne legte sich auf den Rücken und Kralle legte sich auf sie drauf. Dann wanderte sein Po rauf und runter, minutenlang. Ich sah ihre Köpfe nicht, aber ich glaubte nicht, dass sie es wirklich machten. Außerdem war es langweilig. Selbst mir.

Im schnellen Vorlauf wirkte es witzig. Sein Po hämmerte rauf und runter wie der Kolben in einem Motor. Irgendwann war es zu Ende. Die beiden standen auf und gingen aus dem Bild. Kralle machte vorher noch ein Victory-Zeichen, Sanne streckte dem Zuschauer die Zunge raus.

Ich schraubte die Kamera vom Stativ und packte zusammen. Eigentlich war ich maßlos enttäuscht. Ich hatte gedacht, das wird der interessanteste Tag meines Lebens. Aber jetzt kam mir Sex wie etwas vor, was nur in meinem Kopf, in meiner Vorstellung zu funktionieren schien. In Wirklichkeit war er monoton und äußerst peinlich. Genau so hatte ich mir meine eigene Zeugung eigentlich immer vorgestellt.

„Ist was drauf?", fragte mich Paul, der hereinkam, wohl um zu sehen, was so läuft.

„Schon."

„Und?"

„Sie liegen da und machen es." Ich deutete auf die Liege.

„Gut, gut ... und?"

„Was und?"

„Mann ... sieht man was?"

„Man sieht, wie sie es machen. Willst du reinschauen?"

Ich hielt ihm die Kamera hin.

„In das winzige Ding da? Was erkennt man da schon? Kann man das Ding an einen Fernseher anschließen?"

„Klar."

„Dann schließ mal an."

„Wo? Im Wohnzimmer?"

„Logisch, Kleiner."

Wir drehten den riesigen Farbfernseher im Wohnzimmer herum, und ich suchte nach den Anschlüssen für eine Videokamera.

„Wo sind denn die beiden hin?", fragte ich Paul.

„Sie werden duschen ...Kriegst du es gebacken mit dem Anschluss?"

„Mal schauen."

„Mann, mach hin."

„Schalte auf den Videokanal."

Paul probierte die Knöpfe der Fernsteuerung und irgendwann klappte es.

„Bild ist da", sagte er.

Ich setzte mich mit der Kamera vor den Fernseher und spulte herum. Das große Bild machte einen etwas besseren Eindruck als das kleine in der Kamera. Und es war auch farbig. Als Sanne ans Stativ stieß, hörte ich Paul tief Luft holen.

„Was ist jetzt?", sagte er. „Das ist das neue Bild? Ohne Köpfe, dafür mit Gemüse?"

„Ja, sie haben sich nicht mehr drum gekümmert."

„Und die bauen auch noch einen Türken?"

„Was für ein Ding?" Ich kannte diesen Ausdruck nicht.

„Das ist 'n Fake, 'n scheiß Fake ist das ... Der Kerl will mich verarschen ... komplett verarschen. Wem soll ich denn diese Scheiße verkaufen? Das will doch keiner sehen. Mann, die beiden sind ja noch dämlicher, als ich dachte, komplett abgefahren ist das ... so was von abgefahren."

Paul sprang auf.

„Schalt bloß diese Scheiße da ab, das ist Kinderturnen", rief er und verschwand in den Flur.

So schlecht fand ich es gar nicht. Eher ziemlich schräg. Ich hörte, wie Paul herumschrie und Kralle antwortete. Sie stritten also wieder. Sie hatten gestern am See gestritten und heute klappte auch nichts von dem, was sie sich vorgestellt hatten. Gestern war ich noch hinten im Opel gesessen wie ein Kind beim Sonntagsausflug, heute war ich Pornofilmer. Das fühlte sich gut an. Sollte das Warten ein Ende haben?

Ich holte mir was zu trinken und zündete mir eine an. Ich wartete darauf, dass irgendeiner von den Dreien zurückkäme, aber es kam keiner. Stattdessen stand plötzlich eine Frau in der Terrassentür und sah mich mit streng blitzenden Augen an.

„Wer sind Sie?", fragte sie mich.

„Bobo", sagte ich verwundert. „'n Freund von Kralle."

„Kralle? Wer soll denn das sein?"

„Kai-Uwe ... er wohnt hier."

„Ich wohne auch hier. Zusammen mit meinem Mann."

Sie schüttelte ihre Frisur, aber die Locken waren so fest wie aus dem Vollen gefräst. Sie musste die Freundin von Kralles Vater sein. Sie tat also so, als wären sie verheiratet. Mir war das egal. Sie sah richtig gut aus, trotz ihrer 39. Endlich wurde sie ein wenig lockerer, ihr Gesicht entspannte sich.

„Sind Sie ein Klassenkamerad?", fragte sie mich.

„Ja."

„Jünger als er, nehme ich mal an."

„Ja, zwei Jahre."

„Kai-Uwe ist kein sehr guter Schüler."

„Nein, wohl nicht."

„Sind Sie ein guter Schüler?"

„Keine Ahnung ... ganz schlecht bin ich nicht."

Sie kam herein und warf ihre schmale Handtasche auf den Tisch.

„Darf ich?" Sie deutete auf die Zigaretten.

„Klar." Es waren eh nicht meine.

„Danke."

„Kralle sagte ... ich meine Kai-Uwe, sie würden erst morgen wiederkommen ... aus Italien oder so."

„Das war auch so geplant gewesen. Aber der Jaguar ging kaputt ..."

Sie rauchte so affektiert, wie ich es bisher nur im Fernsehen gesehen hatte. Sie legte ihren Kopf in den

Nacken, um den Rauch nach oben wegzublasen und schüttelte ihr Haar aus.

„Unfall?", fragte ich.

„Nein, nein, irgendwas mit dem Getriebe. Der ADAC bringt den Wagen heim ... Wir sind geflogen, von Mailand aus."

„Schade", sagte ich.

„Wieso schade?"

„Um den Urlaub."

„Egal." Sie winkte ab. „Wo ist Kai-Uwe eigentlich?"

„Hinten. Duschen, glaube ich ... Sanne ist auch da. Und Paul."

„Das Haus ist also voll ..." Sie lächelte und ihre schönen Zähne blitzten wie die Kühlermaske eines Mercedes. Sie hatte Klasse, fand ich.

„Das sollten Sie jetzt ausschalten." Sie deutete lässig zum Fernseher.

Eine heiße Woge brandete über mich drüber, als ich Kralles Arsch rauf- und runtergehen sah.

„Ja, ja ...", beeilte ich mich und schaltete den Fernseher mit der Fernsteuerung aus.

Sie kicherte und fand es wohl komisch.

„Ich glaube, ich habe schon bessere Sexfilme gesehen", meinte sie.

„Ja, der ist nicht so ... besonders."

„Tut mir leid, dass ich einfach durch den Garten gekommen bin."

„Braucht Ihnen nicht leidzutun. Es ist Ihr Haus."

Sie sah mich an wie eine Mutter, die sich freute, dass ihr Sohn erwachsen wurde. Der Ausdruck meiner Mutter trug eher stille Verzweiflung in sich. Dabei war ich nicht schlimm. Dachte ich jedenfalls. Bis gestern war ich völlig harmlos. Und heute, was war da schon? Da war eigentlich nichts.

„Mit wem redest du?" Kralle kam rein.

„Bea?" Kralle war so erstaunt, dass ich schon fürchtete, er würde das Handtuch verlieren, das er sich um den Bauch gebunden hatte. Wenn das Video noch gelaufen wäre, hätte er es verloren, jede Wette.

Kralle fuhr mich heim. Lange Zeit schwieg er und wirkte bedrückt. Ich hatte meine Füße oben auf dem Armaturenbrett und fühlte mich nicht schlecht. Es dämmerte und das letzte Licht tauchte alle Dächer und Fenster in glänzendes Gold.

„Was für ein beschissener Tag", sagte er. „Und jetzt sind die beiden auch noch früher heimgekommen."

„Sie haben nichts bemerkt. Wäre sie allerdings 'ne Stunde eher ums Haus gekommen ..." Ich lachte, denn ich stellte mir vor, wie seine Stiefmutter in spe am Poolfenster vorbeikommt, während die beiden ihren Türken bauen.

„Scheiße", murmelte Kralle. Offensichtlich stellte er es sich auch gerade vor.

„Wie geht's weiter?", fragte ich.

„Keine Ahnung."

„Paul ist sauer, was?"

„Der kann mich mal ..."

„Brauchst du die Kohle eigentlich so dringend?", wollte ich wissen.

„Wieso?"

„Warum machst du das?"

„Spaß ... 'ne Herausforderung ..."

„Echt?"

„War nicht meine Idee ..."

„Eh klar."

Wir fuhren und der goldene Asphalt sauste unter uns hindurch. Kralle half mir noch, den ganzen Krempel hoch in meine Dachkammer zu schleppen. Zum Abschied drückte er mir sogar die Hand und klopfte mir auf die Schulter.

„Schon gut", sagte ich. „Was mach ich mit dem Material?"

„Weiß nicht, abwarten. Schließ es weg."

„Sowieso."

„Dann bis die Tage ..."

„Ja ... noch ein Bier?"

„Nein, Sanne wartet."

„Sanne, klar ... Was macht ihr morgen?"

„Weiß noch nicht, mein Vater ist ja wieder da."

„Telefonieren wir?"

„Ja ..."

Ich nickte. „Gut."

Kralle lächelte. „Ciao."

„Ciao."

Kralle sprang die Treppe runter, immer zwei Stufen auf einmal. Ich sah ihm nach, wie er durch den Vorgarten trabte, den Kofferraumdeckel zuschlug, in den Wagen stieg und den Motor aufheulen ließ. Er ließ mich zurück in meiner Turmstube.

Ich tat mir ein wenig leid, aber der Tag war zu interessant gewesen, um in diesem Gefühl länger zu baden. Immerhin hatte ich sie jetzt auf Video und konnte mit den beiden am Schneidetisch machen, was ich wollte. Später, in der Nacht, wollte ich anfangen das Material zu bearbeiten.

Testosteron Pictures proudly presents:

The Damned Fucking Weekend

Irgendwie so was wollte ich drüberschreiben.

Die halbe Nacht saß ich dann und bastelte herum. Die andere Hälfte schaute ich die Produktion der Konkurrenz. Viel Schlaf war nicht. Aber morgen war Sonntag.

Wirklich schade, dass keine Sanne da war.

8

Um zehn rief mich meine Mutter ans Telefon. Mein Vater sei dran, sagte sie, als ob sie ihn nicht weiter kennen würde. Ich ging die Treppe runter, aber ich hatte es nicht eilig. Sicher würde er nur wieder etwas von mir wollen. Ich soll ihm im Garten helfen, diese Richtung. Er hatte sich einen Schrebergarten gepachtet, und ich fand es bescheuert, die Wochenenden auf hundert Quadratmetern Grünfläche zusammen mit einem stinkenden Geräteschuppen zu verplempern, an dem alle zehn Minuten eine S-Bahn vorbeidonnerte. Wahrscheinlich würde er wieder ewig rumlabern, bevor er zur Sache kam.

Ich raunzte „Ja?" in den Hörer.

„Guten Morgen, hier ist dein Vater."

Er sprach so getragen, als ob er in seiner Behörde sitzen würde.

„Morgen", sagte ich. „Was gibt's?"

„Bist du denn schon wach, sag mal?"

„Nö."

„Ich bin um sechs Uhr aufgestanden. Obwohl Sonntag ist."

„Selbst schuld."

„Früher Vogel fängt den Wurm."

„Ach ja?"

„Es ist zwar nur ein Sprichwort, aber ich finde, es ..."

„Was gibt es? Du rufst doch nicht einfach so mal an."

„Du solltest das auch mal ausprobieren ..."

„Was?"

„Das Frühaufstehen. Du hast viel mehr von deinem Tag, wenn du nicht bis Mittag in der Falle liegst. Ich habe Gisela mit frischen Brötchen überrascht und sie heute mal richtig verwöhnt. Das erwartet eine Frau von einem Mann, du wirst noch sehen. Eine Frau bleibt sonst nicht bei dir ..."

„Du musst es ja wissen", unterbrach ich ihn.

„Es sind die Erfahrungen, die man so mit der Zeit macht, ja ... Nun gut, ich habe wirklich einen Wunsch an dich ..."

„Was?" Ich wurde ungeduldig.

„Du machst doch so kleine Filmchen, so Videofilmchen oder interessiert dich das auch schon wieder nicht mehr?"

„Ja, ich mache Filmchen." Allein wegen diesem einen Wort hätte ich auflegen sollen.

„Deine Kamera, funktioniert die noch?"

„Klar, was denkst du?"

„Na ..." Er lachte ein trockenes, unerträgliches He, he, he. „Sie könnte ja auch gerade kaputt sein. Bei euch Jungen geht doch alles recht schnell kaputt. Ihr behandelt es nicht gut, wisst um den Wert des Geldes noch nicht und wie viel Mühe es macht, es zu ..."

„Meine Kamera ist startklar und ich habe sie nie schlecht behandelt ... nie. Was glaubst du denn?"

„Ach, mein Junge, du erinnerst dich nur nicht mehr daran, was du früher so alles kaputt gemacht hast. Eine Zeitlang war es sehr schlimm gewesen, und ich wusste mir fast keinen Rat mehr ..."

„Ist ja jetzt vorbei."

„Ja, natürlich, aber diese Erinnerungen bleiben lebendig."

„Könntest du mal konkreter werden."

„Wo soll ich da anfangen? Es war eine ganze Lebensphase, in der du ..."

„Wegen der Kamera. Warum fragst du überhaupt nach ihr?"

„Die Kamera, nun ja ... nicht immer so eilig, mein Sohn. Wie oft unterhalten wir uns schon an einem ruhigen, sonnigen Sonntagvormittag? – Kennst du Brauns?"

„Wen?"

„Brauns."

„Wer soll das sein?"

„Die Familie von Gisela. Mütterlicherseits ist sie eine Braun. Eine angesehene Familie in Konnersberg. Keine so ganz kleinen Leute waren das, sag ich dir ..."

„Nein."

„Was nein?"

„Kenn ich nicht." Gisela interessierte mich nicht. Ihre Familie interessierte mich schon zweimal nicht.

„Nun, das ist auch nicht so wichtig. Es gibt da jedenfalls einen Lothar Braun, einen Onkel Giselas. Er wohnt noch in Konnersberg, mittlerweile ist er wohl etwas betagt. Er hat ein großes Haus mit Garten und in diesem Haus hat Gisela oft ihre Ferien verbringen dürfen. Bei ihr zu Hause war es sehr eng gewesen, ihr Vater hat ja nicht üppig verdient, ein Handwerker ... übrigens ein sehr anständiger, fleißiger Mann, sehr fleißig ... aber das Geld war knapp."

„Hätte er Beamter werden müssen."

Mein Vater lachte. „Kann ja nicht jeder", sagte er, „und ich glaube, er hätte die Voraussetzungen auch nicht erfüllt. Intellektuell, du verstehst, ich will ihm da nichts nachsagen, aber der Hellste war er wohl nicht gerade ..."

Es dauerte eine weitere Viertelstunde, bis mir mein Vater seinen eigentlichen Wunsch übermittelt hatte. Ich sollte Lothar Brauns alte Bude, seinen Garten und wohl auch ihn abfilmen. Ich verstand nicht, warum sie nicht einfach fotografierten, was sie wollten. Aber mein Vater bestand auf einem Videofilm und da kam nur ich in Frage. Er selbst hätte sich nie eine Filmkamera zugelegt, und zum Studium der Betriebsanleitung hätte er wahrscheinlich schon zwei Jahre gebraucht.

„Ich hole dich um eins ab, ja?", sagte mein Vater abschließend.

„Um eins schon?"

„Nach Konnersberg fahren wir eine Stunde über die Autobahn."

„Also um eins."

„Ja, sei bitte pünktlich, ich warte vor dem Haus."

„Warum kommst du nicht rein? Ist wieder was mit Mutter?"

„Nein, nein, aber du weißt, wie sie ist ... wie sie reagiert."

„Worauf reagiert? Auf dich? Das weiß ich ..."

„Auf Gisela."

„Sie kommt mit?"

„Natürlich, was denkst du?"

Jetzt erst begriff ich, worauf ich mich gerade eingelassen hatte. Ich legte auf. Im Flur passte mich meine Mutter ab.

„Was wollte er denn schon wieder?", fragte sie spitz und sah mich dabei an, als wäre ich ein Komplize meines Vaters.

„Ich soll ihm was helfen. Er kommt um eins und holt mich ab."

„Was sollst du ihm denn helfen?"

„Einen Videofilm drehen."

Sie lächelte. „Mach keine Scherze. Was will er? Du kannst es mir doch sagen. Immer diese Geheimnisse, diese Schwindeleien ..."

„Er will, dass ich was für ihn drehe. Bin ein gefragter Kameramann in letzter Zeit."

„Er hat ja noch nicht einmal was dazugegeben zur Kamera."

„Zwanzig Mark."

Wieder lächelte sie halb leidend, halb spöttisch.

„Einen Film also."

„Ja", sagte ich. „Für seine Gisela."

Meine Mutter brauchte nur eine Sekunde, um sich in eine andere zu verwandeln.

„Ach so", sagte sie. „Damit will ich nichts zu tun haben."

Sie ließ mich stehen und eilte in die Küche. Ich legte mich wieder ins Bett und schlief bis zwölf. Dann frühstückte ich und versuchte, meiner Mutter aus dem Weg zu gehen. Wenn sie sich über meinen Vater ärgerte, war sie nicht zu ertragen.

9

Um Viertel vor eins tönte eine Autohupe. Ich hatte gewusste, dass er nicht pünktlich sein, sondern schon viel früher auf der Matte stehen würde. Ich nahm meine Jacke, meine Videotasche und rief „Bin dann weg" durchs Haus.

Keine Antwort.

Na, dann halt nicht.

Mein Vater stand vor seinem Wagen und wirkte sichtlich erleichtert darüber, dass ich allein herauskam und er meine Mutter nicht zu begrüßen brauchte. Verschworen lächelnd, als hätten wir ein gemeinsames Geheimnis, schüttelte er mir die Hand. Dann nahm er mich bei der Schulter und drückte mich zur Beifahrertür.

„Komm, sag Tante Gisela schnell Guten Tag, damit wir fahren können."

„Was für 'ne Tante?", fragte ich provozierend.

Er lächelte mich unsicher an. „Nun komm ... komm."

Gisela sah noch schlimmer aus, als ich sie von unserem letzten Zusammentreffen in Erinnerung hatte. Ihre

Frisur aus lächerlichen Riesenlocken wirkte ebenso schräg wie die Schminke, die sie mit viel Geduld in ihrem Gesicht verteilt haben musste. Sie trug ein fliederfarbenes Frotteekostüm und wahrscheinlich wog sie mittlerweile eine Tonne. Sie streckte mir ihre Hand über die nur halb herabgekurbelte Scheibe entgegen und sagte: „Guten Tag, mein Junge."

„Guten Tag, Gisela", antwortete ich.

„Dann lasst uns aufbrechen", meinte mein Vater.

Ich stieg hinten ein und wir fuhren. Giselas penetrantes Parfum waberte wie Giftgaswolken durch den Innenraum. Wie hielt das mein Vater nur aus? Ich öffnete das Fenster. Gisela sagte sofort, es zöge ihr am Kopf. Ich schloss das Fenster, glaubte zu ersticken, öffnete es und sie protestierte wieder. Mein Vater schlug das Schiebedach als Alternative vor, aber das wollte sie ebenso wenig akzeptieren wie das Gebläse auf hoher Stufe. Immer zog es ihr am Kopf. Der Wagen war bald heiß wie ein Backofen.

Wir krochen durch die Stadt und hielten an Ampeln, nie sah einer herüber. Das Auto war nicht cool. Das war nichts anderes als ein Ding mit Rädern dran. Ich lehnte mich zurück und versuchte alles zu ignorieren, was mich umgab.

„Hast du dich angeschnallt?", fragte mein Vater.

„Ja, ja."

„Du bist doch nicht angeschnallt, ich sehe es. Was meinst du, was bei einem Unfall alles passieren kann?"

„Aber doch erst ab einer nennenswerten Geschwindigkeit", sagte ich.

„Für so etwas hat die Jugend keinen Sinn", kam es von Gisela.

„Darum muss ich ja darauf achten. Nun schnall dich bitte sofort an."

„Ja."

Ich nahm den Gurt und suchte nach dem Schloss. Es war keines da. Ich ließ den Gurt wieder einrollen.

„Hast du dich angeschnallt?", fragte mein Vater.

„Es geht nicht."

„Ich bitte dich, was soll nicht gehen? Du wirst dich doch noch anschnallen können? Ich verstehe den Jungen manchmal nicht."

„So sind die Kinder", sagte Gisela, „wir haben uns früher ja nicht so viel herausnehmen können."

„Schnall dich bitte an ... los jetzt."

Mein Vater sah mich durch den Rückspiegel an, die Stirn in Falten, die Augenbrauen hochgezogen.

„Es geht nicht, vergiss es", sagte ich.

„Wenn du dich nicht gleich anschnallst ..."

Er machte eine Pause, die ich nutzte, um „Was ist dann?" zu sagen.

„Oh, dieser Junge. Seine Mutter hat ihn nicht im Griff."

Die beiden nickten einander zu. Mein Vater fuhr an eine Tankstelle und hielt in einer Waschbox.

„Was ist denn jetzt los?", fragte ich.

„Ich will, dass du dich anschnallst, oder ich fahre nicht mehr weiter."

„Ein Leben an der Tanke", grinste ich, aber ich merkte, wie er immer unberechenbarer wurde und lenkte ein. Ich zog den Gurt heraus, hielt ihm die Lasche hin, dann führte ich sie zur Sitzfalte und sagte:

„Ohne Schloss kann das Ding hier nirgends einrasten, oder?"

Mein Vater starrte mich zornig an.

„Der Kerl sitzt drauf und glaubt, ich merke das nicht", sagte er zu Gisela.

„Ich sitze nicht drauf."

„Von wegen, du sitzt gerade mit Fleiß drauf."

„Nun reg dich nicht so auf", meinte Gisela.

„Er sitzt drauf!"

„Tu ich nicht."

„Gerald, ich bitte dich, das ist doch nicht so wichtig ..."

Mein Vater sprang aus dem Wagen, ich sprang aus dem Wagen. Er eilte ums Heck herum, und ich wusste nicht, ob er es auf mich oder den Gurt abgesehen hatte. Es war der Gurt. Er setzte sich auf die Rückbank, zog den Gurt heraus und suchte nach dem Schloss. Es gab kein Schloss.

„Wo ist denn das Schloss?", fragte er. „Wo hast du es hin?"

„Ich habe gar nichts."

„Hier war immer ein Schloss. Für jeden Gurt gibt es ein Schloss. Jetzt ist keins mehr da. Ich bitte meinen Sohn mal um einen kleinen Gefallen und er hat nichts anderes im Sinn, als Teile meines Wagens abzumontieren."

„Ich habe gar nichts", sagte ich.

„Nun streitet nicht", flötete Gisela, „wir kommen sonst zu spät."

„Hast du die Rückbank mal umgeklappt?", fragte ich.

„Was soll diese Frage? Nun lenk nicht ab ..."

„Wenn man die Sitzbank hochklappt, fallen die Gurtschlösser nach unten. Sie liegen dann unter der Bank."

„Nein, nein, nein", beharrte mein Vater, „das wäre mir doch aufgefallen."

„Klapp sie halt hoch."

„Warum soll ich die Bank hochklappen?"

„Dann siehst du, wer recht hat."

„Das weiß ich auch so."

„Nun lasst mal, ihr beiden." Gisela seufzte.

Mein Vater stieg aus und nestelte an der Sitzbank herum.

„Warum muss ich mich nur wieder über dich ärgern", sagte er. Endlich konnte er das Ding nach vorne umklappen. Die Gurtschlösser lagen darunter, wie ich es gesagt hatte.

„Der Junge hatte nichts anderes zu tun, als die Schlösser durch die Sitzfalte zu drücken."

„Das ist das Alter", sagte Gisela. „Mit zwölf sind sie alle so."

„Ich bin siebzehn", rief ich.

„Red dich nicht wieder raus", sagte mein Vater.

„Ach, so jung möchte ich noch einmal sein", trällerte Gisela und hockte auf dem Beifahrersitz, als hätte man sie darauf festgeschraubt.

Ich glaube, es gab keinen, der uns nicht überholte. Mein Vater kroch zwischen holländischen Wohnwagengespannen eingeklemmt auf der rechten Spur dahin und verkürzte sich die Fahrzeit, indem er sich mit Gisela über die Landschaft neben der Autobahn austauschte. Ich saß in meiner üblichen Ecke und der Sicherheitsgurt scheuerte an meinem Hals. Alles wirkte wie in Zeitlupe. Die richtige Welt, das war die linke Spur, wo sich die Porsche und Audi duellierten.

„Nun sieh dir nur mal dieses fantastische Rapsfeld an", sagte mein Vater zu mir.

Ich sah mir das Rapsfeld an. Es war gelb.

„Hast du solch ein Leuchten schon mal gesehen?"

„Ja."

„Ja?"

„Ja."

„Das Feld interessiert dich wohl gar nicht, hab ich recht?" Mein Vater starrte in den Rückspiegel.

„Lass ihn, das ist das Alter", sagte Gisela. „Da hat man noch keinen Sinn für die Natur."

„Inge hat ihn verdorben. Wahrscheinlich fordert sie ihn zum Widerspruch heraus. Hab ich nicht recht?" Mein Vater blickte mich über die Schulter an. „Deine Mutter ist das, oder? Sie trichtert dir ein, widersprich deinem Vater nur. Sie freut es doch, wenn ich Kummer mit dir habe."

„Ja", sagte ich und sah, wie wir ziemlich knapp an einem Wagen, der auf dem Pannenstreifen stand, vorbeirauschten. Ich drehte mich um. Ein Typ im gelben Overall blickte uns hinterher und schien zu schimpfen.

„Da hörst du es, er gibt es sogar zu", sagte mein Vater. „Seine Mutter war immer sehr schwierig."

„Ach ja." Gisela winkte ab und mir war so, als würde sie dabei lächeln.

10

Konnersberg war eine Kleinstadt, die wie evakuiert wirkte. Kein Mensch war zu sehen, die Straßen waren wie ausgestorben. Wir rollten an dunklen Schaufenstern vorbei, an grau-grünen Blumenkübeln, einer düsteren Kirche. Alles wirkte abweisend. Ich hatte das Gefühl, diese Stadt wollte nicht, dass wir gekommen waren.

„Wo ist das jetzt genau?", fragte mein Vater.

„Bahnhofstraße Nummer 17", sagte Gisela.

„Wo ist das?"

„Da vorne ... da vorne, denke ich mal. Ich komme sonst immer mit der Bahn. Da ist es nicht weit zu laufen."

Mein Vater stoppte den Wagen und mühte sich, das Seitenfenster möglichst rasch runterzukurbeln. Jetzt erst entdeckte ich den Mann, der hinter einem Zaun stand und eine Gartenschere in der Hand hielt. Er war hager und alt, die grauen Bartstoppeln umragten sein Kinn und waren nicht viel kürzer als die Haare auf seinem Kopf. Er trug kein Hemd, war käseweiß und hatte eine fiese Narbe quer über dem Bauch. Eine Narbe wie ein Riss. Er rauchte und die Kippe klebte ihm schief an der Unterlippe.

„Entschuldigen Sie bitte", rief mein Vater hinaus. „Bahnhofstraße, wo ist das?"

Der Mann wedelte mit der Schere, als ob er sagen wollte: Einfach geradeaus weiter, ihr Torfnasen.

„Dort hinunter?" Mein Vater deutete mit dem Finger über das Lenkrad. „Geradeaus? Und dann kommen wir in die Bahnhofstraße? Oder müssen wir abbiegen?"

Der Mann sagte nichts, wedelte nur mit der Schere, nickte dazu. Irgendwie hatte er was Lässiges an sich. Wir konnten ihm alle den Buckel runterrutschen. Das fand ich gut.

„Na, dann wollen wir mal sehen, ob er uns nicht in die Irre leitet", sagte mein Vater, drehte das Fenster hoch, legte den Gang ein und setzte den Blinker, obwohl er allein auf der Straße war. In Schrittgeschwindigkeit fuhren wir weiter. Die Häuser, an denen wir vorüberrollten, waren schmal, grau und schmucklos. Die Haustüren waren direkt an der Straße, die meisten trugen kleine Blechbriefkästen, in die meine Videozeitschrift, die ich abonniert hatte, nicht passen würde. Die Fenster waren quadratische, dunkle Höhlen.

„Das ist doch sicher falsch hier", meinte mein Vater ärgerlich. Dabei waren wir noch keine fünfzig Meter weit gefahren. „Wir müssen noch einmal fragen."

„Meinst du?", tat Gisela verwundert. „Hier ist aber niemand."

„Kannst du dich nicht erinnern?", fragte mein Vater.

„Ich weiß nicht. Ein wenig bekannt kommt es mir schon vor, aber so aus dem Auto heraus ..."

„Wir müssen einen vernünftigen Menschen fragen. Einen, der es uns erklärt."

„Ja", sagte Gisela.

Wir überquerten eine kleine Kreuzung.

„Links", rief ich.

„Wieso links?" fragte mein Vater und rollte weiter geradeaus.

„Links ist die Bahnhofstraße", sagte ich.

„Woher willst denn du das wissen?"

„Warst du denn schon einmal in meiner Geburtsstadt?", fragte Gisela.

„Nein."

„Was redest du nur wieder?", sagte mein Vater.

„Ich kann lesen", erwiderte ich.

„Da waren doch keine Straßenschilder", sagte mein Vater.

„Es stand auf einem Haus. Unter der Nummer."

„Du musst aber gute Augen haben", bemerkte Gisela.

„Soll ich umkehren?", fragte mein Vater, als wollte er das zur Diskussion stellen und dann darüber abstimmen lassen.

„Ich glaube, jetzt weiß ich auch wieder, wo wir sind", freute sich Gisela.

„Hier kann ich den Wagen nicht wenden", sagte mein Vater.

Das Haus war alt und sah aus, als ob keiner mehr darin wohnen würde. Man musste durch einen schmalen Vorgarten, bevor man die Haustür erreichte. Überall wucherte der Löwenzahn, blätterte der Putz und lag Gerümpel herum. Es gefiel mir, hier schien nicht ständig einer daran herumzupfuschen.

„Wie es hier nur aussieht ...", sagte Gisela. „Ich hoffe, er hört uns, wenn wir läuten." Sie watschelte durch den Vorgarten zur Tür. Ihr ganzer Rücken bestand nur aus Sitzfalten. Sie atmete schwer.

„Ein schöner Besitz", meinte mein Vater und sah an der Fassade hoch. „Wenn man es ordentlich herrichtet, hat man ein Haus in bester Lage."

„Ich höre die Glocke gar nicht", wunderte sich Gisela und rammte ihren dicken, kurzen Daumen immer wieder gegen den Knopf.

„Ist sie kaputt?", fragte mein Vater.

„Ich weiß nicht. Früher hat man es gehört."

„Sicher ist sie kaputt."

„Ich weiß nicht ... Ich werde klopfen."

Gisela klopfte und mein Vater zupfte an einem Strauch.

„Das ist Ginster", erklärte er mir. „Der braucht Pflege, viel Pflege."

„Ja." Ich deutete auf eine Birke. „Das ist eine Birke, sie schafft es auch allein."

„Was meinst du?", fragte mein Vater.

„Nichts", sagte ich und wandte mich ab.

„Die Tür ist gar nicht abgesperrt", sagte Gisela. „Sieh nur, wie früher."

Sie öffnete die Tür, gab ihr einen Stoß und ließ sie innen gegen die Wand prallen.

„Sehr leichtsinnig", meinte mein Vater, „da kann ja jeder rein."

„Ich werde mal nachsehen, wo er ist", rief Gisela.

„Ja, wir warten hier."

„Ich bin gleich wieder zurück."

„Ja, wir warten."

Gisela verschwand im Haus.

„Ich muss den Wagen noch verriegeln", sagte mein Vater und eilte um den Wagen herum von Tür zu Tür, öffnete sie, drückte den Knopf herunter, warf sie zu und probierte, ob sie auch wirklich verriegelt war. Die Fahrertür sperrte er mit dem Schlüssel ab.

„Was soll ich jetzt filmen?", fragte ich gereizt. Langeweile machte sich in meinem Inneren breit, ein gewaltiges, graues, alles verschlingendes Loch.

„Jetzt begrüßen wir erst einmal ihren Onkel. Ich hoffe, er hat nichts dagegen ..."

„Gegen das Filmen? Warum?"

„Nun lass mal ..."

Mein Vater stellte sich in den Vorgarten und musterte das herumliegende Gerümpel. Soweit ich sehen konnte, waren es morsche Bretter, ein verrosteter Gartenstuhl, ein Zinkeimer, alte Farbdosen – es war irgendetwas und lohnte nicht, betrachtet zu werden.

„Der schöne Stuhl", sagte mein Vater und lehnte ihn ordentlich an die Fassade. „Sie lassen ihn hier einfach im Freien vergammeln."

Im ersten Stock öffnete sich ein Fenster. Gisela sah auf uns herab wie ein Burgfräulein.

„Er ist hier oben", rief sie. „Kommt nur rein ... die Treppe hoch, gleich rechts müsst ihr gehen ... gleich nach rechts die Treppe hoch ... nach oben ..."

„Ja", sagte mein Vater, „wie geht es ihm?"

„Die Treppe hoch", wiederholte Gisela.

„Geht es ihm gut?", fragte mein Vater.

Gisela schloss das Fenster. Ende der Vorstellung.

„Der schöne Stuhl", sagte mein Vater.

Die Haustür führte zu einem Treppenabsatz, es ging nur hinauf oder hinunter. Die Treppe knarrte und es gab ein unglaublich schmutziges Fenster zum Garten hin. Mein Vater deutete hinaus und lächelte.

„Die reinste Wildnis", lächelte er.

Der Garten war ungewöhnlich groß und fiel zu seinem Ende hin ab, das Haus lag an einem leichten Hang.

Es war ein Garten nach meinem Geschmack. Blühendes, üppiges Chaos.

„Nun komm weiter", sagte mein Vater.

Es roch komisch, das fiel mir auf.

„Hier herein", rief uns Gisela zu.

Hinter einer geöffneten Tür sah ich den Hausherrn am Tisch sitzen. Seine weißen Haare bildeten einen Kranz um seinen kahlen Schädel und hingen ihm bis auf die Schultern hinunter. Er trug einen schlammgrünen Rollkragenpullover und seine Hände lagen nebeneinander auf dem Tisch. Überall waren aufgerissene Medikamentenschachteln, verklebte Tassen und Gläser voller fettiger Fingerabdrücke. Mehrere Tablettenröhrchen und die dazugehörigen Informationszettel lagen achtlos auf dem Boden verstreut.

„Das ist mein Onkel Lothar." Gisela klopfte dem Alten auf die Hände wie einem Kind.

„Ja, ja", meinte der Alte. Er hatte keinen einzigen Zahn mehr im Mund.

„Warum sitzt du denn hier drin?", fragte Gisela. „Wo es draußen doch so schön ist."

„Was?", sagte der Alte.

„So schön!", rief Gisela. „Schönes Wetter!"

„Ja, ja."

„Stell dich mal vor", flüsterte mein Vater und schob mich vor sich her. Er war einen Kopf kleiner als ich, aber er hatte Kraft. Obwohl er nie irgendwelchen Sport getrieben hatte, hatte er Kraft. Von seiner Zeit beim Bund, hatte er mal behauptet, aber ich bezweifelte das. Es war eben wie bei Kralle.

„Das ist Bertram!", schrie Gisela dem Alten ins Ohr. Seine grauen Augen wanderten ratlos über mein Gesicht.

„Wer?", fragte er.

„Bertram! Der Sohn von meinem Bekannten!"

Ich drehte mich um und sagte zu meinem Vater: „Du bist ihr Bekannter."

„Ja, ja." Es war ihm peinlich.

Der Alte hielt mir seine zitternde Hand hin und ich drückte sie. Sie war scheußlich kalt.

„Wie geht es dir?", fragte Gisela. „Wir haben uns ja leider so lange nicht mehr gesehen."

„Ja?", sagte der Alte. Ich glaubte nicht, dass er es als Antwort gemeint hatte.

„Jahre", tönte Gisela. „Ach, wie die Zeit nur eilt. So schnell eilt sie dahin ... so schnell." Sie machte eine Geste, als ob sie winken wollte.

Mein Vater hielt dem Alten die Hand hin und verneigte sich, als der endlich kapierte.

„Gerald Maier", sagte mein Vater.

„Ja, ja, ja", bekam er als Antwort.

„Wer kümmert sich denn um dich?", fragte Gisela.

„Leben Sie ganz alleine in dem großen Haus?", wunderte sich mein Vater und zog die Mundwinkel staunend nach unten.

„Hast du eine Haushaltshilfe?", fragte Gisela.

Ich dachte mir, wenn er eine hätte, würde ich sie rauswerfen. Das Zimmer starrte vor Dreck.

„Was?", fragte der Alte und ein Lächeln zeigte sich in seinem Gesicht. Ein erstauntes, ratloses Lächeln.

„Ich werde uns Kaffee machen, und ich habe auch Kuchen dabei", sagte Gisela zu uns. „Wir trinken Kaffee, ist dir das recht?", rief sie dem Alten ins Ohr.

„Kaffee?", sagte der Alte.

„Ja, den magst du doch, das weiß ich", schmalzte Gisela.

„Ja, ja, ja", murmelte der Alte. „Ach ja." Er machte Kaubewegungen und sein Unterkiefer beschrieb dabei einen Kreis. In seiner Blickrichtung stand ein Fernseher,

106

aber der lief nicht. Ich überlegte, ob ihn Gisela wohl ausgeschaltet hatte, als sie hereingekommen war.

„Ich werde uns Kaffee kochen", bestimmte Gisela und stand auf.

„Da brauchst du sicher Hilfe", sagte mein Vater.

„Nein, nein", winkte sie ab.

„Aber das ist doch selbstverständlich. Bertram leistet deinem Onkel in der Zwischenzeit ein wenig Gesellschaft."

„Ich? Ich kenn den doch gar nicht", fuhr ich hoch.

„Aber bitte, was ist denn das für ein Argument", meinte mein Vater.

Gisela stampfte hinüber in ein anderes Zimmer. Wahrscheinlich war da die Küche. Die Dielenbretter schrien unter ihrem Gewicht.

Mit dem Alten alleingelassen, fühlte ich mich nicht wohl. Er beachtete mich aber nicht weiter und machte auch keine Anstalten, mir einen Stuhl anzubieten. Ich schlenderte im Zimmer herum, als wollte ich mir die Möbel ansehen. Überall türmte sich irgendwelcher Plunder. Ich legte meine Hand auf den Fernseher, er war warm. Also hatte sie ihn ausgeschaltet, als sie hereingekommen war. Ich drehte mich um und sagte zu dem Alten: „Willst du wieder fernsehen?"

Er glotzte durch mich hindurch. Ich nahm die Fernsteuerung, die oben auf dem Fernseher lag und schaltete ein. Der Ton war brüllend laut eingestellt.

„Bertram, bitte", rief mein Vater aus der Küche.

„Was?"

„Gisela will, dass der Fernseher ausbleibt."

„Gisela will das?"

„Ja, jetzt bitte ..."

Ich sah den Alten an, zog die Schultern hoch und schaltete ab.

„Gisela", sagte ich und deutete zur Küche. „Gisela will das nicht."

Er glotzte durch mich und den Fernseher und die Wand einfach hindurch.

11

„Darf ich in den Garten?", fragte ich in die Küche hinein.

„Unterhalte dich doch ein wenig mit meinem Onkel", sagte Gisela.

„Was willst du im Garten?", fragte mein Vater.

„Er will sich nicht mit mir unterhalten. Er weiß nicht, wer ich bin", sagte ich.

„Ich habe es ihm doch erklärt", sagte Gisela. „Mein Onkel ist ein sehr gebildeter Mann, von dem können wir alle etwas lernen. Er war Biologe an einem Institut."

„Vor hundert Jahren", sagte ich.

„Sei nicht unhöflich", tadelte mich mein Vater.

„In diesem Haus hier habe ich viele schöne Jahre erlebt", sagte Gisela. „Es steckt für mich voller Erinnerungen."

„Geh wieder hinüber", sagte mein Vater. „Wir kommen ja gleich mit dem Kaffee."

Die Küche sah aus, als würde allein der Abwasch ein Jahr dauern.

Der Alte rührte sich nicht. Er saß da und schien zu warten. Ich dachte, wenn du jung bist, musst du warten, und wenn du alt wirst, wartest du wieder. Trübe Aussichten also. Ich zog einen Stuhl unter dem Tisch hervor und legte die Zeitschriften, die sich auf der Sitzfläche stapelten, auf einen anderen Haufen. Ich setzte mich, sah den Alten aufmunternd an und sagte: „Ja, ja."

„Ja, ja", murmelte er.

„Ja, ja", wiederholte ich und nahm mir vor, nichts anderes mehr zu sagen. Schließlich hätten sie mich ja ruhig hinunter in den Garten gehen lassen können.

Gisela schleppte Tassen und Teller heran, stellte sie auf den Tisch und schloss das Fenster, das ich geöffnet hatte, weil der süßsaure Duft des Alten mir auf den Magen geschlagen war.

„Es zieht", sagte sie, als ob gleich einer daran sterben würde.

Wir tranken Kaffee und aßen Giselas Marmorkuchen, der wirklich ausgezeichnet schmeckte.

„Nun sieh nur den Jungen", sagte Gisela, als ich mir ein zweites Stück nahm.

„Hast du gefragt?", sagte mein Vater.

„Er soll nur zulangen", sagte Gisela.

„Darf ich?", fragte ich, da lag das Stück längst auf meinem Teller.

„Nimm nur", sagte Gisela.

„Bedank dich", sagte mein Vater.

„Danke", sagte ich.

„Ja, ja", sagte der Alte. Er trank seinen Kaffee nicht. Den Kuchen schob er mit zitternder Hand in seinen Mund und ließ den Unterkiefer kreisen. Viel geredet wurde nicht. Mein Vater saß da, als hätte er ein Vorstellungsgespräch. Aufrecht und sorgsam auf jede seiner Bewegungen achtend. Giselas Gesicht erstarrte in einem Dauerlächeln. Fortwährend bot sie einem von uns noch etwas an. Sie konnte nicht mal zehn Sekunden Schweigen ertragen.

„Es ist so schön, hier mal wieder zu sitzen", sagte sie, „gell, Onkel Lothar?"

Sie klopfte dem Alten auf die Hand.

„Was?", fragte er.

„Schön!", rief Gisela.

„Ja, ja", sagte der Alte.

„Ja, ja", sagte ich und lachte.

„Wirst du dich wohl ...", sagte mein Vater. Es war einer jener Sätze, die er oft verwendet hatte, als ich noch ein Kind war. Immer endeten sie im Nichts.

„Was soll ich eigentlich filmen?", fragte ich.

„Später", sagte Gisela.

„Lass mal", sagte mein Vater, griff nach meinem Unterarm und drückte ihn. „Lass mal."

„Ja, ja", sagte ich.

„Später filmst du dann alles", sagte Gisela.

„Später", wiederholte mein Vater und drückte meinen Unterarm.

„Du darfst in den Garten gehen, wenn du möchtest", sagte Gisela.

„Mach ich sofort", erwiderte ich und stand auf.

„Bertram geht jetzt hinunter in deinen schönen Garten", rief Gisela dem Alten ins Ohr. „Der Garten war doch immer dein ganzer Stolz."

„Als Biologe liegt das nahe", sagte mein Vater.

„Ja?", sagte der Alte.

„Garten!", rief Gisela.

„Ja", sagte der Alte und nickte sogar. Die Kuchenbrösel klebten auf seiner eingefallenen Brust.

Ich eilte die steile Treppe hinunter und ließ sie allein mit dem Alten. Sie hatten es verdient, dort oben sitzen zu müssen. Sie waren hierhergekommen, und ich glaubte nicht, dass sie jemand darum gebeten hatte.

Gegen diesen Garten hatte schon seit langem kein Mensch mehr seine Hand erhoben. Er war wild und dicht, an manchen Stellen undurchdringlich, dazu voller Leben. Der Garten hatte wieder niedergerungen, was die Menschen ihm angetan hatten. So stellte ich mir die Stadt vor, wenn uns alle eine Giftgaswolke auslöschen würde. Eingewachsene Gartenstühle bildeten ein perfektes Rückgrat für Büsche und Sträucher. Sie standen dabei nicht mehr am Boden, sondern waren von den Zweigen nach oben mitgenommen worden. Einer hing einen halben Meter hoch und sah aus wie ein Kunstwerk. Die Äste der alten Bäume wölbten sich wie ein weiter Rock zu Boden. Der Garten war nicht sehr breit, aber ziemlich tief. Es dauerte, bis ich mich zu seinem Ende durchgekämpft hatte. Ich fühlte mich wie ein Entdecker. Es wäre der perfekte Garten für meine Kindheit gewesen, jetzt war ich fast schon zu alt, um mich von seinen Geheimnissen forttragen zu lassen. Ich sah seinen Zauber schon zu sehr mit den Augen der Erwachsenen.

An seinem Ende war eine Mauer, deren herabgefallener Putz schmale Ziegel offenbarte. Die eingewachsene Tür in der Mitte ließ sich nicht öffnen. Durch Risse hindurch sah ich eine kleine Straße mit parkenden Autos. Auch eine Garage gab es hier, deren Tor in der Mauer eingelassen war. Ich wischte mir ein Guckloch im Fenster frei und sah einen staubbedeckten Wagen inmitten von Fahrrädern, Autoreifen und anderem alten Gerümpel. Auch die Tür zur Garage ließ sich nicht mehr öffnen. Ich stemmte mich dagegen, und sie gab ein paar Zentimeter nach. Auf dem Boden stand eine leere Büchse mit alten, steinharten Pinseln, daneben lag ein Anzeigenblatt von 1973 und eine goldbraun verrostete Kneifzange. Ich wollte wissen, was für ein Auto in der Garage stand, aber durch den Spalt war es mir nicht möglich, die Marke zu erkennen. Ich las 2000 auf dem Kofferraumdeckel. Der Wagen musste dort schon ewig stehen und sicher würde er nicht mehr anspringen.

Zurück beim Haus rief mich Gisela aus dem Küchenfenster im ersten Stock.

„Kommst du mal?"

„Ja."

Mein Vater und seine dicke Freundin taten verschwörerisch. Sie empfingen mich gemeinsam an der Treppe und winkten mich hinter sich her in die Küche. Beide drehten ihre Köpfe immer wieder verstohlen in Richtung des Wohnzimmers. Ich sah im Vorübergehen den Alten unverändert am Tisch sitzen. Er interessierte sich nicht für uns.

„Was gibt's?", fragte ich.

„Pass mal auf", sagte mein Vater.

„Wir müssen ein wenig diskret sein", sagte Gisela.

„Das ist jetzt wichtig", ergänzte mein Vater.

„Was denn?", fragte ich.

„Könntest du hier filmen?", fragte Gisela.

„Hier? Die Küche?"

„Nein, die Küche nicht", sagte mein Vater.

„Doch, doch", sagte Gisela. „Auch hier. Ein paar Sachen wenigstens. Der Vollständigkeit halber."

„Ach, auch hier?", sagte mein Vater.

Ich schmunzelte. „Den Abwasch?", fragte ich.

„Das Geschirr", sagte Gisela. „Da ist durchaus etwas von Wert dabei."

„Porzellan", sagte mein Vater. „Oder gute Töpfe."

Ich wusste nicht, ob er ernst meinte, was er sagte. Wahrscheinlich schon.

„Wir wollen das hier auf Film haben, um später allen Streit zu vermeiden", sagte Gisela. „Schließlich muss das alles einmal aufgeteilt werden."

„Aufgeteilt?", fragte ich.

„Du verstehst schon", sagte mein Vater.

„Eigentlich nicht", sagte ich.

„Irgendwann wird es geschehen", sagte Gisela. „Unser Hab und Gut wird neue Besitzer finden, da wir nicht mehr sein werden. Erst werden uns unsere Liebsten genommen, und dann werden auch wir eines Tages vor unseren Schöpfer treten."

„Amen", sagte ich.

„Damit es keinen Streit gibt", sagte mein Vater. „Nur darum geht es."

„Wenn wir wissen, was da war und was nicht, gibt es hinterher keinen Streit", sagte Gisela. „Dein Vater hatte die Idee mit den Videoaufnahmen, und du tust mir damit einen großen Gefallen. Eigentlich ja nicht nur mir, sondern meiner ganzen Familie ..."

„Wie schnell gibt es immer wieder Streit", sagte mein Vater.

„Den wollen wir vermeiden." Gisela legte ihren Arm um meine Schulter. Er war so wabbelig wie weißer Pudding. „Meine Familie ist ja recht groß", sagte sie, „und die meisten hat es in alle Winde über die Welt verstreut. Auch ich lebe ja schon lange in der Stadt ..."

„Ja, ja", sagte ich und hoffte, sie würde mich loslassen. Sie hielt mich aber fest wie ihre Beute.

„Nicht ein jeder ist leider bereit, gerecht zu teilen", sagte Gisela und wiegte dabei den Kopf hin und her wie ein Wackeldackel auf der Hutablage. „Nicht ein jeder ..."

„Du liebe Zeit", sagte mein Vater und winkte ab, als kenne er alle, die Gisela mit Jeder gemeint haben könnte. „Es geht nur um das beste Stück vom Kuchen ..."

„Ein schöner Vergleich, Gerald", sagte Gisela. Sie lächelten einander an, als wären sie auf Drogen.

„Krieg ich dann deinen Escort?", fragte ich grinsend.

„Wie meinst du?" Mein Vater sah mich ratlos an.

„Na ja, so halt", sagte ich.

„Ich verstehe nicht", sagte mein Vater.

„Vergiss es am besten", sagte ich.

„Ich möchte mit deinem Film nur für Gerechtigkeit sorgen", sagte Gisela. „Onkel Lothar hat schließlich keine eigenen Kinder."

„Die direkten Nachkommen fehlen", sagte mein Vater.

„Seine erste Frau ist im Kindbett gestorben", sagte Gisela. „Zusammen mit dem Kind."

„Ein Bombenangriff", sagte mein Vater.

„Nein, das war nach der Währungsreform", sagte Gisela. „Wohl eine ganz normale Infektion ..."

„Ich dachte ...", sagte mein Vater und hob den Zeigefinger der rechten Hand, als wollte er gleich auf einen Klingelknopf drücken.

„Nein, nein", sagte Gisela. „Mein Onkel war ja schon wieder aus der Gefangenschaft zurück ..."

„Bei den Russen, das ist schlimm", sagte mein Vater, und ich starrte seinen Finger an, der ins Leere zeigte.

„Er war Offizier", sagte Gisela. „Hochdekoriert ..."

„Diese Russen", sagte mein Vater. „Das war kein Zuckerschlecken ..."

„Ich glaube, die Amerikaner haben ihn gefangen gehalten."

„Ja, dann", sagte mein Vater, als ob er es nicht gelten lassen konnte.

„Er hat mir immer sehr leid getan", sagte Gisela. „Erst der Krieg, dann das mit seiner Frau. Seine zweite Frau hat ja keine Kinder mehr bekommen können."

Oder er hat keinen mehr hochbekommen, dachte ich. Es war gemein, so etwas zu denken. Trotzdem musste ich jetzt lächeln.

„Das ist leider nicht sehr lustig", meinte mein Vater.

„Nein", sagte ich.

„Du tust mir damit einen großen Gefallen", sagte Gisela und ließ mich endlich wieder los.

„Ja", sagte ich.

„Dein Film dokumentiert den Besitz wie eine Urkunde", sagte mein Vater. „Das hat auch seine rechtliche Relevanz."

„Damit es mal keinen Streit gibt", sagte Gisela.

„Ja", erwiderte ich.

12

Ich sollte alles filmen. Vor allem die Schränke, die noch nach etwas aussahen, und die Ölbilder an der Wand. Filmen war in der Tat besser als Fotografieren, da es schneller ging und man durch die Schwenks auch beweisen konnte, alles hier im Haus aufgenommen zu haben. Diese Idee hätte ich den beiden gar nicht zugetraut. Gisela wollte aber nicht, dass ihr Onkel von alldem was mitbekam. Also nahmen wir uns das Wohnzimmer zuletzt vor. Wie einen Scanner ließ ich die Kamera über all den vielen Krempel gleiten. Ich probierte raffinierte Kamerafahrten durch Stuhllehnen hindurch und verbog mich dabei wie ein Schlangenmensch. Mein Vater begleitete mich wie ein Schatten und deutete fortwährend auf alles Mögliche.

„Hast du das hier schon?", fragte er.

„Ja, doch."

„Sieh nur hier, dieses schöne Bild ... prachtvoll, ein echtes Kunstwerk, ein talentierter Meister, ein ... das könnte ein ... nun ... sein, ein ..."

Mein Vater konnte die Signatur nicht entziffern, nahm seine Brille ab und setzte sie wieder auf. Er verstand wohl nicht viel mehr als ich davon. Ich hatte keine Ahnung und es war mir auch völlig egal. Die Bilder waren dunkel und die Farben unter dem Schmutz kaum mehr zu sehen. Es waren alle möglichen Landschaften, nicht mal kitschig. Vielleicht waren sie was wert. Vielleicht aber auch nicht. Alt waren sie jedenfalls, aber was hieß das schon?

„Die sind aus Frankreich", sagte Gisela leise, als sie nach uns sah.

„Ich dachte mir schon, diese Bilder ...", sagte mein Vater.

Gisela kam herein und sprach ganz leise. Sie schirmte ihren Mund sogar mit der Hand ab.

„Die haben sie mitgehen lassen", sagte sie. „Damals, im Krieg, ihr wisst schon. Die sind aus irgendeinem Schloss an der Loire."

„Aus einem Schloss?", fragte mein Vater.

„Lange her", sagte Gisela.

„Aus einem Schloss also", sagte mein Vater und besah sich noch einmal ausgiebig die winzigen Bilder an der Wand.

„Ihr versteht sicher meine Sorge", sagte Gisela. „So ein Bild ist schnell mal abgehängt."

„Ach, du liebe Zeit ...", sagte mein Vater und winkte ab.

Ich fand die Bilder immer noch klein und dunkel.

„Was als Nächstes?", fragte ich.

Ich filmte die gesamte Habe eines fremden Menschen. Sein Bett, seine Schränke, manche auch mit Inhalt, seine Zimmer, Flure, Wände, Abstellkammern. Ich durfte überall hineinsehen, wenn ich wollte, niemand setzte mir Grenzen. Ich filmte das ganze Haus, in dem Onkel Lothar seit über fünfzig Jahren lebte. Und so, wie er aussah, würde er es nicht mehr lange machen. Ich sah also einen Zustand, der sich schon bald radikal verändern würde. Es war spannend, und es hatte etwas Verbotenes an sich.

Gisela bereitete die Zimmer vor. Sie räumte irgendwelchen Krempel heraus und legte ihn auf den Boden, das Bett oder einen Tisch. Manchmal blieb sie zu den Aufnahmen und hielt etwas ins Bild. Drehte es herum, deutete auf eine Besonderheit, sagte etwas dazu. Sie kam mir vor, als moderierte sie eine Sendung, und sie machte es nicht mal schlecht. Sie hatte keine Scheu vor der Kamera, das wunderte mich. Die meisten Menschen veränderten sich, wenn ich meine Kamera auf sie richtete. Mein Vater duckte sich immer weg, als wäre mein Objektiv das Mündungsfeuer eines feindlichen Geschützes. Zwanghaft vermied er es, ins Bild zu geraten. Einmal stieß er sich bei einem Fluchtversuch sogar die Hüfte an der Kommode im Schlafzimmer. Es musste ziemlich schmerzen, und ich ließ weiterlaufen. Wie bei einer Fernsehdoku, live mit der Handkamera dabei. Mein Vater versuchte zu lächeln, und ich wusste, er würde den Schmerz so lange herunterschlucken, wie meine Kamera lief. Es begann mir Spaß zu machen.

Gisela führte ihren Onkel aus dem Wohnzimmer heraus, damit wir hinein konnten. Der Alte schien nicht zu kapieren, was sie von ihm wollte, aber er ließ es geschehen. Sie wollte ihn zur Toilette bringen, aber ihr Onkel sträubte sich. Er wollte lieber in die Küche.

„Aber musst du nicht mal?", rief sie ihm ins Ohr.

Sie deutete uns, ins Wohnzimmer zu gehen, als der Alte mit seinen langsamen Schlurfschritten endlich durch die Tür in der Küche war. Mein Vater benahm sich, als wollte er mir Deckung geben. Er blieb möglichst breit im Türrahmen stehen und sah immer wieder nervös über seine Schulter. Ich hörte, wie Gisela unentwegt auf den Alten einredete, dabei war das Filmen nicht laut.

„Vergiss die Bilder da an der Wand nicht", sagte mein Vater.

„Die Beutekunst?" Ich lachte, er nicht.

„Woher diese Bilder wohl sind?", fragte ich.

„Nun mach ... und vergiss diese Karaffe dort nicht."

Er deutete mit dem Finger darauf und ging mir auf die Nerven.

„Ein original französischer Pisspott", sagte ich. „Hat schon der Sonnenkönig benützt."

„Und dort drüben, siehst du das? Dort hängt ein schöner Stich ..."

„Ja, ja."

Unentwegt erteilte er mir Anweisungen. Ich glaube, er schwitzte sogar vor Aufregung. Ich blieb ganz cool.

„Das ist ein Spitzweg", sagte ich und zeigte auf ein besonders kleines Bild an der Wand.

„Wirklich?" Mein Vater richtete sich auf, als presste ihm einer eine Pistole in den Rücken. „Mein Gott, was so was wohl wert sein muss?"

Ich lachte. Er merkte noch nicht einmal, wenn man ihn hochnahm.

Das Wohnzimmer war mit Abstand am schmutzigsten. Der Alte musste hier wohl alle seine Tage verbringen. Ich verstand nicht, wie er überhaupt noch zurechtkam. Schritte auf der Treppe schreckten uns auf.

„Die Kamera aus", sagte mein Vater, aber ich schaltete nur das rote Licht auf der Stirnseite aus und ließ sie weiterlaufen. So machen es alle beim Fernsehen, und ich wollte gut sein, ein richtiger Profi. Ich war gespannt, wer heraufkommen würde.

„Gisela?", rief eine herbe Frauenstimme. „Sieht man dich plötzlich auch mal wieder?"

„Elisabeth?", flötete Gisela und eilte an die Treppe. „Nein, dass wir uns einmal wiedersehen, wie geht es dir, wie geht es? Nein, dass wir uns endlich einmal wiedersehen ..."

Elisabeth war ganz anders als Gisela. Sie war knochig und hager. Ihre dunklen Augen blitzten misstrauisch aus tiefen Höhlen. Die weißgrauen Haare hatte sie am Hinterkopf zu einem Dutt gebunden. Sie trug eine bunte, belanglose Kittelschürze und sah nicht so aus, als würde ihr das Leben viel Spaß machen. Ich spürte gleich, dass sie uns nicht traute. Mein Vater versuchte mehrmals, ihr seine Hand anzubieten. Er zuckte nach vorne, verbeugte sich dabei und zog die Hand wieder zurück, weil sie nicht reagierte. Ich spürte, wie er darunter litt, dass sie an den üblichen Ritualen nicht interessiert war. Mir war es nur recht. Sie hatte schwielige Hände und vergrub sie meist in ausgebeulten Taschen, in denen sie herumwühlte, als suchte sie fortwährend nach einem bestimmten Gegenstand.

„Ich hab nicht viel Zeit", sagte sie. „Das sag ich euch gleich."

„Das ist mein treuer Freund Gerald und sein Sohn Bertram", sagte Gisela und deutete auf uns.

Elisabeth sagte nur: „Ja, ja, schon recht."

Ich konnte sie verstehen, viel machten wir nicht her.

„Elisabeth ist meine ältere Cousine", sagte Gisela und sah mich dabei an, „wir haben zusammen in dem Garten dort unten gespielt."

„Ja, wann denn?", blaffte Elisabeth. „Dazu war selten Zeit."

„Wie geht es dir?", fragte Gisela. Man sah ihr das schlechte Gewissen an.

„Wie soll's mir schon gehen?"

„Du siehst gesund aus, richtig gesund."

„Ja, du liebe Zeit. Gesund ... Was heißt schon gesund."

„Dein Mann müsste nun doch auch bald in den verdienten Ruhestand gehen können, oder? Nach so viel Arbeit ..."

„Weiß jemand, dass du heute kommen wolltest?", fragte Elisabeth.

„Wem soll ich es denn sagen?" Gisela beschrieb mit den Händen eine ausholende, weite Geste. „Es sind ja nicht mehr viele von uns übrig geblieben ..."

„Man hat nie mehr was von dir gehört ..."

„Aber, Elisabeth, ich bitte dich, du weißt doch selbst, wie es ist. Ich lebe schon so viele Jahre weit entfernt in der Stadt, und ich habe doch auch keinen Wagen. Wie soll ich hierher kommen ... Ich würde sehr gerne öfters kommen, das kannst du mir glauben, euch alle wiedersehen, wie schön wäre das ...“

„Ja, ja.“ Elisabeth beugte sich vor und sah ins Wohnzimmer.

„Er ist in der Küche“, sagte mein Vater und lächelte dazu, so gut er es vermochte. Ich drehte die Kamera und schwenkte auf ihn. Aus der Hüfte, es fiel nicht weiter auf.

„In der Küche? Was will er in der Küche? War das eure Idee? Er wird mir nur wieder alles durcheinander bringen, und ich habe nachher die Arbeit.“

„Ich helfe dir“, sagte Gisela.

„Du willst mir helfen?“ Elisabeths Gesicht verzerrte sich. Ich war mir nicht sicher, ob es ein Lächeln werden sollte.

„Das ist doch selbstverständlich, das mache ich doch gerne“, sagte Gisela.

„Und wir sind ja auch noch da“, sagte mein Vater. Er erntete dafür einen vernichtenden Blick von Elisabeth.

„Siehst du öfters nach ihm?“, fragte Gisela.

„Was glaubst du?“, sagte Elisabeth. „Jeden Tag. Früh, Mittag und Abend. Manchmal noch öfter, wenn er wieder seine Anfälle hat ...“

„Anfälle?“, rief Gisela entsetzt. „Was denn für Anfälle, um Himmelswillen.“ Sie schlug die Hände zusammen und knetete die dicken Finger ineinander.

„Was weiß ich“, sagte Elisabeth. Wahrscheinlich wusste sie es, hatte aber keine Lust, es uns zu erklären.

„Anfälle“, wiederholte Gisela und schüttelte betreten den Kopf.

„Das ist schlimm“, meinte mein Vater. „Wirklich schlimm.“

„Elisabeth?“, rief der Alte aus der Küche.

„Ja, ich bin da!“

„Elisabeth!“, rief der Alte noch einmal.

„Er hat dich gehört", sagte Gisela, und ich wusste, dass sie jetzt darüber nachdachte, ob uns der Alte die ganze Zeit nur an der Nase herumgeführt hatte.

„Er ist völlig verwirrt", sagte Elisabeth. „Dauernd muss ich mich um seine Medikamente kümmern. Entweder vergisst er sie oder er nimmt alles auf einmal."

„Was fehlt ihm denn?", fragte Gisela besorgt.

„Was weiß denn ich ...", sagte Elisabeth.

„Wie alt ist dein Onkel?", fragte mein Vater.

„Jahrgang 1901", sagte Gisela. „Er ist ein richtiges Kind dieses Jahrhunderts. Im Juli hat er Geburtstag, er ist ein Krebs, nicht wahr, liebe Cousine ..."

„Ja, was weiß denn ich", winkte Elisabeth ab. „So was ist mir egal."

„Er ist Krebs", sagte Gisela. „Er war immer voller Energie."

„Er braucht jetzt sein Abendessen", sagte Elisabeth, ließ uns stehen und ging in die Küche. „Meinen eigenen Haushalt gibt es schließlich auch noch."

„Wohnst du noch schräg gegenüber?", rief ihr Gisela hinterher.

„Wo denn sonst?"

„Ein so hübsches Haus hat sie", sagte Gisela zu uns, aber so laut, dass es in der Küche zu hören sein musste. „Früher war die halbe Straße hier eine einzige große Familie. Wir waren alle irgendwie miteinander verwandt – nicht wahr, Elisabeth? Eine große Familie war das hier mal."

Eine Pause entstand, und wir alle harrten einer Antwort aus der Küche. Es dauerte aber, bis Elisabeth ihren Kopf aus der Küchentür streckte und ihr stechender Blick uns durchbohrte.

„Habt ihr hier alles schön mit eurer Kamera aufgenommen, ja?", sagte Elisabeth. Sie war also nicht dumm.

„Was meinst du?", fragte Gisela und legte ein aufgesetztes Erstaunen in ihre Stimme.

„Na, der Bubi da und seine Kamera ..." Sie deutete mit einem Löffel auf mich.

„Bertram und seine Videokamera sind unzertrennlich. Der Junge will mal zum Film", sagte Gisela. „Stell dir vor: der wird mal Regisseur ..."

Elisabeth ließ sich nicht ablenken. „Nehmt ihr alles auf, weil ihr denkt, es dauert eh nicht mehr lange mit dem Alten?"

Sie sprach so ungeniert, als würde ihr Onkel nicht hinter ihr am Küchentisch sitzen.

„Aber Elisabeth, ich bitte dich." Gisela bemühte sich sehr um die Pose der Betroffenen.

„Mir ist das egal, ich bin eh nicht scharf auf den alten Krempel. Und das Haus hier ... ach, du lieber Gott." Elisabeth grinste und winkte ab.

„Ich weiß doch selbst sehr gut, dass hier keine großen Luxusgüter herumstehen", sagte Gisela, „aber das Haus ist voller Erinnerungen für mich, und der Gedanke, dass eines Tages auch dies alles vorbei sein wird, schmerzt mich ..."

„Du und deine Erinnerungen", sagte Elisabeth und zog sich wieder in die Küche zurück. „Du warst schon als Kind immer die Prinzessin. Schon als Kind hast du dich am liebsten von uns anderen bedienen lassen, und als du dann mit diesem Freiherrn von ... von Gregerich abgezogen bist ..."

„Von Gregory", sagte Gisela. „Freiherr Hubertus Alfons von Gregory, er war meine erste große Liebe."

„Ja, du liebe Zeit ..." Elisabeth lachte in der Küche.

„Lass sie", flüsterte mein Vater.

„Ich bitte dich", rief Gisela. „Warum wirfst du mir meine Jugendliebe vor? Dazu hast du kein Recht ..."

„Ja, du liebe Zeit", wiederholte Elisabeth. „Deine Jugendliebe."

„Sie war schon immer eifersüchtig auf mich", flüsterte Gisela, als ob uns das interessiert hätte.

„Elisabeth", sagte der Alte. „Ja, ja, ja ..."

„Weil ich die Hübschere von uns beiden war", flüsterte Gisela und nickte.

„Mit Sicherheit", sagte mein Vater. Sie lächelte ihn dankbar an.

Lange vorbei, dachte ich und schaltete die Kamera ab.

„Ich mache dir dein Essen!", rief Elisabeth in der Küche.

„Was?", fragte der Alte.

„Essen! ...Was zu essen."

„Gut", sagte der Alte.

„Na, das will ich meinen", sagte Elisabeth.

Wir standen dämlich im Flur herum und wussten nicht, wohin wir gehen sollten.

„Sie kocht ihm etwas zu essen", sagte mein Vater.

Gisela schüttelte ihren Kopf. „So was von eifersüchtig."

„Machen wir später weiter?", fragte ich.

„Jetzt lass mal", beschwichtigte mein Vater.

„Später", sagte Gisela. „Später."

Es war ihnen peinlich, offen zu ihrem Vorhaben zu stehen. Sie hatten nicht den Mumm dazu.

„Wollt ihr auch was?", rief Elisabeth aus der Küche.

„Was meinst du?", fragte Gisela.

„Essen! Ich mache Essen. Wollt ihr auch was?"

„Doch nicht für uns", sagte Gisela. „Diese Mühe wollen wir dir nicht machen."

„Das ist sehr liebenswürdig von Ihnen", sagte mein Vater.

„Für uns alle wird es doch nicht reichen", meinte Gisela.

„Da ist genug da", lachte Elisabeth.

„Tatsächlich?", wunderte sich Gisela.

„Sie haben hier alles gut im Griff", sagte mein Vater. „Das ist großartig. Ganz großartig."

In der Küche klapperte Geschirr. Wir standen noch immer dämlich im Flur herum.

„Ich geh mal runter", sagte ich und lief los. Ich dachte, vor dem Haus wäre es sicher tausendmal schöner als hier.

„Wohin willst du denn jetzt schon wieder?", fragte mein Vater.

„Füße vertreten", sagte ich.

„Bleib hier", erwiderte mein Vater. Ich war die Treppe schon fast runter.

„Lass ihn ruhig", sagte Gisela. Sicher hatte sie nur Angst davor, ich könnte mich vor Elisabeth verplappern.

Die Haustür stand halb offen. Ich ging raus und lehnte mich von innen gegen die Gartenmauer. Kein Mensch war auf der Straße zu sehen. Irgendwo spielte ein Radio. Nicht mal Autos waren zu hören. Es war langweilig, und ich dachte an Sanne. Mit einer wie ihr würden die Sonntagnachmittage nicht mehr so trostlos sein. Ich würde mit ihr rausfahren und irgendwo zwischen den Feldern parken. Wir würden einfach loslaufen und uns einen Baum suchen, der etwas erhöht lag. Unter ihm würden wir den Nachmittag verbringen. Ich würde sie festhalten und ihren Atem spüren. Nur wir beide. Niemand würde uns stören.

Ich hörte, wie Elisabeth oben in der Küche Besteck auf den Tisch warf. Sie war ziemlich grob, und ich lachte darüber. Sicher würde Gisela noch mit meinem Vater im Flur stehen und warten. Gegenüber knarrte ein Gartentürchen und ein Mann trat auf die Straße. Er sah aus wie die Männer, denen schon alles egal war. Er trug verwaschene rote Shorts und sein Bauch spannte sich unter dem Unterhemd. Sein Gesicht blickte so trübsinnig, als hätte man ihm in seinem Leben schon tüchtig in den Arsch getreten. Er war schon jenseits aller Wut und Verzweiflung.

Er hatte einen Korb dabei und kam direkt auf mich zu. Ich blieb einfach stehen und wartete, stützte mein Kinn mit beiden Händen auf der Gartenmauer ab. Der Mann musterte mich im Näherkommen, aber er sagte auch dann nichts, als er direkt an mir vorbei zum Haus ging. Ich grüßte ihn nicht, warum sollte ich? Er war es doch, der gekommen war. Ich hörte, wie er die Treppen hochstieg. Ein alter Renault schlich die Straße hinunter, und seine Insassen glotzten mich an, als wäre ich ein Weltwunder. Völlig synchron drehten sich ihre Köpfe. Sie dachten wohl darüber nach, wer ich war und was ich hier zu suchen hatte. Dabei wusste ich es selbst nicht mal.

Ich hörte Stimmen aus dem Haus, meistens Giselas helles Organ. Es interessierte mich nicht, was sie sagte. Ich trat auf die Straße, steckte die Hände in die Hosentaschen und schlenderte rum. Meine Kamera hängte ich mir mit der Trageschlaufe über die Schulter. Ich stellte mir vor, wie ich an Sanne rummachte, sie die Augen schloss und seufzte. Ich dachte über das Leben nach und warum es so ungeheuer seltsam war. Natürlich kam ich zu keinem Ergebnis.

Ich ließ mich von den Gedanken einfach nur mitnehmen. Wahrscheinlich würde man ungeheure Erkenntnisse haben können, wenn man sich in diesem Zustand des Nachdenkens noch weiter vorwagen würde. Also wollte ich meinen Gedanken alle Grenzen verbieten. Fühlt euch frei, dachte ich mir, denkt einfach, was ihr wollt, zensiert euch nicht, schränkt euch nicht ein, habt keine Skrupel oder Vorurteile. Doch es kam mir nur Sanne in den Sinn, wie sie am Steg lag und das letzte Licht der untergehenden Sonne ihren Körper in Bronze tauchte. Meinen Gedanken waren Mädchen offensichtlich weitaus wichtiger als tiefe Erkenntnis. Also war ich auch nur ein Dummkopf, wie alle hier.

Ein Kadett rollte an mir vorbei, und wieder drehten sich die Gesichter darin völlig synchron nach mir um. Ausdruckslose, blasse Gesichter, die mich ansahen, als hätten sie keine Fragen mehr ans Leben. Ich nickte ihnen freundlich zu, als würde ich sie kennen. Erschrocken sahen sie weg.

Der Mann mit dem Korb schlurfte wieder zurück über die Straße. Lange war er also nicht geblieben. Sicher war es der Alte von dieser Elisabeth. Ein wenig beneidete ich ihn um seine völlige Gleichgültigkeit. Dem war es egal, was ich oder irgendein anderer über ihn dachte. Ich fand ihn eigentlich schlimm, und doch spürte ich auch dieses seltsame Gefühl eines gewissen Neids in mir. Vielleicht lag das an diesem Ort hier. Er vernebelte einem die Sinne.

Ich sah meinen Vater auf die Straße treten und den Wagen aufsperren. Er winkte mir zu und ich winkte zurück. Dann kam Gisela heraus und winkte ebenfalls nach mir.

„Hallo!", rief sie. „Hallo!"

Sie war nur schwer zu ertragen.

13

Wir rollten die Straße entlang und erst mal sagte keiner ein Wort. Das wunderte mich, aber es war angenehm. Ich hätte gerne das Fenster geöffnet und das Radio eingeschaltet. Ging ja leider nicht. Wenn wir an jemandem vorüberfuhren, sahen wir hinaus und musterten die Leute. Drehten unsere Köpfe, grüßten nicht, glotzten nur. Ich bemühte mich um den Gesichtsausdruck eines völligen Idioten. Als ob mich meine Eltern mit Tabletten ruhigstellen müssten. Mal öffnete ich den Mund, ein anderes Mal verdrehte ich leicht die Augen. Ich fand, so passte ich jetzt wunderbar zu diesem Ort. Leider führten wir das Autokennzeichen der Großstadt und nicht die lächerlichen drei Buchstaben, die sie hier alle spazieren fahren mussten, damit man schon von weitem sah, woran man war.

„Diese Elisabeth", sagte Gisela und schnaufte, als hätte sie die ganze Zeit die Luft angehalten.

Schade um die Stille, dachte ich.

„Was meinst du?", fragte sie mein Vater.

„Ach, ich weiß nicht ..." Sie winkte ab. „Eine unmögliche Person. Ich weiß nicht ..."

„Wegen Horst?", fragte mein Vater.

„Ach ..." Sie schnaufte, winkte wiederholt. „Ach! Ich weiß nicht ..."

„Das mit dem Essen war doch nett", sagte mein Vater.

„Ach ..."

„Was hätte es denn gegeben?", fragte ich.

„Ach ...", wiederholte Gisela.

„Ich weiß nicht", sagte mein Vater. „Elisabeth hat es uns nicht gesagt."

„Kartoffelbrei", sagte Gisela.

„Denkst du?"

„Sie hätte uns einen Teller faden Kartoffelbrei hingestellt", sagte Gisela. „So wie Lothar, dem Ärmsten. Ach, du liebe Zeit ..."

Sie winkte wieder ab und sah zum Seitenfenster hinaus.

„Glaubst du wirklich?", fragte mein Vater.

„Sie war schon immer eine hinterlistige Person, verstehst du? Hinterlistig ..."

„Nur Kartoffelbrei?", sagte mein Vater erstaunt. „Also, ich weiß nicht ..."

„Diesen Horst hat sie wirklich verdient", sagte Gisela.

„Hat er dich eigentlich gegrüßt?", fragte mich mein Vater.

„Wer? Der Typ mit dem Korb?"

„Ja, ja", sagte mein Vater.

„Nö", meinte ich.

„Dich also auch nicht. So was."

„Er war bei der Gemeinde, irgendein Straßenkehrer", sagte Gisela.

Mein Vater lachte: „Wirklich?"

„Ich weiß nicht ..."

„Straßenkehrer, man stelle sich das vor."

„Ein Teller Kartoffelbrei, mehr nicht", sagte Gisela. „Mehr sind wir ihr nicht wert. Brei aus der Tüte. Armer Lothar, das hat er wirklich nicht verdient."

„Nein", sagte mein Vater. „Nach so einem langen Leben ist das eigentlich sehr bestürzend."

„Wenn keine Kinder da sind, bist du allein", sagte Gisela.

„Nun gräm dich mal nicht", beschwichtigte mein Vater.

„Kartoffelbrei", wiederholte Gisela.

Ich fand den Gedanken, meinem zahnlosen Vater mal Brei kochen zu müssen, bestürzend. Aber ich hatte ja noch meine Schwestern. Vielleicht konnte man es sich aufteilen.

Wir krochen aus dem Ort hinaus.

„Seht nur, wie schön", sagte mein Vater und deutete zur Seite.

Ich wusste nicht, was er meinte. Da war eigentlich nichts, was sich zu betrachten lohnte. Er hatte ein merkwürdiges Verhältnis zu Landschaften. Sobald keine Häuser darauf standen, fand er alles schön, gleich was es war. Er hielt es für die reinste Natur.

„Wird nicht mehr gefilmt?", fragte ich.

„Wir hatten ja eigentlich alles durch, als Elisabeth kam", sagte Gisela.

„Das Wichtigste ist dokumentiert", sagte mein Vater.

„Gut", sagte ich und atmete erleichtert auf.

„Wie meinst du?", fragte mein Vater.

„Soll sie es nur wagen", sagte Gisela und nickte. Sie hob ihre Hand und deutete mit dem Zeigefinger zum Dach.

„Jetzt hast du klare Beweise", sagte mein Vater. „Schon wegen dem Spitzweg ..."

„Kartoffelbrei", sagte Gisela. „Nichts als einen Teller Kartoffelbrei. Sie erinnert sich also noch daran."

„Was meinst du?", fragte mein Vater.

„Ach ..." Gisela winkte ab. „Lass mal. Diese Erinnerungen sind nicht gut."

„Wollen wir essen gehen?", fragte mein Vater. „Hier gibt es sicher preiswerte Landgasthöfe."

„Können wir nicht heimfahren?", fragte ich.

„Wir können Gisela doch nicht hungrig nach Hause bringen."

Sie ist doch dick genug, dachte ich.

„Sie weiß wohl noch, wie sehr ich Kartoffelbrei gehasst habe", erzählte Gisela. „Als Kind. In der schlechten Zeit. Immer gab es Kartoffelbrei."

„Dort sehe ich ein Schild", sagte mein Vater und deutete hinaus. Hinter uns wurde gehupt.

„Soll ich da mal hinfahren? Was meint ihr?"

„Nö", sagte ich, aber es hörte eh keiner auf mich.

Mein Vater bog in einen schmalen Weg ab und ich sah, wie zwei Typen zum Fenster raushingen und sich wie wild mit der flachen Hand an die Stirn schlugen, als sie uns überholten.

„Wer ist denn das?", fragte Gisela.

„Irgendwelche Dorfdeppen", sagte mein Vater und eierte im ersten Gang dahin. „Jetzt werden wir dich ein wenig verwöhnen, nicht wahr, Bertram? Wir werden Gisela jetzt eine gute Mahlzeit hinstellen."

„Du bist rührend", sagte Gisela und klopfte meinem Vater auf den Unterarm.

„Vorsicht", lachte er. „Ich muss doch fahren."

Es war längst dunkel, als ich nach Hause kam. Ich trug meine Ausrüstung nach oben in mein Zimmer. Ich traf meine Mutter im Flur an der Treppe. Sie sah mich nur an, die Augenbrauen ein wenig angewinkelt.

Ja, liebe Mama, ich habe den Tag beim Feind verbracht und bin kontaminiert. Desinfiziere mich, verbrenne meine Kleidung, schicke mich in ein Umerziehungslager.

Ich sah sie an und sagte auch nichts. Sie seufzte, winkte ab, ließ mich stehen, bevor ich sie stehen lassen konnte.

„Da war ein Anruf für dich", meinte sie dann doch.

„Wer?"

„Ein Mädchen, es schien wichtig zu sein."

Sie verschwand in der Küche.

„Wer?" Am liebsten hätte ich Verdammt! drangehängt. Doch meine Mutter konnte sehr allergisch auf solche Worte reagieren. Ich legte meinen Krempel auf die Treppenstufen und folgte ihr.

„Ich würde mich freuen", sagte sie, ohne mich dabei anzusehen, „wenn du mir mal ein nettes Mädchen vorstellen würdest."

„Wer war es?"

„Das ist sicher sinnvoller, als die Nachmittage mit deinem Vater und dieser dicken Kuh zu verbringen."

„Mama, bitte, den Namen." Sie nahm einen Topf, stellte ihn wieder hin. Sie spielte mit den Gegenständen, ihre Bewegungen machten keinen Sinn.

„Ich weiß nicht", sagte sie. „Sie hatte eine schöne, lebendige Stimme."

„Du weißt nicht? War es Sanne?"

Warum sollte ausgerechnet sie mich anrufen? Es gab keinen Grund dafür. Sie war nur die Einzige, deren Anruf ich spannend und interessant gefunden hätte.

„Sanne? Was ist denn das für ein Name? Aus Skandinavien? Kommt sie von dort? Das wäre reizend ..."

„Nein, das ist die Abkürzung von Susanne."

„Die ist doch Susi."

„Wir sagen Sanne."

„Auf Ideen kommt ihr."

„War es Sanne?"

„Ich weiß nicht, es war am Nachmittag, ist schon eine Weile her."

„Soll ich zurückrufen?"

„Sie meldet sich noch einmal."

„Wann?"

„Nun frag mir doch kein Loch in den Bauch. Ich weiß es nicht. Bist du verliebt in sie?"

„Was?"

Sie lächelte mich an, als wäre ich ein Idiot. Ein Patient in einer geschlossenen Anstalt. Man musste Nachsicht mit ihm haben, der Ärmste konnte ja nicht anders. Ich schnaubte vor Wut, rannte hoch in mein Zimmer, ließ mich aufs Bett fallen und zappte im Fernsehprogramm herum. Sanne wohnte auch noch bei ihren Eltern, aber ich hatte keine Ahnung wo. Da war ich nie gewesen. Ich traf sie immer nur zusammen mit Kralle. Es war wie verhext. Wenn ich mit meinem Vater zusammen war, verpasste ich etwas Wichtiges. Ich ärgerte mich, grübelte, dachte alles Mögliche. Sie wird wegen des Filmprojekts angerufen haben, wahrscheinlich war es ihr längst peinlich, und sie wünschte sich das Material, um es zu verbrennen. Ich stellte mir vor, wie ich es ihr in die Hände drücke und sie mich dabei ansieht. Unendlich erleichtert. Sie beugt sich zu mir, ein erster scheuer Kuss, dann umschlingen sich unsere Arme, endlich, endlich ... Sicher kommt jetzt meine Mutter rein, ich muss sie vorstellen: Sanne, das ist meine Mutter, Mama, das ist Sanne ... Nein, sie ist nicht aus Skandinavien, auch wenn sie vögelt wie eine Schwedin ...

Ich dachte zu viel und handelte zu wenig. Ich hing meinen Träumen und Zwangsvorstellungen nach und hasste mich dafür. Wer könnte sonst noch angerufen haben? Weiblich, jung, hübsch? Mir fiel noch nicht einmal ein Name ein. Die Mädchen in meiner Klasse verliebten sich nur in Jungs wie Kralle. Älter, größer, athletischer. Sie wussten genau, wer ihnen einen flotten Nachmittag bieten konnte. Ich gehörte nicht dazu. Die Mädchen zwei Klassen unter mir gefielen mir nicht. Sie sahen wie stundenlang nebeneinandersitzen aus, ab und an kichern, rot werden, nicht wissen, wohin mit den Händen. Dazu hatte ich keine Lust. Und auch keine Geduld.

Ich hörte, wie meine Mutter die Treppe hochkam. Ich erschrak, weil ich immer erschrak, wenn sie plötzlich zu mir heraufkam. Ich checkte mein Zimmer, schaltete irgendeine Sportsendung ein und legte meine Beine übereinander. Sportsendungen sah ich nur, wenn meine Mutter hereinkam, er diente einzig der Imagepflege. So sollte sie mich erleben. Ein Junge, der in seiner Freizeit gerne andere Männer schwitzen sieht. Ich glaube, sie befürchtete, ich könnte schwul werden. Natürlich würde sie es nie ansprechen. Aber es gefiel mir, sie darüber im Unklaren zu lassen.

Sie klopfte kurz und kam rein. Sie hielt mir einen Teller mit belegten Broten hin.

„Du wirst Hunger haben", sagte sie.

„Wir waren essen."

„Ja, ja." Sie lachte. „So geizig wie dein Vater ist ..."

„In einem Landgasthof ..."

„In einer Bauernwirtschaft? Das sieht ihm ähnlich. Die sind natürlich billiger als in der Stadt."

„Er hat ja nicht bezahlt."

„Wer dann? Doch nicht etwa du?"

„Sie." Ich traute mich irgendwie nicht, den Namen vor ihr auszusprechen. Gisela hatte es sich nicht nehmen lassen wollen zu bezahlen und mindestens eine halbe Stunde mit meinem Vater darüber diskutiert.

„Dieser Kerl!"

Meine Mutter knallte den Teller auf meinen Schreibtisch und verschwand nach draußen. Eine Gurkenscheibe rollte zu Boden und drehte eine elegante Kurve durchs Zimmer.

„Sie hieß wohl Sanne", sagte meine Mutter noch.

Das Wort elektrisierte mich. Ich schoss hoch, hechtete ihr hinterher, riss die Tür auf. Sie war schon auf der Treppe.

„Also doch?", rief ich.

„Ja, ja."

„Hast du eine Nummer notiert?"

„Nein."

„Fuck!"

Ich lag lange wach, aß die Brote, rauchte eine zum Fenster hinaus.

14

Dr. Langenbach gab Deutsch. Mit ihm begann der Tag. Es folgte Margarethe Nitschke mit Biologie. Sie war drall und hatte eine gewaltige Oberweite, die es pubertierenden Jungen unmöglich machte, ihren Worten zu folgen. Ich konnte mich stundenlang damit beschäftigen, mir ihre Brüste vorzustellen, große, schwere, hin und her pendelnde Monster. Es gab keinen in der Klasse, der nicht mal einen blöden Witz darüber riss. Selbst die Mädchen hörte ich abfällige Bemerkungen über ihren Atombusen machen. Ronnie Huber und seine linksextreme Sozialkunde ließen uns gemächlich in die große Pause gleiten.

Ich stand im Schulhof bei den Rauchern, hatte mir eine angesteckt und sah, wie Kralle den Opel draußen auf der Straße in eine Parklücke bugsierte. Er war also doch noch gekommen. Er machte oft blau. Seine Entschuldigungsschreiben waren pure Satire, die ganze Klasse wollte sie lesen, wir hatten auch schon ein paar in der Schülerzeitung veröffentlicht. Einhändig übersprang er den Stahlzaun, in der anderen Hand hielt er ein paar Hefte und andere Unterlagen. Er war ein Held, kein gewöhnlicher Schüler wie wir. Schon von weitem grinste er mich an und gab mir ein Zeichen, ihm in eine stillere Ecke des Hofes zu folgen. Ich warf die Kippe weg und trabte ihm hinterher.

„Hi", sagte ich, „du hast nicht viel verpasst. Außer die Möpse der Nitschke ..."

„Hi, sag mal ..." Er sah sich um, als ob keiner mitkriegen durfte, was wir hier zu bereden hatten. „Hat dich Sanne gestern angerufen?"

„Sanne? Wieso?"

„So halt. Hat sie?"

„Weiß nicht, war nicht da. Mein Vater wollte was von mir ...“

„Du warst nicht da?“

„Nein, sag ich doch ...“

„Okay.“ Er wirkte nachdenklich, rieb sich das Kinn. „Hast du mal eine?“

„Klar.“

Wir verzogen uns weiter in die Ecke und rauchten. Eigentlich war es hier verboten, aber keiner bemerkte uns.

„Was ist los?“, fragte ich ihn. „Warum sollte sie mich denn anrufen?“

Noch bevor er antworten konnte, stellte ich mir vor, dass sie sich in mich verliebt und es ihm gestanden hatte. Er war außer sich, und wollte sie umstimmen, flehte, weinte ... alles zwecklos, ihr Entschluss stand fest. Schon heute Nacht wollte sie in meinen Armen liegen.

Ein völlig blödsinniger Gedanke, doch ich wollte ihn haben, bevor ihn die Wirklichkeit wieder fortblies.

„Sie soll dich ja gar nicht anrufen“, sagte er. „Ich dachte nur, sie hat es getan.“

„Was ist los? Wegen dem Film? Ist es ihr peinlich?“

„Quatsch.“ Er rauchte wie ein Gangster bei einer Geiselnahme. Nervös und zu allem entschlossen.

„Wegen Paul ...“, sagte er. „Es ist wegen diesem Kerl.“

„Was will er?“ Ich grinste, als wäre Paul kein Gegner für mich.

„Mann“, sagte Kralle. „Mann ...“

Mit Daumen und Zeigefinger führte er die Kippe zum Mund.

„Was ist?“, fragte ich. Er schien richtig Angst zu haben, und ich fand es absurd. Er winkte ab.

„Um was geht es?“, bohrte ich weiter. „Darf ich es wissen?“

„Kohle", sagte Kralle. „Was sonst?"

„Was denn für Kohle? Wegen dem Scheißporno?"

„Ach ..." Er winkte ab. „Tu mir einen Gefallen ..."

„Klar."

„Lass das Material schön bei dir in der Schublade, gib es ihm nicht, wenn er dich darum bitten sollte. Behalt es einfach. Ich denk mir was anderes aus, um ihm seine Kohle wiederzugeben."

„Du schuldest ihm was, echt?" Ich war erstaunt, nein, ich war eher fassungslos.

„Ja, ich hab Schulden bei ihm. Ich dachte, Sanne würde es dir erzählen. Sie hat ganz schön Terz gemacht, sie wusste es auch nicht, zumindest ..."

„Was?"

„Sie wusste die Summe nicht."

„Viel?"

Er nickte nur, sagte: „Na ja, nicht wenig jedenfalls."

„Wie viel denn?"

„Zu viel."

„Mann, darum also."

„Was meinst du?"

„Eure Prügelei vorgestern."

„Ach das. Das war wegen ihr."

„Nicht wegen der Kohle?"

„Nein, meinst du, ich prügele mich wegen der Kohle?" Er lachte gequält.

„Du doch nicht", murmelte ich, um was zu sagen.

„Paul ist ein solches Schwein ..."

Er warf die Kippe zu Boden und trat sie aus. Es wirkte, als wollte er Paul damit symbolisch in den Dreck treten. Er zerrieb die Zigarettenreste und kickte die Brösel fort.

„Was war denn?"

Er musterte mich. Er prüfte, ob ich alt genug wäre, seine Geschichte zu hören. So kam es mir vor. War ich ein Gesprächspartner für ihn oder noch ein Junge, mit dem man sich nicht unterhalten konnte, weil er von nichts etwas wusste.

„Er wollte sie vögeln", sagte er.

Ich war also kein Junge mehr, ein großartiges Gefühl.

„Wen? Sanne?" Ich zog eine abgeklärte Miene, aber mein Puls begann zu rasen.

Kralle nickte, starrte in die Luft, mal huschte ein Grinsen über seinen Mund.

„Stell dir vor", sagte er.

„Mitten auf dem Boot? Ist er verrückt?"

„Ich glaub, er will mich nur provozieren. Es ist wegen dem Geld. Er weiß, dass ich es nicht habe."

„Wieso will er dich provozieren? Was hat das eine mit dem anderen zu tun?"

„Er will mich warnen. Mir sagen, schau, dein Mädchen gehört dir nicht mehr, wenn du nicht zahlen kannst."

„Ist er verrückt? Sanne gehört niemandem ..."

„Mann", sagte Kralle. „Mann ..."

Er kickte am Boden rum.

„Woher kennst du ihn eigentlich?", fragte ich.

„Aus irgendeiner Kneipe, keine Ahnung, 'ne Zeit her. Ich fand ihn ganz witzig. Eigentlich fand ich seine Ex witzig. Sie war es, die mir auffiel, nicht er. Ich wollte immer nur sie ..."

„Sanne?"

„Ja, wen sonst? Sie waren schon nicht mehr zusammen, aber sie hing noch mit ihm rum. Wenn sie nicht gewesen wäre, hätten wir uns wohl nie angefreundet."

„Und er meint, er hätte noch alte Rechte an ihr, was? So ein Schwein." Ich schüttelte den Kopf. „So ein blödes, verdammtes Schwein."

Ich echauffierte mich mehr darüber, als ich wirklich empfand. Ich wollte ihm zeigen, dass ich ein Freund war. Nur darum spielte ich mich jetzt so auf.

„Er wollte es auf dem Boot machen", sagte Kralle und beobachtete mich dabei, wie ich auf seine Worte reagierte. „Einer vorne, einer hinten, hat er gesagt. Schon mal üben, wär doch nicht schlecht ... Wer weiß, ob er es überhaupt ernst gemeint hat, er hat großen Spaß daran, wenn man ihn für alles Mögliche hält ... wenn man ihm alles zutraut. Hast du noch eine?"

Wir steckten uns wieder eine an und bliesen den Rauch hinaus. Ich hatte längst vergessen, wo ich war. Wie gut, dass wir Schüler den meisten Lehrern einfach nur egal waren. Sie ließen uns in Ruhe, schüttelten vielleicht mal den Kopf über uns. Hauptsache, der Tag brachte ihnen keinen Stress. Die Pause würde allerdings bald vorbei sein.

„So eine Sau", sagte ich.

„Ja."

„Und dann?"

„Was?"

„Wie ging's weiter, Mann?"

„Ich hab ihn ins Wasser gestoßen und wir sind zurückgerudert."

„Wow. Du hast getan, als ob nichts gewesen wäre."

„War ja auch nichts."

„Nichts? Du spinnst, da war alles andere als nichts. Da war viel, verdammt viel ..."

„Wenn sie dich noch anrufen sollte ..."

„Sanne?"

„Ja, Sanne ... wenn sie dich anruft, nimm sie nicht so ernst, ja? Ich komm damit schon klar."

„Wie meinst du das?"

„Tu mir einfach den Gefallen. Nimm sie nicht so ernst."

„Okay."

Er klopfte mir auf die Schulter wie ein Offizier, der einen Soldaten für seine Tapferkeit belohnen möchte. Dieses Schulterklopfen tat mir ungeheuer gut. Er drückte mir die Hefte und Unterlagen in die Hand, die er dabei hatte.

„Gib das bitte Sebastian", sagte er, „der wartet drauf."

Sebastian war ein Mitschüler.

„Was ist? Bleibst du nicht da?"

„Ne, lass mal, keine Lust mehr. Heute ist nicht mein Tag. Ich brauch jetzt keine Lehrer. Ciao, Bobo."

„Ciao."

Ohne die schlendernden oder herumstehenden Schüler und Lehrer zu beachten, überquerte er den Schulhof, sprang über den Zaun und stieg in seinen Wagen. Er war längst kein Schüler mehr, er war, was man gemeinhin unter erwachsen versteht. Auch wenn ihm das System noch erlaubte bei uns zu sein, sein Körper und Geist hatten uns längst verlassen. Er gehörte nicht mehr hierher.

Die Zeit bis zum Schulschluss dachte ich ausschließlich an Sanne. Ich ärgerte mich maßlos darüber, gestern nicht zu Hause gewesen zu sein. Was hätte ich nur erfahren können. Offensichtlich war die Zeit der Antworten gekommen. Langsam quollen sie an die Oberfläche.

15

Nachmittags war ich allein zu Haus. Meine Mutter war mit meinen Schwestern zum Einkaufen gefahren. Ich liebte es, wenn ich das ganze Haus für mich haben konnte. Ich nahm das Telefon mit in mein Zimmer. Es war jetzt der wichtigste Gegenstand für mich geworden, manchmal stand ich nur da und starrte es an. Ich stellte mir vor, wie sie mich anrief. In höchster Not, ihre Stimme erstickt, gepresst, nur ich kann ihr noch helfen. Ich werfe den Hörer hin, streife eine Jacke über, eile zu ihr. Dann geschieht es, wir lieben uns.

So ungefähr ...

Ich schämte mich für diese Gedanken. Ich war auch nur scharf auf sie. Statt mich um sie zu sorgen, dachte ich nur daran, sie flachzulegen. Wie Paul, dieser Arsch. Nur war ich nicht mehr als eine halbe Portion.

Da läutete das Telefon.

Ich hechtete ran. „Maier?", sagte ich, als ob mein Name schon eine Frage wäre.

„Bertram?" Es war mein Vater. Ich ließ mich auf mein Bett fallen, schloss die Augen, dimmte meine Stimme in den Energiesparmodus.

„Ja", sagte ich.

Er redete, und ich wusste nicht, was er eigentlich von mir wollte. Er erzählte mir von Gisela, und dass er stolz auf mich und meine Kameraarbeit war. Mich verwunderte sein Lob, aber es ging wohl gar nicht wirklich um mich, sondern nur darum, dass er reden wollte. Das Lob war nur die Eintrittskarte in die Welt der Worte. Hier hast du dein Lob, und nun musst du mir auch interessiert und wohlwollend zuhören. Er saß in seiner Behörde am Schreibtisch und langweilte sich, das war der einzige Grund für seinen Anruf. Von Zeit zu Zeit trank er Kaffee. Ich konnte das Schlucken und Absetzen der Tasse hören. Fast wäre ich eingeschlafen. Nur der Ärger darüber, dass er die Leitung blockierte, hielt mich wach. Er bat mich, von den Aufnahmen in Konnersberg eine Kopie auf VHS zu ziehen, damit er sie Gisela vorführen konnte. Ich versprach es ihm. Er deutete an, es ihr baldmöglichst zeigen zu wollen und fragte, wie lange denn so etwas dauern würde. Ich erklärte es ihm und er schien es technisch nicht recht zu begreifen. Jedenfalls stellte er fortwährend irgendwelche Fragen. Ich versprach, es sofort zu machen, und er verstand nicht, dass die Kopie genau so lange dauern musste wie das Originalmaterial. Er glaubte, das würde sich beschleunigt kopieren lassen. Gott sei Dank musste er plötzlich abbrechen und sagte mit erhöhter, nervöser Stimme: „Bis dann, viele Grüße an deine Mutter."

Es war wohl jemand zu ihm in sein Zimmer gekommen. Die Grüße an meine Mutter würde ich nicht ausrichten. Ich hatte keine Lust darauf, den Puffer zwischen ihren unausgesprochenen Gefühlen zu spielen. Ich holte die Kamera raus, steckte die Kabel an und zog eine Kopie im Videorecorder. Den Ton schaltete ich weg, ließ aber das Bild zur Kontrolle im Fernseher mitlaufen. Ziemlich abgefahrene Aufnahmen. Ich war froh, dass meine Mutter nicht hereinkommen und Gisela sehen konnte. Sie machte es wirklich gut, bewegte sich ganz natürlich, zeigte keinerlei Kamerascheu. Aber sie war eine fette Tonne und hätte nicht mal für eine Kochsendung getaugt.

Ich sah zum Dachfenster hinaus und rauchte. Der Himmel war übersät mit breit zerlaufenen Kondensstreifen, als ob ihn die Flugzeuge verkratzt und zerschunden hätten. Unten auf der Straße hörte ich eine Stimme.

„Hey, Bobo!"

Ich traute meinen Augen nicht. Sanne stand gegenüber vor unserem Haus und winkte mir herauf. Sie musste gerade gekommen sein und mich gesehen haben.

Sie stand leibhaftig in meinem Zimmer. Ich kickte ein paar Sachen unters Bett und warf irgendwelchen Plunder in den nächstbesten Schrank. Ich machte es nicht, weil sie mich für ordentlich halten sollte, sondern aus reiner Nervosität. Es war das erste Mal in meinem

Leben, dass ein Mädchen in meine kleine Bubenwelt eindrang. Nicht irgendein Mädchen, sondern ein ganz bestimmtes. Das Mädchen der Mädchen. Sanne eben. Ich holte Cola und Gläser aus der Küche. Wir fläzten uns auf den Boden, tranken und rauchten. Ich mimte den Lässigen, aber ich hätte jetzt nicht Mikado spielen wollen. Meine Hände hielten sich aneinander fest, so ging es einigermaßen. Nur zum Rauchen trennte ich sie.

„Nette Bude hast du", sagte sie. „Ganz unter dem Dach. Hat was ..."

„Danke." Ich nickte linkisch.

„Was machst du gerade? Fernsehen?"

„Nein, das wird 'ne Kopie für meinen Vater. Hab ich gestern gedreht. Ich kann es ausschalten."

„Quatsch, stört doch nicht ... Was ist das? Hausrat?"

„Ja, der ganze Hausrat von irgend so einem alten Typen in Konnersberg."

„Verwandtschaft, was?"

„Nicht meine. Die Freundin meines Vaters, du verstehst?"

„Die Dicke da?"

„Ja, die Tonne."

Sie konnte ihren Blick nicht vom Fernseher lösen. „Ist der Plunder so wertvoll oder warum filmt ihr das?"

„Keine Ahnung. Vielleicht ein paar der Bilder. Sie sollen im Krieg aus irgendwelchen Schlössern in Frankreich gestohlen worden sein."

Sie lachte. „Ne, wirklich?"

„Frag mich nicht. Mir ist das egal."

„Krass."

Sie deutete auf mein Bett unter der Dachschräge. „Bei Regen muss es irre sein, sich hier zu lieben."

Ich fühlte mich einem Herzanfall nahe. Wie konnte sie so etwas sagen?

„Ist es", spielte ich den Coolen.

Sie lachte. Sie wusste so gut wie ich, dass ich ein Einsiedler war und in diesem Bett nichts anderes tat, als schlafen, träumen, hoffen. Dazu gesellte sich die Tatsache, dass einen Stock tiefer meine Mutter lebte und sich Sorgen machte, ich könnte schwul werden.

„Du wunderst dich wahrscheinlich, dass ich gekommen bin, oder?"

Ich blähte die Backen. „Na ja, wundern ... es freut mich."

Sie lächelte mich an. Es war ein sehr schönes Lächeln. Ich sog es ein und wollte es hüten wie einen Schatz, eine kostbare Erinnerung. Ich ahnte ja, dass sie nicht meinetwegen gekommen war.

„Es ist wegen Paul", sagte ich, als mir die Pause zu lange wurde.

„Du weißt es?"

„Kralle war heute kurz in der Schule."

„Dann weißt du also ..."

Ich wusste nichts, ich sammelte Bruchstücke, die vorübertrieben. Hob sie auf, hielt sie aneinander und versuchte, mir einen Reim darauf zu machen.

„Kralle hat Schulden bei ihm ...", sagte ich.

„Dieser Schwachkopf!"

Plötzlich wurden ihre Worte hart und schneidend. Sie stand auf, ließ sich rückwärts auf mein Bett fallen, streifte ihre Schuhe ab und stützte die Füße an der Dachschräge ab. Die Stelle war schon etwas dunkler, weil ich es auch immer so machte. Jetzt wollte ich auch nicht mehr auf dem Boden hocken. Ich setzte mich auf den Drehstuhl an meinem Schreibtisch.

„So liegst du hier immer, hab ich recht?", sagte sie.

„Ja ..." Sie sah entzückend aus, ich konnte meinen Blick nicht von ihr lassen.

„Wieso hat er Schulden bei Paul?", fragte ich.

„Keine Ahnung ... Er haut das Geld raus, fast zwanghaft. Er hat keinen Sinn dafür, es ist ihm egal. Kennst ihn ja."

„Ich dachte immer, sein Vater gibt ihm so viel Taschengeld?"

„Tut er auch. Jedenfalls früher ... in letzter Zeit ... weiß nicht. Denk mal, schon."

„Wieso hat er dann Schulden?"

„Mann, was weiß ich, es wird nicht reichen. Ich hab nie darauf geachtet, warum auch?"

„Wie viel ist es?"

„Sicher ein paar Tausend ..."

Ich pfiff durch die Zähne. „Wow! So viel ...", murmelte ich.

„Scheiße jedenfalls."

„Und jetzt?"

„Keine Ahnung. Paul macht Druck, er will es wiederhaben, er wird ..."

„Was?"

Sie starrte die Wand an, zögerte. „Immer unangenehmer ..."

„Wie auf dem Boot."

Sie sah mich plötzlich an. „Ja, vielleicht."

„Meint er, du sollst ... für die Schulden ... was weiß ich ..." Ich stotterte herum. Ich hätte mir diesen Satz vorher besser überlegen sollen.

„Er glaubt, ein Teil von mir gehört jetzt ihm. Er kann sich bedienen, wenn ihm danach ist. Vielleicht ist es ja so ..."

„Quatsch!"

Sie starrte vor sich hin. Sehr traurig, sehr einsam wirkte sie auf mich.

„Warum hast du nichts gesagt?", fragte ich.

„Zu wem denn?"

Ich hätte nicht fragen sollen. Erwartete ich denn allen Ernstes, sie würde ausgerechnet bei mir Hilfe suchen? Trotzdem tat mir ihre Antwort weh.

„Was jetzt?", fragte ich.

„Der Film, was weiß ich ... wird keine andere Möglichkeit bleiben ..."

„Der Film also."

Irgendwie war ich enttäuscht. Ich lehnte mich zurück und starrte hinauf zum Himmel.

„Paul will aus allem ein Geschäft machen", sagte sie. „Schon als ich ihn kennengelernt habe, ist es so gewesen. Er will seinen Spaß haben und trotzdem daran verdienen. Es ist wie eine Sucht, alles mit allem zu verbinden. Er macht nichts nur so, das ist ihm zu langweilig ..."

„Wie kann er Kralle so viel Geld leihen? Woher hat er es denn?"

„Er hat es eben, frag mich nicht. Geld hatte er immer. Kralle ist viel großzügiger, Paul ist sparsam, kannst du dir das vorstellen? Ein richtiger Knicker ist er ... ein Knickerchen ..."

Sie kicherte vergnügt.

„Warum verleiht er dann sein Geld?", fragte ich.

„Weiß nicht."

Sie drehte den Kopf zu mir und sah mich unter den wilden Locken, die ihr über die Stirn hingen, an. Sie lag in meinem Bett, in meinem Kissen. Ich hätte am liebsten mein Zimmerchen vom übrigen Haus gelöst und wäre mit ihr im weiten Himmel davongetrieben. Wir wären gerettet und mein Warten zu Ende.

„Dieser Film muss halt irgendwie zustande kommen", sagte sie. „Eine andere Möglichkeit seh ich nicht."

Ich nickte. Sagte: „Ah?"

„Guck nicht so, ist ja nur Vögeln, was soll's?"

Sie sagte es kein bisschen ironisch. Als wäre es nichts anderes, als einen Nagel in die Wand zu schlagen. Mir fiel keine Antwort ein. Ich saß da, schwieg, sah sie an, sah zum Fenster raus, wusste nicht, was ich tun sollte. Wenn Wünsche in Erfüllung gehen, ist es immer ganz anders, als man vorher dachte.

„Oder weißt du was Besseres?", fragte sie.

„Jobben."

Ihr entfuhr ein heller, quiekender Laut.

„Das bringt doch nichts", rief sie. „Nicht genug jedenfalls. Nicht schnell genug. Außerdem geht das nicht neben der Schule. Was soll das auch für ein Job sein? Zeitungen austragen? Meinst du das vielleicht? Irgendwelche Anzeigenblätter verteilen? So ein Scheiß ..."

„Na ja ..."

„Jobbst du denn?"

Wann immer es möglich war, jobbte ich. Langweiliges Zeug für wenig Geld. Fast schämte ich mich dafür. „Manchmal", sagte ich leise. „Wenn sich was ergibt."

„Und steckst es in deine Kamera, was?"

„Na ja ..."

„Was macht dein Vater?"

„Beamter."

Sie kicherte. Das war wohl kein Beruf nach ihrem Geschmack. Nach meinem auch nicht.

„Sind das die Bilder aus Frankreich?"

Ich sah zum Fernseher. Mein Vater versuchte gerade, unter der Kamera wegzutauchen.

„Ja, vielleicht", sagte ich.

„So dunkel."

„Schmutz, denk ich mal."

„Sehr groß sind sie nicht ..."

„Nö."

„Sicher sind sie viel wert ... wenn sie aus einem Schloss sind ... und schon so alt."

„Weiß nicht, kann sein."

„Warum legst du dich nicht neben mich?", fragte sie. „Ist schließlich dein Bett."

Ich sah sie wohl sehr ratlos an. Nicht wie Jimmy Dean, nicht wie einer, der alles im Griff hatte. Eher wie Mister Trangesicht, dem eine Fee erschienen war und der nicht glauben konnte, was er sah. Ich erhob mich und hockte mich ans Bett.

„Du bist süß", sagte sie. „So unschuldig und harmlos."

Vielleicht meinte sie es ja als Kompliment. Keines dieser drei Adjektive bezog ich aber gerne auf mich. Sie richtete sich auf und begann mich zu küssen. Ich verstand nicht, warum sie es tat. Ich würde ihr auch helfen, wenn sie mich jetzt allein ließe, hinausginge, zurück zu Kralle und all den Geheimnissen, für die ich noch Jahre brauchen würde.

Ihre Lippen knabberten an meinen herum. Sie zog mich hinunter aufs Kissen, legte einen Zahn zu, schob mir ihre Zunge in den Mund, blies mir ihren Atem immer heftiger durch die Nase ins Gesicht. Ob sie nun gleich einen Orgasmus bekäme? Darüber dachte ich allen Ernstes nach. Von einem Moment auf den anderen hörte sie auf. Sie lächelte mich zärtlich an.

„Sie lassen dich einen Film über etwas drehen, von dem du null Ahnung hast", sagte sie.

„Meinst du?"

„Ich fühle es."

Warum musste sie es aussprechen? Es klang so niederschmetternd.

„Du weißt gar nicht", sagte sie, „wie sexy du dadurch bist."

Es war der wohl überraschendste Satz meines Lebens. Er enthüllte mehr Geheimnis als tausend Nächte Grübeln vorher. Noch Jahre später sollte ich mich an ihn erinnern.

Sie verließ mich in genau jenem Moment, in dem ich mich an den Gedanken gewöhnte, jetzt mit ihr zu schlafen. Sie stand auf, küsste mich auf die Wangen und sprang die Treppen runter. Ich sollte sie nicht an die Tür begleiten. Sie wollte gehen wie eine Freundin, die mit allem sehr vertraut war. Als sie es sagte, war ich gerührt, ein wenig verwirrt. Ich sah ihr durchs Fenster hinterher. Unten auf der Straße war sie nichts anderes mehr als ein Mädchen wie viele. Doch sie war mir nahegekommen. Frauen erschienen mir kostbar und rätselhaft. Männer dagegen billig und sehr berechenbar. Schade, dass man die Seiten nicht wechseln konnte.

16

Wir saßen in der Küche und aßen Spaghetti. Meine Schwestern schnatterten und kleckerten und meine Mutter hatte alle Hände voll zu tun, sie zu bändigen. Ich drehte die Nudeln mit der Gabel und war wohl sehr still. Es fiel mir nicht auf. Nur durch den prüfenden Blick meiner Mutter bemerkte ich, anders als sonst zu sein. Sicher dachte sie, ich hätte Liebeskummer, und irgendwie war es ja tatsächlich so. Als an der Tür geläutet wurde, sahen alle gleichzeitig hoch zur Uhr. Es war kurz nach sieben.

„Ich geh schon", sagte ich und stand auf.

Vor der Riffelglasscheibe der Haustür stand ein dunkler Schatten. Ich erkannte ihn sofort. Paul. Jetzt war es also kein Umweg mehr für ihn hierherzukommen.

„Was gibt's denn?", fragte ich vorsichtig.

„Hast du mal 'ne Sekunde?"

„Klar."

„Dann komm ..."

„Wohin?"

„In 'ne Kneipe. Wo wir ungestört quatschen können."

„Worüber denn quatschen?"

„Über ein Projekt."

„Den Film?"

„Auch den Film ... Frag jetzt nicht lang, komm einfach."

„Moment, muss meiner Mutter Bescheid geben."

„Deiner Mutter?" Er sah mich halb spöttisch, halb abfällig an.

„Ja, meiner Mutter." Ich deutete zur Küche.

„Na, dann mach hin."

Ich sagte meiner Mutter, ich müsse kurz weg, und sie stellte überraschend wenig Fragen. Fast wäre es mir lieber gewesen, sie hätte gewollt, ich sollte zu Hause bleiben. Doch ich war auch neugierig.

Paul hatte wieder Kralles Opel dabei. Sein Geld reichte wohl nicht für einen eigenen Wagen. Vielleicht war er auch nur zu geizig. Wir fuhren ins Zentrum. Er stellte den Wagen quer über den Grünstreifen und deutete auf eine Kneipe gegenüber. Er war erstaunlich freundlich zu mir. Es begann zu regnen, als wir hinüberliefen. Viel war nicht los, die meisten Tische waren leer. Zielstrebig steuerte er auf eine junge Frau zu. Sie fiel auf, denn ihr Kleid hatte einen sehr tiefen Ausschnitt und ihr ziemlich großer Busen drückte sich in runden Fleischhügeln heraus. Ich dachte erst, er wollte sie anmachen, aber er kannte sie bereits.

„Kommst ziemlich spät", sagte sie tadelnd.

Er beugte sich zu ihr hinunter und küsste sie auf die Wangen. Es wirkte komisch auf mich. Paul war nicht der Typ für dieses Küsschen-links-und-Küsschen-rechts-Getue.

„Das ist Bobo, der Kameramann." Paul zeigte mit dem Finger auf mich.

Mehr als ein leises „Hi!" brachte ich nicht heraus.

„Das ist Chantal Love", sagte Paul.

Sie stand auf und küsste mich auf die Wangen. Verwirrt warf ich einen Blick in ihren Ausschnitt. Sie war nahtlos braun, ich konnte ihren Bauchnabel unter dem Kleid sehen. Ich fühlte mich durch ihre Küsse geschmeichelt, wenngleich ich der festen Überzeugung war, den Namen nicht richtig verstanden zu haben.

„Du wirkst jung", sagte sie zu mir.

Ich zuckte mit den Schultern.

„Aber das macht nichts, im Gegenteil. Du kannst mich übrigens Biggi nennen. Chantal ist mein Künstlername. Für die Plakate und Hüllen."

„Klar ... Biggi."

Sie hatte eine gewinnende Art.

Wir bestellten uns was, ich nahm eine Apfelsaftschorle, Paul ein Bier, sie blieb bei ihrer Caipirinha.

„Biggi wird uns helfen", sagte Paul. „Sie kennt sich aus, sie ist ein Profi. Außerdem ist eine Frau allein zu wenig. Schon fürs Cover. Ich wollte, dass ihr euch vorher mal kennenlernt. Sie kann dir Tipps geben. Du brauchst sie nur zu fragen ..."

„Was hast du vor?", fragte ich. „Geht es um den Film?"

„Worum denn sonst?" Paul lachte aufgesetzt. „Wir haben ihn angefangen, jetzt machen wir ihn auch fertig. Ich hasse es, bei irgendwelchen Projekten mittendrin aufzuhören. Ich will, dass es sich lohnt. Du hast auch schon eine Anzahlung kassiert, denk dran ..."

Fünfzig Mark, dachte ich empört, hielt aber meinen Mund. Biggi würde mich schon wegen der Summe auslachen. Das wollte ich nicht.

„Apropos Geld", meinte Biggi. „Die Gage gibt's am Set, bar, keinen Scheck, keine Überweisung, keine Sprüche. Das halten wir immer so, und ich denke, das ist für alle Seiten fair."

Sie sagte Wir und ich rätselte, wer noch gemeint war.

„Klar." Paul tat, als wäre es das Normalste auf der Welt.

„Kleiner", wandte er sich an mich. „Nimm dir am nächsten Freitag nichts vor."

„Freitag ist schlecht", sagte ich.

„Wieso ist das schlecht?"

„Rat mal. Ich hab jeden Tag 'nen Termin. Höchstens nachmittags, das wäre möglich."

„Ne, das ist zu kurz. Geh halt nicht hin, mach blau. Freitag muss sein, oder Biggi?"

Sie zog einen dicken Taschenkalender heraus und blätterte ihn auf. Jeder Tag enthielt Eintragungen. Kleine, akkurate Notizen. Sie war offensichtlich sehr ordentlich.

„Freitag hab ich mir für dein Projekt freigehalten", sagte sie und nickte dazu wie ein Buchhalter. „Samstag geht mein Flieger Richtung Ibiza. Ich bin für fünf Tage dort gebucht."

„Freitag, sag ich doch", brummte Paul, kippte den Rest Bier in sich hinein und bestellte ein Neues, indem er mit dem leeren Glas in der Luft herumfuchtelte.

Aus den Augenwinkeln musterte ich verstohlen Biggi. Sie war vielleicht Anfang Zwanzig und Braun wie lackiert. Völlig ebenmäßig. Sie sah gut aus, wenngleich ihre Züge eher hart und entschlossen wirkten. Sie roch intensiv nach Parfum. Obwohl sie so übermäßig geschminkt war, wirkte sie wie eine Geschäftsfrau. Sie verunsicherte mich zutiefst.

„Kleiner, jetzt kannst du deine Fragen stellen", sagte Paul zu mir.

„Was für Fragen?"

„Musst doch Fragen haben ..."

Er lachte, sie ließ gerade mal ein höfliches Lächeln erkennen. Ich wusste nicht, was ich sagen sollte, also blieb ich stumm.

„Stell dich nicht so an." Paul stand auf. „Sie beißt dich schon nicht ... Ich geh mal kurz ..."

Er verzog sich auf die Toilette, und ich saß alleine mit ihr da. Jede ihrer Bewegungen zeugte von großer Sicherheit. Sie zündete sich eine jener braunen, dünnen Zigaretten an, wie sie nur Frauen rauchen können.

„Arbeitet ihr schon länger zusammen?", fragte sie.

„Ne!" Ich musste lachen. „Erst seit kurzem."

„Dachte ich mir."

„Und wenn du's genau wissen willst, ich hab keine große Ahnung. Videofilm ist mein Hobby, und vielleicht werde ich mal was in der Richtung machen. Ich kann scharf stellen und ein Zimmer ausleuchten, das war's dann aber auch ..."

Sie lächelte mich mit strahlend weißen Zähnen an.

„Überhaupt schon mal 'n Fick gedreht?"

„Nur 'nen Türken, wie's aussieht."

Sie schüttelte den Kopf. „Dann wird das 'ne Premiere? Echt? Welche Ehre. Ich wusste, dass Paul neu in dieses Business einsteigt, aber so?" Sie lachte mich an. „Du bist nett und sagst wenigstens geradeheraus, was Sache ist. Das gefällt mir an dir, damit bist du anders als die meisten sonst ..."

„Tatsächlich?"

„Ja ..." Sie wedelte den Rauch ihrer Zigarette zur Seite. „Es gibt so viele Angeber und Spinner in dieser Branche. Erst spucken sie große Töne, dann bringen sie keinen hoch, wenn's drauf ankommt. Du brauchst dir nichts denken. Du schaltest einfach deine Kamera ein und stellst auf mich scharf. Ich dreh mich dann schon so, dass es gut aussieht. Das hast du schnell kapiert ..."

„Gut", sagte ich.

„Wenn du ein paar Grundregeln draufhast, ist alles ziemlich easy."

„Gut."

Ich saß also neben einer leibhaftigen Pornodarstellerin. Ich stellte mir vor, wie sie sich auszog und die Männer über den Set scheuchte. Ich fühlte mich nicht wohl dabei. Wieso hatte ich mich nur darauf eingelassen?

„Wie alt bist du?", fragte sie. „Keine zwanzig, was? Eher neunzehn?"

„Siebzehn."

„Verarsch mich nicht."

„Tu ich nicht."

Sie sah mich an, fast böse. Ihre schwer geschminkten Augen blitzten wie die Klinge eines Messers.

„Siebzehn? Ist das dein Ernst?"

„Bis zum Herbst noch."

„Glaubt er, ich lass mich auf so 'ne Scheiße ein?" Sie deutete zum Klo.

„Was denn?"

„Auf so 'ne Kindergartenscheiße?"

Wütend steckte sie ihren Notizkalender in die Tasche, die neben ihr auf der Bank lag. Sie hämmerte die Zigarette in den Ascher und ließ sie qualmend darin liegen.

„Was ist los?", fragte ich.

„Ich muss schauen, wie ich den Freitag wieder voll kriege", zischte sie, stand auf und eilte hinaus. Sie sah mich nicht mehr an, auch ihre letzten Worte waren schon ein Selbstgespräch gewesen. Mich gab es für sie nicht mehr. Ich schämte mich und wusste nicht, wofür. Ich sah sie vor den Fenstern forteilen. Sie hielt sich ihre Tasche über den Kopf, offenbar war der Regen stärker geworden. Paul kam zurück und setzte sich.

„Alles klar jetzt?", fragte er mich.

Ich nickte.

„Gibt's noch Fragen bei dir?"

„Nö."

„Dann ist gut. Das muss am Freitag klappen, nicht so wie das letzte Mal. Bin froh, dass ich sie aufgetrieben habe. War reiner Zufall gewesen. Sie ist 'n Ass in der Branche, sag ich dir. Mit ihrem Namen auf dem Cover kann gar nichts mehr schief gehen."

„Soll Kralle sie auch ..." Ich brachte den Satz nicht zu Ende.

„Ficken? Klar ... Er muss was tun für sein Geld." Paul lachte. „Andere würden zahlen, um über so eine wie sie mal drübersteigen zu dürfen. Er kriegt auch noch was dafür."

„Und Sanne?"

„Was soll mit ihr sein? Sie ist schließlich dabei. Die sieht das nicht so eng, wirst sehen."

„Weiß sie es schon?"

„Mit Biggi? Denke mal ..."

„Du hast es ihr nicht gesagt, oder?"

„Ich? Was soll ich noch alles tun? Kralle kann ja auch mal was machen. Soll ich mich um alles kümmern?"

Ich lehnte mich zurück. „Das bringt er nicht."

„Wart ab, die Biggi zaubert dem schon 'n Rohr. Wär ja gelacht ..."

„Ich meinte, es Sanne zu sagen."

Er legte seine Stirn in Falten. „Egal. Sanne ist anpassungsfähig. Zickig, aber anpassungsfähig. Wenn der Luxus nur stimmt, dann ist sie zufrieden."

„Was für ein Luxus?"

„Der Komfort, Kleiner, verstehst du? Sanne ist eine, die steht auf Komfort. Hauptsache, sie kann sich faul in die Sonne fläzen ... Na, hab sie lange genug durchgefüttert."

Ich dachte eigentlich immer, Sanne würde wie ich auf irgendeine Schule gehen. Jetzt fiel mir zum ersten Mal auf, dass ich es gar nicht wirklich wusste.

„Nun füttert Kralle sie durch", sagte ich. Vielleicht ließ sich Paul provozieren und erzählte noch mehr.

Er sagte aber nur: „Dieses kleine Miststück."

Wir tranken, rauchten. Paul wirkte so zugänglich wie noch nie, ich spürte ein wenig von dem Kerl hinter der Grobheit, die mir nur Angst gemacht hatte. Wahrscheinlich wagte ich deshalb, es anzusprechen.

„Kralle schuldet dir Geld, oder?"

„'ne Menge." Er zog überheblich die Augenbrauen nach oben. Es schien ihn nicht zu überraschen, dass ich es wusste.

„Wozu brauchte er das Geld?"

„Frag ihn. So ein Sohn aus reichem Hause hat 'nen anderen Maßstab als wir. Auto, Urlaub, Klamotten, schicke Kneipen ... alles kostet Geld. Sein Alter wird ihm die Hunderter auch nicht ständig bündelweise rüberschieben. Dazu 'ne anspruchsvolle Freundin ..."

„Sanne?" Ich lachte ihn aus. „Jetzt hör aber mal auf mit ihr ..."

Aus den Augenwinkeln grinste er mich an.

„Du kennst sie nicht, Kleiner. Sie ist nicht so, wie du denkst ..."

„Wie denke ich denn?"

„Du stellst sie auf einen Sockel und betest sie an. Das sieht ein Blinder. Aber du täuschst dich in ihr. Auch Kralle kapiert es nicht. Die meisten sind so bescheuert und kapieren es nicht. Wenn du 'ne Frau richtig scharf findest, mach dich ran, vögel sie, hab Spaß ... aber erlaube keiner, dich in ihren Besitz zu nehmen …" Er hielt mir seine Hand vors Gesicht und ballte sie zur Faust. „Wenn sie dich in Besitz nimmt, dann hast du über kurz oder lang ein Problem. Sanne wollte mich in Besitz nehmen, und ich hab ihr gesagt, stopp, Mädchen, bis hierher und nicht weiter ..."

Mit der Handkante zog er eine Linie auf dem Tisch.

„Das wollte sie nicht, und ich ging auf Distanz. Dann kam Kralle, und sie hat wohl gedacht, bei dem lohnt es sich mehr. Aber der Geldfluss geriet schnell ins Stocken, prompt stand sie wieder vor meiner Tür. Kannst du uns was leihen und so weiter ... bin viel zu gutmütig, oh, Mann ..."

Ich glotzte nur. „Aha."

„Mann, dich hat sie wohl auch längst im Sack. Na, viel Spaß. Komm aber nicht zu mir, wenn dir die Kohle ausgeht ..." Er schüttelte amüsiert den Kopf und starrte in sein Bierglas. „Sanne ist schon ein Miststück", sagte er, „Leck mich am Arsch. Dabei hat sie nicht mal Titten."

Er trank und zündete sich eine an.

„Ich mag Sanne", meinte ich hilflos.

„Scheiße, mögen ... Ich hab sie auf Händen getragen." Er fuchtelte herum und deutete sich immer wieder auf die Brust. „Was sie wollte, ich hab es möglich gemacht. Sechs Wochen Türkei, verstehst du? Hat sie keinen Pfennig gekostet, sie hatte alles umsonst. Mein Cabrio hab ich nicht fertig machen lassen können, weil sie noch zwei Wochen dranhängen wollte und das Geld knapp wurde."

„Was für ein Cabrio?"

„Geheimtipp, sag ich dir." Er richtete sich etwas auf und lehnte sich zu mir rüber. Er schien sehr stolz auf das zu sein, was er jetzt erzählte. „Nimmst dir 'ne rostige Karre mit Kultstatus, zum Beispiel einen Fiat Spider, und rauscht damit in den Urlaub in die Türkei. Während du am Strand liegst und dein Bierchen zischt, macht dir irgendeine Klitsche die Karre wieder zum Sahnestück. Das sind Zauberer da unten, sag ich dir. Künstler. Rödeln in der letzten Bude, verdienen ein lächerliches Geld, aber was rauskommt ..."

Mit Daumen und Zeigefinger formte er einen Kreis und küsste die Fingerspitzen.

„Erste Sahne", sagte er.

„Wo ist da der Witz?" Ich kapierte es nicht.

„Mann, denk nach. So ein Ding kostet hier drei Mille, da unten legst du vielleicht noch einmal zwei drauf. Wenn du heimkommst, verkaufst du den Wagen für zehn. Jetzt kannst du nachrechnen, wer deinen Urlaub bezahlt hat. Die Türken nämlich."

„Raffiniert", sagte ich, dabei interessierte es mich eigentlich nicht mal.

„Musst eben was im Kopf haben, nicht nur 'n Ständer in der Hose. Frauen ist es ganz egal, wie du es anstellst, sie wollen nur, dass du was drauf hast. Dass du dir was einfallen lässt. Sie halten sich an den, der was locker macht, kapiert?"

„Sechs Wochen mit ihr am Strand", murmelte ich verträumt vor mich hin.

„Ja, Kleiner. Da haben wir auch gleich 'n paar Fotos geschossen, brachte nicht viel, der Apparat war Müll, war aber 'n bisschen Benzingeld nebenbei. Soll sie ruhig auch was dazuverdienen."

„Fotos?"

Er lachte. „Pink Shots."

„Wann war das?", fragte ich. „Letztes Jahr?"

„Vorletztes."

„Da war sie erst fünfzehn."

„Und? Passt doch, sie hatte es schon drauf. Der hab ich nichts mehr beibringen müssen, gar nichts mehr. War sogar ihre Idee gewesen, wenn ich mich recht erinnere."

„Und jetzt Kralle."

„Kralle." Er winkte müde ab. „Dein Kralle meint, das Geld kommt mit der Post. Im Abo. Der kann es nur ausgeben, dein Kralle. Wartet wahrscheinlich, bis seinen Alten der Schlag trifft, weil ihn seine junge Freundin überfordert. Unser Einzelkind. Ich hab drei Brüder, alle älter. Wenn ich was wollte, hab ich kämpfen müssen. War 'n gutes Training, richtig fürs Leben. Wenn Kralle aber Pech hat, dauert es noch sehr lange, bis er abkassieren kann ..."

Paul lachte wieder. Dann drehte er sich um und suchte die Kneipe ab.

„Was macht die Kuh eigentlich so lange auf dem Klo?", sagte er. „Die Beinhaare rasieren?"

„Biggi?"

„Wer denn sonst? Wo steckt das Luder? Wo ist sie jetzt?"

„Die ... die ist abgerauscht." Ich stotterte fast.

„Was ist die? Abgerauscht?" Er starrte mich an. „Kann sie nicht wenigstens so lange warten, bis ich vom Klo wiederkomme? Was hat sie gesagt? Ein anderer Termin? Musste sie darum weg? Gut, wir waren zu spät, haben sie warten lassen. Na und? Muss sie eben mal warten. Kriegt ja auch fett Kohle von Leuten wie mir. Was hat sie gesagt, Kleiner?"

„Keine Ahnung, nicht viel."

Paul glotzte mich an.

„Da sitzen wir hier blöde rum, und sie ist längst weg. Mann, das 'n Ding. Hat sie wenigstens ihr teures Gesöff gezahlt?"

„Glaub nicht."

Wieder glotzte er mich an, als ob ich an allem schuld wäre.

„Wer glaubt sie, dass sie ist? Na, nicht mit mir, wirklich nicht ... Ich geh jetzt an die Bar, zahl unsere Getränke und wir machen uns vom Acker."

„Das kannst du nicht bringen."

„Das wirst du gleich sehen ..."

Paul brachte es. Er zahlte nur unsere Getränke, und wir machten uns davon. Er setzte mich zu Hause ab.

„Hast du jetzt immer den Wagen?", fragte ich beim Aussteigen.

„Von welchem Geld ist er denn gekauft? Was glaubst du?"

„Den könnte man auch zu den Türken bringen."

„Dieses Ding hier? Wer will schon 'nen alten Opel? Diese Oldtimerscheiße bringt nichts. Cabrios musst du nehmen, Frauen müssen darauf abfahren. Die klopfen nicht ewig am Blech rum, die wollen sich in die Farbe verlieben ..."

„Na, ich weiß nicht ..."

„Bis Freitag, mach schon mal deine Kamera klar."

Er rauschte davon, eine Gischtspur hinter sich her-ziehend. Die Antworten, die mir die Welt auf meine Fragen gab, gefielen mir immer weniger.

17

Freitag.

Ich hatte nichts geplant, nichts vorbereitet, nichts zu Ende gedacht. Ich hatte den näher rückenden Termin einfach nur ignoriert. Ich wollte Pauls Film nicht drehen, wollte Kralle nicht ficken sehen, Sannes Blicke nicht ertragen; ich wollte mich nur drücken, verdrücken, in Luft auflösen. Die ganze Woche hatte ich gehofft, Kralle in der Schule zu treffen, doch seit unserer Begegnung am Montag war er nicht mehr aufgetaucht. Er kam nur noch in die Schule, wie andere einen Stadtbummel ma-chen, nach Lust und Laune. Ich hoffte, er würde sich mal bei mir melden, aber auch das geschah nicht. Einmal wagte ich es selbst und wählte seine Nummer. Die

Freundin seines Vaters war dran. Total genervt, als ob sie gerade mit jemandem gestritten hätte. Nein, er sei nicht da, probieren Sie es später wieder. Peng, aufgelegt. Von Paul hatte ich noch nicht mal eine Telefonnummer, ich wusste nicht, wo er wohnte, er tauchte auf und verschwand wie ein Phantom. Er hatte mich nie interessiert, und darum wusste ich eigentlich nichts von ihm. All das bestärkte mich in meiner Überzeugung, zu nichts verpflichtet zu sein.

Ich frühstückte wie immer, nahm meine Schulsachen und setzte mich aufs Rad. Ich fuhr einen anderen Weg als sonst. Es war sicher albern, aber ich fürchtete, sie würden mich irgendwo abpassen. Ich sperrte das Rad an ein Gitter und huschte ins Schulgebäude. Ich war ungewöhnlich früh da, stellte mich zu einer Gruppe aus meiner Klasse und sprach irgendwelches belangloses Zeugs. Sonst mied ich solche Gespräche, an diesem Tag suchte ich sie. Ich sah mir meine Mitschüler an, sie waren noch Kinder. Doch auch hinter meiner Fassade würden sie nicht den Pornofilmer vermuten. Das Geheimnis eines Menschen kann sich gut hinter den Augen und einem Lächeln verstecken. Ich war jetzt auch einer, der etwas zu verbergen hatte, ein anderes Leben.

Der Klassenraum wurde aufgesperrt, und wir setzten uns an unsere Plätze. Der Unterricht begann und ich fühlte mich in Sicherheit. Die unaufgeregte Stimme des Lehrers, die stickige, warme Luft, die über die Bänke gebeugten Rücken der Schüler vor mir. Das alles, vor allem das schläfrige, stumpfe Gleichmaß bedeutete Sicherheit. Hier konnte mich Paul nicht wegholen. Ein paar Stunden Aufschub.

Ich traute meinen Augen nicht, als plötzlich die Tür aufging und Kralle hereinkam. Wortlos schlich er an seinen Platz. Dem Lehrer war es völlig egal, er musterte ihn nur abfällig aus dem Augenwinkel. Kralle grinste mich an, ich nickte, um ihn zu grüßen. Lachen konnte ich nicht, mein Gesicht musste ein einziges Fragezeichen gewesen sein. Immer wieder nickte er mir aufmunternd zu, als wollte er mir sagen, reg dich nicht auf, alles geht klar. Zwischen den Stunden sprachen wir nicht, ich blieb an meinem Platz sitzen und war froh, dass er nicht zu mir herüberkam. Die große Pause kam viel zu schnell.

„Ich dachte ...", sagte ich zu Kralle im Flur.

„Was dachtest du?"

„Na, heute sollte doch ...“

„Was denn?"

„Der Film, Mann, was sonst?" Wieso kapierte er nicht endlich? Konnte er es mir nicht einfach sagen?

„Ach, der blöde Film."

„Ja, wollte Paul nicht heute ...“

„Nein, nein, nicht heute."

„Nein?"

„Hat nicht geklappt. Irgendjemand hat wohl abgesagt."

„Warum kommst du gerade heute in die Schule?"

„Kann doch nicht ewig blau machen."

Wollte er mich verarschen? „Ist alles klar?"

„Natürlich. Lass uns was trinken, ich geb 'ne Cola aus ...“

Er nahm mich freundschaftlich in den Arm und schob mich hinüber zur Speisenausgabe. Er kaufte zwei Cola beim Hausmeister und hielt mir eine hin.

„Was war denn die ganze Woche über noch?", fragte ich ihn.

„Nichts weiter, was soll schon gewesen sein? Ich war mit Sanne baden. Am Bootshaus. War richtig schön entspannend. Hatte ich auch nötig nach all dem Scheiß ...“

„Ihr wart baden? Mann, das hätte ich auch gern gemacht ...“

„Sorry, aber ich konnte dich nicht mitnehmen."

„Eh klar." Ich wunderte mich, dass er es überhaupt erwähnte. Natürlich wollten mich die beiden nicht dabei haben. Ich hatte vollstes Verständnis dafür. Ich hätte auch niemanden dabei haben wollen.

„Und die Sache mit Paul?", fragte ich.

„Der kann mich ..."

Kralle tat, als ob alles längst beendet und geregelt wäre. Ich glaubte es zwar nicht, aber fühlte mich erleichtert. Nach all den Tagen der Anspannung war plötzlich auf angenehme und unaufgeregte Weise der Druck weg. Ich atmete auf und wurde übermütig.

„Porno", sagte ich, „der Typ spinnt doch."

Kralle sah mich mitleidig an. „Ach, irgendwie war es gar keine schlechte Idee. Bisschen vögeln und dafür Geld kriegen. Wenn du ein paar Vorurteile über Bord werfen kannst, ist es halb so schlimm."

„Aber dann können dich alle dabei sehen."

„Wer denn? Wer schaut so was schon an? Irgendwelche einsamen Wichser. Mir doch egal, wenn sie es nötig haben."

Es gefiel mir nicht, auch einer dieser einsamen Wichser zu sein, von denen er sprach, aber ich tat so, als interessierte es mich nicht.

„Du dachtest, du würdest mit dem Film deine Schulden schnell wieder los sein?", fragte ich.

„Klar, das war der Deal. Ziemlich logische Sache. Du filmst uns, wie wir es machen, Paul verscheuert die Kassetten und fertig. Wie 'ne Sache unter Freunden, 'ne Familienangelegenheit. Klang ziemlich plausibel, hätte ja auch ein Riesenspaß werden können ..."

Er zog die Schultern hoch und lächelte wie einer aus dem Werbefernsehen.

„Spaß", sagte ich.

„Nichts für Verklemmte ... logisch. Wir sind so erzogen, Sex ist was für die dunkle Nacht in dunklen Zimmern. Aber wenn man es von einer höheren Warte aus betrachtet, ist das alles lächerliche Konvention. Du musst es einfach locker nehmen, dann ist es Spaß, nichts weiter."

„Wieso hat er dir so viel Geld geliehen?"

Er rückte etwas ab von mir. „Viel? Was glaubst du denn?"

Die Frage gefiel ihm nicht, er wurde richtig wütend.

Diesmal wollte ich keinen Rückzieher machen. „Na, ein paar Tausender sind nicht wenig."

„Was heißt schon viel. So viel ist es auch nicht." Kralle zog den Strohhalm aus der Flasche und warf ihn achtlos fort. „Was quatscht der auch dauernd vom Geld ..."

„Paul?"

„Ja, Paul. Der ist doch selbst schuld, wenn er jetzt warten muss. Ich hasse es, mich mit diesem Mist überhaupt beschäftigen zu müssen. Er hat mir die Kohle richtig aufgedrängt, wenn ich es mir genau überlege."

„Weil er weiß, dass dein Vater Geld hat?"

„Vielleicht. Ich will nicht weiter drüber nachdenken. Dieses Geld regt mich auf ..."

Er war wieder so, wie ich ihn kannte. Er ließ sich von niemandem festlegen, alles, was er sagte, durfte nie die Grenze des Vagen, des Ungefähren verlassen. Wir streiften über den Pausenhof und stellten uns in eine Ecke, um zu rauchen. Zwei Mädchen aus der Parallelklasse gesellten sich zu uns, schnorrten Zigaretten und alberten herum. Sie waren dürre Provinzgänse mit viel zu viel Schminke an den falschen Stellen. Mich übersahen sie völlig, es war Kralle, der sie anlockte wie Licht die Insekten. Ich ärgerte mich, als ich sah, wie gerne er mit den beiden schäkerte und ihnen Hoffnungen machte.

Offensichtlich lag ihm nichts mehr an unserem Gespräch.

Die Glocke ertönte und wir mussten zurück.

„Was ist denn das für eine Geschichte?", fragte er mich im Flur vor unserem Klassenzimmer.

„Was meinst du?"

„Sanne sagte was von gestohlenen Bildern, die du filmen musstest."

Ich brauchte eine Weile, bis ich kapierte, was er meinte. Ich erzählte ihm von dem Alten in Konnersberg und seinem Plunder.

„Und die Bilder aus den Schlössern hängen an der Wand? Einfach so?"

„Wo sonst, es sind Bilder."

Er rieb sich das Kinn wie ein Kunstprofessor. „Wertvoll, was? Wenn sie aus einem Schloss sind, müssen sie wertvoll sein."

„Keine Ahnung."

„Was für 'ne Sauerei. Soldaten klauen die und niemand gibt sie wieder zurück."

„Lange her. Was juckt es uns?"

„Ich finde es ziemlich daneben. Hab ich Sanne auch gesagt ..."

„Ach ja?" Ich musste lachen, ich verstand ihn nicht. Sonst spielte er immer den Gleichgültigen. Was auch immer, es kratzte ihn nicht. Politik, Geschichte, für Kralle waren das Themen, mit denen sich andere den Nachmittag verderben sollten, er nicht. Das Leben ist jetzt, war so ein Spruch von ihm, wenn er überhaupt mal was sagte und nicht nur grinste, abwinkte, es einfach ignorierte.

„Wo ist denn das in Konnersberg?", fragte er.

Ich lehnte mich an die Wand vor dem Klassenzimmer. Seine Fragen kamen mir komisch vor.

„Was willst du? Hinfahren und sie einsacken? Viel Spaß, der schließt noch nicht mal seine Haustür ab. Da kann jeder reinspazieren und sich bedienen. Wenn er die Nerven dazu hat."

„'Nen alten Nazi beklauen, das wär ein Ding. Denk mal nach. Späte Rache oder so." Kralle zog ein Gesicht wie ein Hausbesetzer. Ich kannte zwar keinen, aber so stellte ich mir einen vor. Die Augen voller revolutionärem Wahn.

„Keine Ahnung, ob er ein Nazi ist", sagte ich. „Er redet nicht viel."

„Das waren doch alles alte Nazis. Wenn er solche Bilder hat ... Vielleicht hat er die Besitzer auch gleich noch erschossen?"

Kralle feuerte mit seinen Zeigefingern wild in die Luft und ahmte Pistolenschüsse nach. Aufgedreht und albern, er ging mir auf die Nerven.

Wir mussten in den Unterricht. Kralle saß ganz hinten, allein in der Mittelreihe. Ich sah, wie er unter der Bank eine Zeitschrift durchblätterte. Warum er gekommen war, blieb mir ein Rätsel. Der Unterricht ließ ihn jedenfalls kalt.

Kralle bot mir an, mich heimzufahren, aber ich hatte ja das Rad und sehr weit war es auch nicht. Bei schlechtem Wetter ging ich die Strecke sogar zu Fuß. Ich mochte es, allein durch die Straßen zu gehen und dem Alltag der anderen zuzusehen. Kralle fragte mich, ob er am Nachmittag mal vorbeikommen könnte, nur so, bisschen quatschen. Ich sagte: Klar, warum nicht, obwohl ich wusste, dass er nicht meinetwegen kommen würde. Die Bilder des Alten spukten durch seinen Kopf, nur diese dämlichen Bilder.

Er kam aber nicht. Stattdessen rief mich meine Mutter am Nachmittag ans Telefon.

„Wer ist es?", fragte ich leise.

Sie schüttelte nur den Kopf. „Hat sich nicht vorgestellt", flüsterte sie.

Es war Paul.

„Du hast Scheiße gebaut, mein Lieber", fuhr er mich an.

Ich erschrak und hatte sofort ein schlechtes Gewissen.

„Wieso?", fragte ich zögernd. „Was ist los?"

„Na, was wollten wir denn heute drehen?"

„Wir? Du wolltest es drehen. Es ist dein Film ..."

„Von wegen nur mein Film, Freundchen."

„Ich hatte auch nichts mehr von euch gehört und ..."

„Wieso bindest du ihr dein Alter auf die Nase, hä? Ich dachte, sie flippt mir aus, als ich sie endlich mal an der Strippe hatte. Du hättest doch wenigstens sagen können, dass du achtzehn bist. Nein, du Arsch sagst ihr in den ersten drei Minuten, dass du erst siebzehn bist ..."

„Sie hat danach gefragt."

„Soll sie doch fragen. Deinen Ausweis wird sie nicht verlangen. Du hast einen Bock geschossen, du blöde Pfeife, und ich kann alle meine schönen Pläne schon wieder vergessen. Ich geb dir 'ne Riesenchance und das ist der Dank."

„Kannst deine fünfzig Mark wiederhaben", meinte ich sehr kleinlaut.

„Fünfzig Mark? Was meinst du, was ich jetzt an Kosten habe? Da geht es um weit mehr als fünfzig Mark. Ich habe Versprechungen gemacht, bin Verpflichtungen eingegangen, was glaubst du denn? Wegen dir ist alles erst mal Asche, jetzt kann ich wieder von vorn beginnen ..."

Ich schwieg. Wenigstens stand er mir nicht gegenüber. Sollte er jetzt Geld fordern, würde ich entschlossen Nein sagen. Zur Polizei konnte er schlecht gehen. Ich schon eher. Natürlich würde ich es nie tun. Allein wegen meiner Mutter.

„Du hast was gut zu machen", sagte Paul.

„Quatsch."

„Von wegen, Kleiner. Von dir muss was kommen ..."

„Und was?"

„'Ne Leistung."

„Was für 'ne Leistung?"

„'Ne richtige Leistung, ein Geschäft, Kohle ..."

„Wie stellst du dir das vor? Ich hab kein Geld."

Paul lachte. „Wer redet denn von deinem Sparschwein. Hier geht es um eine neue Idee, die interessant sein könnte ..."

„Was meinst du?"

„Soll da so Bilder geben ..."

„Bilder?"

„Alte Ölschinken ... im Krieg gestohlen, Beutekunst oder was weiß ich."

„Woher weißt du davon? Hat Kralle rumgequatscht?"

„Ich weiß es eben, braucht dich nicht weiter zu interessieren."

„Was hast du vor?"

„Noch gar nichts, will mir erst einen Eindruck verschaffen. Ich krieg jetzt 'ne Kopie von deinen Aufnahmen und die Adresse. Will nur wissen, was hinter dem Ganzen steckt. Das ist alles. Für dich nun wirklich keine große Sache. Aber 'ne Gegenleistung ist jetzt fällig, Kleiner."

„Du willst sie also einfach ..."

Ich traute mich wegen meiner Mutter nicht weiterzureden. Sie konnte in der Nähe sein und mithören. Mit dem Telefon in der Hand stieg ich die Treppen hoch zu meinem Zimmer. Das Kabel war lang genug.

„Ich will gar nichts einfach", sagte Paul. „Zerbrich dir mal nicht den Kopf. Ich krieg das Video und die Adresse. Bis morgen Abend dürfte reichen, um es zu kopieren, klar? Wir treffen uns in der Kneipe, die du auch schon kennst. Um acht. Sei pünktlich ..."

„Moment mal ..."

Ich erreichte gerade meine Zimmertür, als er auflegte.

18

Am nächsten Tag fühlte ich mich wie weichgekocht und zog die Kopie. Als ich sie aber in Händen hielt, fand ich das alles absurd. Ich wollte sie ihm nicht geben und warf sie auf mein Bett. Ich zog noch eine Kopie. Von Kralle und Sanne und ihrem Türken. Die wollte ich Paul in die Hand drücken und ihm sagen, er könne seine schmutzigen Geschäfte mit jemand anderem durchziehen. Ich würde nicht mehr dabei sein. Soll er doch toben.

Am Mittag verließ mich der Mut. Ich dachte, ich sollte die Kassette wenigstens dabei haben, falls die Situation eskalieren würde. Ich hasste mich für meine Ängstlichkeit, aber umso näher der Abend kam, desto nervöser wurde ich.

Als ich Schritte auf der Treppe hörte, warf ich die Kassetten panisch in den Schrank. Meine Mutter kam herein. Sie lachte.

„Was ist?", fragte ich.

„Sieh mal, wen ich dir mitgebracht habe."

Sanne stand hinter ihr.

„Ich traf sie an der Haustür, du hättest sie mir längst mal vorstellen können."

Sanne lächelte nur und spielte das artige Mädchen. Meine Mutter verzog sich wieder nach unten.

„Was machst du gerade?", fragte Sanne.

„Weiß nicht ... nichts."

Sie sah sich um, als wäre sie zum ersten Mal in meinem Zimmer.

„Dann stör ich wenigstens nicht", sagte sie.

„Nein ... gar nicht."

Sie setzte sich wieder auf mein Bett, aber mir fiel auf, dass sie nervös und fahrig wirkte. Sie wollte eine Zigarette und wir rauchten.

„Triffst du dich mit Paul?", fragte sie.

„Warum?"

„Nur so, triffst du dich mit ihm?"

„Heute Abend."

„Heute?" Ihre Stimme wurde richtig laut.

„Ja, er will es so ... weiß nicht, ob ich hingehe, ich ..."

„Heute also", murmelte sie.

„Ja."

„Ah ..."

Sie blies den Rauch durch die Nase, parkte ihren Blick auf dem Boden, schüttelte den Kopf. Ihre Haare zitterten ganz eigenartig dabei.

„Er hat's auf die Bilder abgesehen", sagte sie.

„Ja, Kralle hat's ihm gesteckt. Nachdem du es ihm erzählt hast."

„Moment ..." Sie sah mich erzürnt an. Ihre Stimme wurde schnell, fast schrill. „Ich hab ihm gar nichts erzählt, ja? Wir haben nur gequatscht, über alles Mögliche, auch mal über diesen Nazi da in Konnersberg ... vielleicht mal kurz ... Warum auch nicht? Ist schließlich nichts dabei. Keine Ahnung, wie es zu Paul durchsickern konnte. Wichtig ist jetzt nur, ihm die Adresse und die Aufnahmen nicht zu geben."

„Hatte ich auch nicht vor."

„Ach, tatsächlich?" Sie musterte mich. „Umso besser. Es kann schließlich nicht sein, dass sich dieser Kerl jetzt da mit hineindrängt und alles wieder über ihn laufen muss ..."

„Wo denn hineindrängt?", unterbrach ich sie.

„In unsere Sache. Was geht es ihn an? Einen Scheiß geht es ihn an. Er meint, wenn was zu holen ist, dann muss man ihn automatisch daran beteiligen, aber dem ist nicht so, ganz und gar nicht ... dieser Scheißtyp."

Sie schüttelte ihre Haare aus und streifte sich mit beiden Händen durch die Strähnen. Sie war sehr schön.

„Wer braucht schon Paul?", sagte sie und lächelte mich an. „Komm mal her ..." Sie streckte mir ihre Arme entgegen.

Ich zögerte. Nach einem Moment raffte ich mich auf, kniete mich vor sie auf den Boden. Sie legte ihre Arme auf meine Schultern, ihr Gesicht war jetzt unmittelbar vor meinem. Diese plötzliche Nähe verwirrte mich.

„Pass auf", meinte sie leise. „Wir drei könnten was durchziehen, was uns alle glücklich macht. Eine Sache unter Freunden, ein kleines Abenteuer, wenn du so willst ..."

„Bilder stehlen?"

Ihre Augen wurden starr, blitzten, dann stieß sie mich grob weg.

„Idiot!", zischte sie, doch schnell lächelte sie wieder und tat, als ob sie es nicht so gemeint und nur einen Witz gemacht hätte.

„Etwas Gestohlenes kann man gar nicht stehlen", sagte sie. „Wir nehmen einem alten Nazischwein nur wieder weg, was ihm nie gehört hat."

„Uns gehört es auch nicht."

„Mann, denk nach, meinst du, ich will diese dämlichen Bilder bei mir ins Zimmer hängen? Natürlich will ich das nicht, was soll ich damit? Haben wir schon abge-checkt, wie es gehen könnte ..."

„Habt ihr was? Gecheckt? Was meinst du?"

„Wir geben die Bilder einem Antiquitätenhändler, der sich auskennt. Mit Kriegskunst und so, klar? Der knüpft für uns den Kontakt nach Frankreich ... Anders geht es gar nicht, Kralle hat da schon einen an der Hand, mit dem kannst du so was durchziehen, der hat was drauf ... ist auch verschwiegen und das alles ..."

Ich musste grinsen. Es irritierte sie.

„Was lachst du?"

„Du willst die Bilder klauen, um sie den wirklichen Eigentümern zurückzugeben?"

„Warum nicht? Das ist eine gute Sache."

Es war mir nie so klar wie in diesem Moment. Sie hielt mich für einen kompletten Dummkopf. Sie erzählte mir irgendwelchen Schwachsinn, der mich beruhigen und einlullen sollte. Ich war noch kein Mann, das wusste ich und damit musste ich klarkommen, aber ich war nicht dämlich. Ich stand auf, öffnete das Dachfenster und schnippte die Kippe weg.

„Was ist?", sagte sie.

„Nichts."

„Mann, findest du dein Leben nicht auch manchmal beschissen langweilig? Sehnst du dich nicht nach ein wenig Abwechslung?"

„Schon ..."

„Dann hör endlich auf, dich wie ein dämlicher Spie-ßer zu benehmen." Unten auf der Straße sah ich das silbergraue Coupé parken. Es überraschte mich noch nicht einmal.

„Wartet Paul da unten?", fragte ich.

„Was? Bist du verrückt? Wie kommst du auf ihn?" Sie spielte die Erstaunte.

Ich deutete zur Straße.

„Hat er dich zu mir geschickt?"

„Ach, du meinst wegen dem Wagen? Nein, nicht Paul, Kralle ist unten ..."

Sie sagte es wie nebenbei. Als wollten ihre Worte Spuren verwischen und ablenken. Alles an ihr erschien mir so durchsichtig wie Mineralwasser.

„Warum kommt er nicht mit rauf?", fragte ich.

„War meine Idee. Ich wollte, dass er unten bleibt. Ich wollte mich eigentlich zu dir heraufschleichen und dich überraschen. Aber dann kam deine Mutter dazwischen."

Wir sahen uns an. Sekunden hatte ich das Gefühl, eine Wahrheit schimmerte klar hinter allem hervor. Eine Wahrheit, die sich nicht greifen ließ, nicht verstehen, die sich nur kurz zeigte und gleich wieder verbarg.

„Weißt du, was ich eigentlich vorhatte?", fragte sie leise lachend.

„Was denn?" Ich antwortete ohne jede Neugier.

„Das ..."

Sie streifte sich ihr Sweatshirt ab und auch das Hemdchen, das sie darunter trug. Es geschah sehr rasch. Ich starrte ihren nackten Busen an und verstand nicht. Mein verwirrtes Gesicht schien ihr zu gefallen.

„Ich dachte, wir könnten ganz schnell ..."

Sie legte sich rückwärts auf das Bett und hielt ihre Beine gespreizt in die Höhe.

„Und Kralle sitzt währenddessen unten?"

„Der kann auch mal warten. Meinst du, der vögelt nicht auch andere?"

„Meine Mutter kann reinkommen." Ich deutete zur Tür.

Sie lachte nur.

„Es kann so viel geschehen", sagte sie. „Aber es wird nie etwas geschehen, wenn du es nicht zulässt. Du musst lockerer werden, viel lockerer. Du fühlst dich an wie ein steifes Brett. Zieh dich lieber endlich aus ..."

Ich glaubte ihr nicht. So viel begriff ich langsam von der Welt. Doch ich rätselte darüber, ob sie ernst meinte, was sie mir da anbot. Ob sie wirklich mit mir schlafen wollte oder nur mit dem Gedanken spielte. Mich lockte, um mich im entscheidenden Moment doch nur auszulachen.

Zögernd streifte ich meinen Pulli ab. Sie beobachtete jede meiner Bewegungen. Noch hatte ich genug an, um einen Rückzieher machen zu können. Unter dem Pulli trug ich ein T-Shirt.

„Beeil dich", drängte sie.

Ich verspürte keinerlei Erregung, nicht mal Neugierde in mir. Ich versuchte Kontakt zu meinem Schwanz herzustellen, aber der schien sich nicht angesprochen zu fühlen. Er kümmerte klein und weich in der Unterhose vor sich hin.

Eine müde Hupe tönte herauf. Dreimal kurz, einmal lang.

„Scheiße", sagte sie und richtete sich auf.

„Kralle?"

„Er hupt. Es dauert ihm zu lang. Aber bis du mal in die Gänge kommst ..."

Sie zog sich wieder an. Es geschah genauso schnell und schlangenhaft biegsam wie vorher das Ausziehen. Ich quälte mich dagegen langsam und schwerfällig in meine Sachen.

„Los, lass uns abhauen", sagte sie.

„Wohin?"

„Weiß nicht. Was trinken. Über alles quatschen. Erst mal weg ..."

„Okay."

Sie war schon auf der Treppe, als ich noch mit meinem Pulli kämpfte.

„Nun komm", rief sie genervt.

19

Kralle lag quer über die Vordersitze, seine Schuhe hingen zum Fenster raus.

„Mann, das dauert", sagte er, als sie die Tür öffnete und seine Beine runterplumpsten.

„Hi", begrüßte ich ihn.

„Stell dir vor", sagte Sanne zu ihm. „Paul hatte ihn schon an der Angel. Der wollte sich heute mit ihm treffen. Er wollte eine Kassette mit den Bildern von ihm, um sich alles anschauen zu können ... abchecken. Das Aas wollte alles abchecken. Ich glaub's ja nicht ..."

Kralle sah mich an.

„Und du hättest sie ihm gegeben, was?", fragte er mich tadelnd.

„Nein." Ich schüttelte energisch den Kopf.

„Paul ist ein Scheißer", rief Sanne. „Alles will er alleine."

„Wir müssen uns endlich von ihm befreien", sagte Kralle.

„Wie meinst du das?", fragte ich.

„Ganz einfach ..."

Statt weiterzureden, ließ er den Motor an. Wir fuhren los, diesmal saß ich allein auf dem Rücksitz. Mir gefiel die Stimmung nicht, in der die beiden waren. Kralle wirkte verbissen. Beide zusammen erinnerten mich an ein Gangsterpärchen aus einem amerikanischen Kinofilm. Die deutsche Provinzausgabe davon.

Statt ins Zentrum zu fahren, bog er auf den Autobahnring.

„Wohin geht's eigentlich?", fragte ich.

„Nach Konnersberg."

„Seid ihr verrückt? Was wollt ihr in Konnersberg?"

„Lage peilen, mal umsehen ..." Kralle wandte sich immer wieder zu mir um und grinste mich an. „Hab Bock drauf, nur so, klar?"

„Ich will nicht nach Konnersberg", sagte ich.

„Bobo, entspann dich einfach, ja?", rief Sanne.

„Wie soll ich mich entspannen, wenn ihr so eine verdammte Scheiße vorhabt? Ich will keinem alten Penner die Bilder klauen, kapiert ihr das endlich? Geht das in eure Köpfe? Ich will es nicht ..."

„Cool down", sagte Kralle. „Wir klauen nichts, wir schauen uns nur mal sein Haus an. Von außen. Das ist schließlich nicht verboten."

„Ist doch spannend zu sehen, wie ein Nazischwein heute so wohnt", meinte Sanne.

„Wir machen einen Ausflug, nichts weiter, nur einen Ausflug ..."

„Nazi-Watching", lachte Sanne.

„Nazi-Spotting", verbesserte ich sie.

„Eine Sauerei, dass die einfach weiterleben konnten ... damals, meine ich ... weiterleben, als wäre nichts geschehen", sagte Kralle. „Mein Großvater war im Widerstand, der hat 'ne Menge riskiert ..."

„In was für einem Widerstand?", fragte ich.

„Weiße Rose ..."

„Echt?"

„Er war an der Uni, als die da ihre Aktionen gemacht haben ... Sabotage und so was alles ... verdammt harte Dinger ... verdammt hart."

„Er hat Flugblätter verteilt, echt?" Ich konnte es einfach nicht glauben.

„Mann, alles Mögliche hat er ... nicht nur Flugblätter. Was weiß ich. Gefährlich war es jedenfalls. Andere stehlen und morden und keinen interessiert es ... nur weil sie Nazis waren."

„Bis sich jemand erinnert", sagte Sanne und lachte. Sie legte die Füße auf das Armaturenbrett und klopfte den Takt zu einer Musik, die nur sie in ihren Gedanken hörte, auf die Oberschenkel.

„Wir sollten unserer Aktion einen Namen geben", sagte Kralle. „Was meint ihr? Einen Namen. Wer hat eine Idee? Bildersturm oder so ... Da gab es doch mal was mit diesem Namen, oder? Bildersturm ... die Bilderstürmer kommen, so was, was haltet ihr davon?"

„Bildersturm ist Scheiße", fand Sanne.

„Wieso ist das jetzt Scheiße?", protestierte Kralle beleidigt.

„So halt. Klingt nicht gut ... klingt verzopft. Nach Oma und Opa."

„Ach, du wieder ... dann nennen wir es halt anders."

„Weiße Rose", sagte Sanne. „Das war 'n schöner Name. Richtig romantisch."

„Picture Storm ...", meinte Kralle.

„PS", ergänzte Sanne.

„Ja, wie die Motorleistung. Headline in der Bild: Die geheimnisvolle Gruppe PS nahm in einer spektakulären Aktion einem Nazi wertvolle Raubkunst ab ..."

„Irre!", quietschte Sanne vor Vergnügen.

„Kacke", murmelte ich.

Sanne drehte sich um, und ihr herzloser Blick durchbohrte mich.

„Du entwickelst dich immer mehr zum Spielverderber", brummte sie, „weißt du das?"

„Lass ihn", sagte Kralle. „Er hatte noch keine Zeit, in Ruhe darüber nachzudenken. Außerdem hat er in allen Fächern gute Noten. Stell dir das vor. Ich habe einen Freund mit guten Noten. Bobo ist ein Streber, wenn du es genau nimmst, ein richtiger Streber ... Der macht mal Karriere in irgend so einem Hochhaus in der City."

„Direktor Maier."

Beide lachten über mich. Ich dachte, durchfallen war nichts für mich. Jedes weitere Jahr auf der Schule bedeutete doch noch mehr Langeweile.

„Schule ist Scheiße", knurrte sie. „War immer Scheiße und bleibt immer Scheiße."

„Schule war gestern", sagte Kralle.

Wir rauschten die Autobahn entlang und der Wagen erschien mir wie ein Gefängnis. Mein Platz war immer nur hinten und andere entschieden darüber, wo es in meinem Leben langging.

Wir kamen an den Rapsfeldern vorbei.

„Habt ihr schon mal ein solches Leuchten gesehen?", fragte ich sie.

Die beiden sahen zur Seite, und ich freute mich über ihre ratlosen Gesichter.

20

Konnersberg hatte sich nicht verändert. Ein paar müde Gestalten schleppten sich auf den Bürgersteigen voran, alles lag wie unter dem Staub von hundert Jahren. Kralle hielt an einem Eiscafé. Es dämmerte bereits.

„Gehen wir was trinken."

Die Bedienung hatte eine Laune, als hätte sie hier eine Bewährungsstrafe abzuleisten. Sie war eine junge Frau in den Zwanzigern und ihr üppiger Busen führte ein reges Eigenleben, wenn sie sich bewegte. Vielleicht rührte sie sich deswegen so ungern vom Fleck.

„Ja?", raunzte sie uns an, als sie es endlich bis an unseren Tisch geschafft hatte. Wir waren die einzigen Gäste. Kralle lächelte sie an und scherzte mit ihr. Quatschte ziemlich bescheuert von der Melancholie dieses Ortes. Er nahm sie auf den Arm, aber sie kapierte es nicht. Wie Speiseeis in der Sonne taute sie auf. Es war komisch, sie wurde richtig fröhlich, fragte, woher wir kämen und schnalzte mit der Zunge, als wir die Stadt nannten. Fand sie wohl gut, und ich dachte, sie bräuchte doch nur hinzufahren, war ja nicht mal weit. Wir bestellten uns was und keiner sagte ein Wort.

Kralle sah sich um und meist landete sein Blick auf der Oberweite der Bedienung. Sanne fand das gar nicht witzig. Ihr Mund wurde immer kleiner, ihre Lippen verschwanden richtig.

„Das ist also Konnersberg." Kralle nickte wie ein Kunstprofessor.

„Was für ein beschissenes Kuhdorf", höhnte Sanne.

Ich hoffte, sie würden das Interesse verlieren und wieder heimfahren.

„Im Sommer hau ich hin", sagte Kralle und hob den Zeigefinger dabei.

„Was?", fragte ich.

„Die Schule, hab keinen Bock mehr, das langweilt mich, verstehst du?"

„Ah."

„Phuket", sagte Sanne.

„Das wird geil." Kralle lehnte sich zurück und schien zu träumen. „Diese ganze Scheiße endlich mal hinter sich zu lassen."

„Da brauchst du kaum was zum Leben", belehrte mich Sanne. „'Ne Hütte am Strand ist spottbillig. Auch das Essen kostet fast nix, ein T-Shirt reicht, es ist immer warm ..."

„Geil." Kralle verschränkte die Hände im Nacken. „Weit weg von meinem Alten."

„Dein Abitur?", fragte ich.

Beide schauten mich mitleidig an.

„Ich hab keinen Bock mehr, mich verarschen zu lassen", sagte Kralle. „Wie mein Vater, was? Sein ganzes Leben hockt er von früh bis spät in seiner dämlichen Bank rum. Klar hat er da gut Kohle gemacht, doch den ganzen Tag diese langweilige Scheiße mitzumachen ist ein hoher Preis ..."

„Jetzt hat er immerhin eine jüngere Frau", sagte ich.

„Beatrice? Du liebe Zeit ..." Kralle lachte. „Er weiß gar nicht, wie sie ihn verarscht."

„Wieso?"

„Phuket." Kralle betonte das Wort, als würde es nach etwas schmecken, wenn man es aussprach. „Phuket ..."

„Wieso verarscht sie ihn?", hakte ich nach.

„Phuket ist in Thailand", sagte Kralle. „Ein richtiger Geheimtipp."

„Ich weiß, wo Phuket ist", gab ich genervt zurück.

„Er hat sie gefickt", sagte Sanne.

Ich bekam einen roten Kopf. Leuchtend rot. „Kralle? Seine Stiefmutter? Red keinen Scheiß ..."

Sanne lächelte überheblich. „Ist kein Scheiß."

„Sie sind nicht verheiratet", meinte Kralle entschuldigend. „Glaubst du, mein Vater heiratet sie? Nie würde er eine wie sie heiraten. Der sitzt auf seiner Kohle. Der würde sich lieber die Hand abhacken, als so einer was abzugeben. Keiner leiert dem was aus den Rippen, wirklich keiner."

Sanne lachte. „Dieser alte Hurenbock."

„Kralle?", fragte ich sie verwirrt.

„Sein Vater", sagte sie tadelnd.

Ich wunderte mich, dass sie es so locker nahm. Es schien sie nur zu amüsieren. Als ob es ihr nur recht war.

„Wo wohnt denn dieser Alte?", fragte mich Kralle. „Ist das weit?"

„Hier ist nichts weit entfernt, nur das Leben."

Ich fand es eine schöne Bemerkung, aber keiner beachtete sie.

„Geht es auch mal konkreter?", sagte Kralle.

„Bahnhofstraße."

„Wo ist die?"

Ich deutete in die Richtung.

„Zahlen!"

Die Bedienung schrieb ihren Zettel über den Tisch gebeugt. Kralle hatte vollen Einblick. Sanne tat so, als wäre ein großer Busen das Letzte, was sie interessierte. Sie lächelte milde wie ein Landpfarrer über die Sünden seiner Schäflein.

Wir schlichen noch langsamer, als mein Vater fuhr, die Bahnhofstraße entlang. Ich versuchte, mich so klein wie möglich zu machen.

„Welches Haus ist es?", fragte Kralle.

„Das dort."

„Welches? Das Graue?"

„Das Eckhaus."

„Diese alte Bude? Gibst ja nicht ..."

„Ja."

Ich hatte auf das Haus gedeutet, in dem Elisabeth mit ihrem Straßenkehrer wohnte. Kralle stoppte den Wagen und glotzte hinüber. Wir standen genau vor dem Haus des Alten. Vorsichtig sah ich zu den Fenstern hoch. Es wirkte verlassen. Der Stuhl, den mein Vater an die Hauswand gelehnt hatte, stand unverändert dort.

„Man kann sich gar nicht vorstellen, dass in solchen Häusern irgendwelche kostbaren Gemälde hängen sollen", fand Kralle.

„Wie tot hier alles ist", meinte Sanne. „Wie ... tot."

„Das passt zu 'nem Nazi", sagte Kralle. „Irgendwie passt das, findet ihr nicht? So ein Haus passt ..."

„Ja", meinte Sanne und machte auf cool. „Diese Schweine verstecken sich hier und glauben, sie haben ihre Ruhe."

„Keine Sau unterwegs, 'ne richtig öde Gegend." Kralle wandte sich zu mir um. „Und der haust da allein, sagst du?"

„Eine Frau kommt zur Pflege."

„Eine Frau? Und nachts? Nachts ist er allein?"

Ich nickte. Kralle starrte mich an.

„Ja", sagte ich. „Er ist mutterseelenallein."

Seine Augen wurden schmal wie Einwurfschlitze. „Sag bloß, so ein Arsch tut dir auch noch leid? Schon mal an die anderen gedacht? Die er gekillt hat? Irgendwelche Juden oder so ..."

„Bobo ist spießig", kicherte Sanne.

„Ihr seid verrückt", sagte ich.

Kralle lachte genervt.

„Verrückt, meinst du also." Er seufzte. „Dabei haben wir nur kapiert, wie es läuft, Kleiner."

Er tauschte mit Sanne ein paar Blicke, ein Lächeln huschte über ihren Mund, ich konnte es vom Rücksitz aus sehen, weil sie ihren Kopf zu ihm drehte.

„Hat dir Beatrice eigentlich auch Geld gegeben?", fragte ich. Es war ein plötzlicher, schneller Gedanke gewesen, einer, den man aussprechen musste, ohne dabei Zeit zu verlieren, sonst würde man ihn wieder verlieren.

„Beatrice? Wie meinst du?"

Seine kleinlaute Stimme war schon Antwort genug. Sicher hatte sie ihm Geld gegeben. Jeden würde er anschnorren.

„Hast du darum mit ihr geschlafen?"

Er wurde wütend. „Hör mal, was geht dich das eigentlich an? Vielleicht geilst du dich an deinen eigenen Erlebnissen auf ... das war alles 'n klein wenig anders ..."

„Wie war es denn?"

„Mann ...", stöhnte Kralle. „Mann ..."

Er klopfte nervös mit den gestreckten Fingern an den Lenkradkranz.

„Könnt ihr nicht über was anderes quatschen?", maulte Sanne. „Wir machen hier 'ne Aktion und ihr quatscht übers Ficken. Typisch Männer ..."

„Warum glaubst du das? Wie kommst du auf so was?", rief Kralle. Plötzlich drehte er sich zu mir um und fuchtelte vor meinem Gesicht herum. Einen Augenblick lang fürchtete ich, er würde mir eine runterhauen. „Warum glaubst du, sollte sie mir ... Geld geben?"

Fürs Maul halten, dachte ich, schwieg aber lieber, zog nur die Schultern hoch, überließ ihm mal das Rätselraten.

„Scheiße", murmelte er.

Er fuhr weiter, drehte um, rollte die Straße wieder zurück.

„Du könntest doch reinspazieren und mit dem Alten quatschen, während wir die Bilder abhängen", sagte Kralle.

„Klar, und morgen holen mich die Bullen ab."

„Stimmt ... Scheiße, keine gute Idee. Sie kennen dich ja. Denkt nach, Kinder, es muss einen Weg geben, wir sind so dicht dran, so dicht. Wär doch gelacht, wenn wir das nicht schnell hinbekämen ... irgendwie."

Wir rollten an Elisabeths Haus vorbei und ich drehte meinen Kopf weg. Nirgends war einer zu sehen, doch ich wusste, hinter den Gardinen lauerten trostlose Gesichter, denen wir auffielen. Die den ganzen Tag nichts anderes machten, als Kleinigkeiten zu registrieren. Die neue Tasche einer Nachbarin, den röhrenden Sportauspuff des Provinzrennfahrers, den zu kurzen Minirock einer Dorfpomeranze. Kleinigkeiten, die nur jene interessierten, deren Leben Stillstand war.

Kralle parkte den Wagen.

„Was hast du vor?", fragte ich.

„Na was? Kleinen Spaziergang. Mit Sanne im Arm sind wir nichts anderes als ein Liebespaar. Will mir das Haus in Ruhe ansehen. 'n Eindruck gewinnen ..."

„Jetzt hör mir mal zu", sagte ich. „Für mich ist hier Schluss. Ich will mit eurem dämlichen Plan nichts zu tun haben. Wenn ihr so dringend Geld braucht, denkt euch was anderes aus ..."

„Was anderes?" Kralle schrie mich fast an. „Wie soll ich mir was anderes ausdenken? Soll ich Sanne auf den Strich schicken? Willst du das vielleicht? Reicht doch, wenn sie sich die Möse filmen lässt und von Paul befingern. Ich will diesen Kerl endlich loswerden, verstehst du? Er soll aus meinem Leben verschwinden ... aus unserem Leben. Er ist wie ein Kaugummi an der Schuhsohle, du kriegst ihn nicht mehr los, wenn er dich mal in seinen Fingern hat. Erst hat er sie in was reingezogen und jetzt mich ... Ich will da raus, ein für alle Mal ... Alle wollen Geld ... Hast du vielleicht Geld? Kannst du mir mal eben Zehntausend leihen?"

„Zehntausend?", staunte ich und schnalzte mit der Zunge. „So viel also."

„Ich dachte, Kralle ist ein Freund für dich", sagte Sanne.

„Ich hab kein Geld", knurrte ich.

Beide lachten jetzt wieder.

„Ich will doch kein Geld von dir", sagte Kralle mit einem ekelhaft aufgesetzten Mitleid in der Stimme. „Ich weiß doch, dass du nichts hast. Du sollst mir nur helfen, endlich aus dem Schlamassel herauszukommen. Ich steck tief in der Scheiße, kapierst du das nicht? Ich hab Schulden, mein Vater rückt nichts mehr raus. Der hat mir längst den Hahn zugedreht und will seine ganze Kohle nur noch für sich allein. Dem bin ich völlig egal ... tolles Gefühl, sag ich dir, wenn du keine Mutter mehr hast und dein Vater mit 'ner jungen Tussi rumzieht ...

ganz tolles Gefühl. Zuerst dachte ich, seine Bea wäre vielleicht 'ne Freundin für mich, doch statt mir zu helfen, zieht sie mich in die Kiste. Obwohl sie von Sanne wusste ..."

Ich sah Sanne an, aber sie ließ sich nichts anmerken. Oder es war ihr nur egal.

Kralle redete weiter. Wie ein Wasserfall.

„Geld ... mein Vater würde mich nur auslachen und sagen, ich könne es ja machen wie er. Studieren, in der Bank sitzen, hocharbeiten. Ich bin aber nicht wie er, für mich ist das nichts. All diese schmierigen Linkereien des Großkapitals ... Ich brauch nicht mal viel, so 'ne alte Karre wie die hier reicht mir völlig, ich brauch keinen Jaguar wie er. Und selbst wenn ich zu ihm in die Bank wollte, das Geld brauche ich schneller, nicht erst in ein paar Jahren, die Zeit hab ich nicht ... jetzt nicht mehr."

„Was soll Paul schon machen?", sagte ich. „Wenn er es dir geliehen hat, muss er eben warten."

„Warten? Paul?" Kralle lachte. „Paul kennt üble Typen. Und er droht ja gar nicht mir, er weiß, dass ich was aushalte, mir kann er eine reinhauen ... soll er, das ist mir egal. Sie ist es, die mir Sorgen macht, sie ..."

Er deutete mit dem Zeigefinger auf Sanne.

„Wegen ihr?", meinte ich erstaunt.

„Er tut es für mich", sagte sie, „stell dir vor. Er ist gar nicht so selbstsüchtig, wie ihn manche vielleicht halten."

„Er will, dass sie es abarbeitet. In seinen Scheißpornofilmen, seiner neuesten fixen Idee ..."

„Du hast doch gesagt", entgegnete ich, „von einer höheren Warte aus ist das lustig. Bisschen vögeln und Geld dafür kriegen."

„Was weißt denn du schon", fuhr mir Kralle über den Mund. Es waren gut gezielte Worte und sie saßen. Volltreffer in meinem wunden Punkt.

Jemand klopfte ans Seitenfenster. Sanne kurbelte die Scheibe erst runter, als Kralle sie dazu aufforderte. Draußen stand ein älterer Mann.

„Wo wollen Sie denn hin?", fragte er. Seine Stimme klang eher neugierig als hilfsbereit.

„Wieso wollen Sie das wissen?" Sannes Stimme war ziemlich giftig.

Das Gesicht des Mannes wurde ernst.

„Ich wollte nur helfen", sagte er.

„Danke", rief Kralle. „Wir kommen schon klar ... danke. Wiedersehen."

Sanne kurbelte das Fenster hoch und der Mann blieb neben dem Wagen stehen. Er musterte uns und man konnte seine Gedanken erahnen. Wir waren irgendwelche jungen Typen, die nicht hierhergehörten und denen man nichts Gutes zutraute. Sein Vorurteil war völlig richtig. Für uns bedeutete es, dass wir schleunigst zusehen sollten, das Weite zu suchen. Sie würden sich längst an uns erinnern. Am Rand irgendeiner Fernsehillustrierten stand wohl schon unser Kennzeichen. Von einer älteren Dame notiert, die sich erst ihre Brille hatte holen müssen, bevor sie es auf die Distanz entziffern konnte. Die Automarke? Nein, Herr Wachtmeister, die Marken kenne ich nicht, ein grauer Wagen, aber das Kennzeichen habe ich mir notiert, eine Nummer aus der Stadt ...

An die Marke würde sich ein anderer erinnern, viele würden etwas beisteuern können. Sie mussten hier in diesem Nest ausharren, jeder in seinen stillen vier Wänden, aber sie belauerten gemeinsam alles Neue, was von draußen zu ihnen kam.

„Wir sollten endlich abhauen", sagte ich und murmelte: „Verdammt ..."

„Scheiße, Mann, ich kneif jetzt nicht." Kralle zündete sich eine an. „Ich zieh das jetzt durch und dann hau ich ab, hörst du? Für meinen Vater bin ich doch nur ein

Witz, dem würde es wahrscheinlich auch noch gefallen, mich so zu sehen ... in diesem Nest hier ... diesem Dreckkaff ... diesem Sammelplatz halbtoter Nazischweine ..."

„Schon gut", sagte Sanne. „Reg dich nicht auf. Bald hauen wir ab."

„Ja, scheiß doch auf alle hier ... Nazibande ... In diesem Land ist doch alles krank ... total krank ..."

Ich sah, wie der Mann uns noch immer beobachtete. Er war ein paar Schritte weitergegangen, stand an der Straße, die Hände in die Hüften gestützt und glotzte zu uns her. Er hatte wohl alle Zeit der Welt.

„Wir fallen auf, hört ihr?", rief ich.

„Morgen schon schnappt sich vielleicht Paul die Beute", sagte Kralle, „und ich bin wieder der Arsch. Nein, nein, ich muss die Bilder besorgen, anders geht es nicht. Dann knall ich ihm eins hin und er soll selbst sehen, wie er es zu Geld macht. Wir sind quitt, werde ich ihm dann sagen, aber so was von quitt. Dann kann er von mir aus zu meinem Vater gehen und ihm alles erzählen ..."

„Paul erpresst dich?", fragte ich.

„Natürlich, was denkst du denn?"

„Er wird sich die Bilder nicht holen", sagte ich.

„Ja klar, weil du es sagst."

„Was soll er machen? Ich werde ihm keinerlei Informationen geben. Auch die Kassette nicht. Er kennt weder die Adresse noch den Namen. Er könnte Jahre durch dieses Kaff stolpern und danach suchen ..."

„Du redest schneller, als dir lieb ist. Wir wissen es doch auch schon. Haben dich ins Auto gesetzt, sind hergefahren und stehen vor dem Haus. Meinst du, Paul würde es anders machen?"

„Darum also die Show in meinem Zimmer", brummte ich Sanne an.

Sie verzog nur den Mund.

„Paul kriegt immer, was er will", sagte Kralle. „So einer ist er ... so einer ... da ziehen alle ihren Schwanz ein bei dem."

„Dir brennt der Boden unter den Füßen", sagte ich. „Dein Vater, Beatrice, Paul, die Schule ... sie drehen dir die Luft ab, was?"

Sanne kicherte. „Unser kleiner Bobo", sagte sie mitleidig. „Was der wieder meint ..."

„Du bist keinen Tag älter als ich", raunzte ich sie an.

„Ich bin ein Mädchen, schon gemerkt? Die entwickeln sich früher."

„Du hast doch nur Freunde, die älter sind und dich mitnehmen."

„Kannst dir ja auch 'ne ältere Freundin suchen."

Sie wurde immer schnippischer.

„Klar, so wie Kralle."

„Du kleines Arschloch, du ..."

„Hört mit der Scheiße auf", sagte Kralle. „Denkt lieber nach? Wie ziehen wir das Ding jetzt durch? Irgendwie muss es gehen ..."

„Wir warten, bis es dunkel ist und dann gehe ich rein und hol dir zwei Bilder", sagte ich. „Zwei! Nicht mehr, kapiert? Das fällt wahrscheinlich nicht mal auf. Wenn die Kohle dafür nicht reicht, dein Pech. Für mich ist dann Schluss."

Sie sahen mich an, als wäre ich eine mysteriöse Erscheinung.

„Geil!", sagte Sanne. „Das ist mal 'ne Ansage."

„Wow!", rief Kralle. „Das ist gut. Du kennst dich aus in dem Haus, weißt, wo du hingreifen musst. Es soll ja nicht mal die Haustür versperrt sein, oder? Das hast du gesagt ... die ist offen ..."

„Ja, sperrangelweit offen."

„Und du holst die Bilder da wirklich raus?"

„Ja."

„Das würdest du tun? Echt?"

Mir gefiel es, wie sie mich ansahen. Vor allem aber wollte ich nicht mehr hier am Straßenrand stehen.

„Wenn du mich dann mit deinen weiteren Problemen verschonst, mach ich es", sagte ich und spielte den Coolen.

„Logisch, Mann. Was für weitere Probleme? Das ist der Befreiungsschlag, verstehst du? Denn danach werd ich keine Probleme mehr haben."

„Du entwickelst dich ja richtig", sagte Sanne.

„Warum nicht?", tat ich großspurig.

Ich werde es dir schon zeigen, dachte ich. Allen werde ich es zeigen. Es war jetzt an der Zeit, mal die Regie zu übernehmen.

Den Abend hingen wir in einem Gasthof rum. Wir bestellten uns dreimal Wiener Schnitzel mit Pommes. Tranken Pils. Rauchten. Am Nebentisch saßen rotgesichtige Männer und knallten Karten auf die Tischplatte. Dabei stießen sie Schreie aus und warfen sich Schimpfwörter an den Kopf. Um zehn stolperten sie hinaus, und die Kellnerin kam zum Kassieren.

„Wir machen jetzt Schluss." Ihr Gesicht wirkte sehr müde.

Draußen war es windig. Ein leichter Nieselregen hatte eingesetzt. Im Nu waren im Wagen die Scheiben beschlagen und die altersschwache Lüftung tat sich schwer, sie wieder frei zu kriegen. Die Welt verschwand für mich hinter einem milchig-trüben Vorhang aus winzigkleinen Wassertröpfchen. Jedes Licht zog einen schmierigen Schweif hinter sich her. Langsam rollten wir durch die Bahnhofstraße. Kein Mensch war zu sehen, nichts, eine Geisterstadt. Und wir waren die Gespenster.

„Ist zu früh", sagte Kralle. „Da brennt noch Licht."

Elisabeth und ihr Straßenkehrer sahen wohl noch fern. Beim Alten gegenüber war alles dunkel. Doch zu ihm sah nur ich hinauf.

Am Ende der Straße hielt Kralle an.

„Was jetzt?", fragte er. „Sollen wir hier warten?"

Er sah mich an. Wie bei dem Film, den wir gedreht hatten, sollte ich wohl immer dann entscheiden, wenn es wirklich drauf ankam. Er war nervös, wahrscheinlich zitterte er sogar vor Aufregung. Ich war die Ruhe selbst.

„Ich kann mich ja mal umsehen", sagte ich.

„Was hast du vor?"

„Daran vorbeigehen und die Lage peilen."

„Mann, ist das eine gute Idee? Ich weiß nicht, vielleicht sollten wir einfach noch warten ... Was meinst du?"

„Warum nicht", sagte Sanne.

„Du bist dafür?"

„Warum nicht."

Sie stieg aus und ließ mich hinaus.

„Riskier nicht zu viel", sagte Kralle, „hörst du?"

„Nein, nein."

Ich war schon zwei Schritte vom Wagen entfernt, als ich seine Stimme hinter mir hörte.

„He, Kleiner", rief er, „ich werd mich revanchieren, hörst du? Das rechne ich dir hoch an ... Was du für mich tun willst, ne, echt ..."

„Schon gut."

Ich schlug den Jackenkragen hoch und eilte im Schatten der Bäume die Straße entlang. Raus aus dem Wagen und weg von diesen beiden Idioten fühlte ich mich wie befreit. Die Hände in den Taschen vergraben stapfte ich durch die Dunkelheit. Von einer Lichtinsel zur nächsten. Dazwischen ließ ich mich von der Nachtschwärze verschlucken. Sicher würden sie mir hinterhersehen und darüber quatschen, ob ich es bringen würde. Ich war nun die einzige Verbindung zwischen ihrem verfahrenen Leben und dem Tor zu einer neuen Welt. Es machte mich nicht stolz, ich fand es lächerlich.

Als ich an Elisabeths Haus vorbei kam, verlöschte oben im Zimmer gerade das Licht. Ich stellte mir vor, wie sie gerade in einem verwaschenen hellrosa Nachthemd ins Bett schlurfte. Jeden Abend auf die gleiche Weise. Ein Leben in erstickender Langeweile, und doch standen jetzt Typen vor ihrem Haus in der Nacht und glaubten, sie wäre ihre Rettung, ihre Erlösung. Ausgerechnet sie.

Ich blieb nicht stehen, lief einfach immer weiter. Die Straße runter, bis sie zu Ende war, dann die nächste Straße bis zur ihrem Ende, ohne wirkliches Ziel. Ich wusste nicht, wo ich hin sollte, und es war mir egal. Nicht stehen bleiben, dachte ich, einfach nicht stehen bleiben.

„Phuket", murmelte ich vor mich hin.

21

„Hey ... du!"

Es lag kein Erschrecken in meinem Gefühl, nur eine tiefe Überraschung. Die Gruppe verbarg sich unter einer alten Linde im Halbdunkel, deren gewaltige Äste sich wie ein Reifrock fast bis zum Boden wölbten, und ich hatte sie nicht bemerkt. Sie waren jung, sie hingen dort rum, wahrscheinlich wussten sie nicht, was sie sonst tun sollten. Ich hatte sie nicht gehört, denn sie mussten geschwiegen haben. Alle rauchten, alle hielten eine Dose Bier in der Hand. Ich entdeckte Mädchen in Hemdchen, die viel zu dünn waren für diese jämmerliche Nacht.

„Wer bist'n du?", fragte mich einer. Er hatte eine raue, heisere Stimme, als ob er lange und ausdauernd geschrien hatte.

Ich verlangsamte meinen Schritt und ging zögernd auf die Gruppe zu. Die Gesichter schimmerten matt, in jedem Auge spiegelte sich ein spitzer, heller Lichtpunkt.

„Bobo", sagte ich.

Sie waren zu siebt, fünf Jungen, zwei Mädchen. Kräftige, rotwangige Kerle und dünngliedrige, unsicher grinsende Mädchen. Sie stellten sich vor. Hansi, Gerry, Heinzi, Gummi und Platte. Die Mädchen nannten sich Olle und Caro. Einen vernünftigen Namen schien keiner von uns zu haben.

„Bist du aus der Gegend?", fragte Gummi. Er war klein und untersetzt, aber sehr kräftig.

„Nö, nur zu Besuch."

„Verwandtschaft, was?"

Ich nickte.

„Was schleichst hier rum? Gehst du spazieren?"

„Ja."

„Langweilig, was? Viel los ist hier nicht."

„Nö", antwortete ich zögernd.

„Totale Pampa."

„Willst 'n Bier?"

Hansi hielt mir eine Dose hin.

„Weiß nicht." Ich zögerte.

„Komm, 'n Bier kannst du doch trinken. Dauert ja nicht lange."

Ihre Gesichter wirkten neugierig, ich hatte das Gefühl, sie freuten sich sogar ein wenig über die Abwechslung, die ich ihnen bot. Ich zog Zigaretten raus und hielt ihnen die Schachtel hin. Jeder bediente sich, auch die, die ihre Zigarette gerade erst ausgetreten hatten. Die Schachtel war danach leer.

„Bist aus der Stadt, was?", fragte einer.

„Ja ... sieht man das?"

„Irgendwie schon."

„Machstn so?"

„Schule", sagte ich.

„Ah."

„Und ihr?", fragte ich.

Einer brummte Lehre, einer Schule, ein Mädchen sagte was von Hauswirtschaft. Zwei sahen weg, als ob sie nicht antworten wollten. Einer winkte nur ab.

„Habt ihr keinen Schuppen, wo ihr hingehen könnt?", fragte ich.

„Um die Zeit ist alles schon dicht."

„Ist auch zu teuer."

„Jeden Abend ... Mann, das geht ins Geld."

„Wir hängen lieber hier rum."

„Bisschen kalt", sagte ich.

„Gewöhnt man sich dran."

„Geht auch im Winter."

„Im Winter?", sagte ich.

„Ja, Mann ... Übungssache."

„Ey, der Opel kommt wieder."

Ich hatte das Motorengeräusch nicht gehört. Undeutlich reflektierten die Wände einen heulenden Motor. Zwei trübe Scheinwerfer tanzten langsam über das unebene Kopfsteinpflaster. Die Lichtkegel spiegelten sich in den vielen winzigen Pfützen.

„Das silberne Coupé", sagte einer.

„Leider nur ein 1700. Ein Commodore wäre besser, der hat einen Sechszylinder unter der Haube. Mein Bruder hatte mal einen. War ziemlich gut."

„Sind selten geworden, die Dinger, richtig selten."

„Was schleichen die hier eigentlich dauernd rum?"

Kralle hing lässig hinter dem Steuer, und ich sah, wie Sanne und er sich suchend umblickten. Hier unter der Linde hatten sie keine Chance mich zu entdecken. Sie waren wie Fremde für mich. Ich stand plötzlich auf der anderen Seite, und es war ein verdammt komisches Gefühl. Obwohl ich sie doch gut kannte, kam es mir vor, als hätte ich sie nie getroffen. Als wären sie rätselhafte Fremde aus einer fernen Welt. Instinktiv verbarg ich mich sogar vor ihnen.

„Nach was die wohl suchen?", sagte Gerry.

„Du glaubst, die suchen was?", fragte ich.

„Logisch, was sollen die sonst hier wollen?"

„Die suchen was, da bin ich mir sicher", meinte Gummi.

„Phuket", sagte ich.

„Was für'n Ding?"

„Keine Ahnung." Ich schüttelte den Kopf.

„Pocket", war das Erste, was Olle sagte. Sie hatte ein schmales Gesicht und traurige Augen. Sie zog die Schultern nach oben, stand da wie eine verbogene Büroklammer, den Bauch nach vorne gestreckt, die Hüfte zur Seite geschoben, wahrscheinlich fror sie.

Ich fragte, wie von hier die Verbindungen zur Stadt wären, und sie sagten mir, dass tagsüber Züge fuhren. Nachts allerdings wohl nicht, genau wussten sie es auch nicht.

„Warum fragst du?", wollte Gummi von mir wissen.

„Muss ja irgendwie heim."

„Und deine Verwandten?"

„Gab Streit", murmelte ich.

Alle nickten. Mein Spaziergang war ihnen wahrscheinlich von Anfang an nicht sehr plausibel erschienen.

„Wegen was?", fragte Gerry.

„Wegen was man halt so streitet."

„Ah ... Scheiße, das kenn ich nur zu gut."

„Kannst bei mir pennen", sagte Gummi. „Wir haben 'n Gartenhaus. Da penn ich auch öfter."

„Wenn Streit ist", lachte Gerry.

„Wenn er 'n Mädchen hat", ergänzte Caro spitz.

„Wann hat der schon 'n Mädchen?", lachte Gerry.

„Musst es ja wissen", sagte Olle.

„Warst wohl selbst mal im Gartenhaus?"

„Idiot."

„Also", sagte Gummi zu mir. „Das Angebot steht."

„Im Ernst?"

„Warum nicht?"

„Ey, der Opel ..." Gerry deutete zu einer Seitengasse.

Wieder hatte ich es nicht gehört. Leise wimmerte der Motor heran, dann schimmerten die Scheinwerfer hervor. Der Wagen schob sich mühsam und auffällig langsam durch die Straßen. Ich dachte darüber nach, mit was für Idioten ich eigentlich meine ganze Zeit verplempert hatte. Sie benahmen sich so auffällig, dass schon die Fünfzehnjährigen über sie sprachen. Sie wussten bereits mehr über den Wagentyp als ich.

Die roten Rücklichter tanzten die Straße hinunter.

„Die suchen dich, was?", sagte Gummi.

Alle sahen mich erstaunt an.

„Mit ihnen bin ich hergekommen, ja."

„Wer sind sie? Die Verwandten?"

„Typen", murmelte ich.

Alle nickten. Ich dachte daran, wie einfach es war, sich von Freunden loszusagen.

„Was geschieht, wenn sie dich finden?", fragte Gerry.

Ich zog die Schultern hoch. „Nichts weiter. Sie wollen, dass ich einem Verwandten was wegnehme und ihnen gebe ..."

„Red keinen Scheiß?"

Ich zog die Schultern wieder hoch.

„Du sollst was klauen für die?", rief Gummi.

„Na ja ...", murmelte ich.

„Sag bloß ... Was kann man hier klauen?"

„Langeweile." Gerry lachte aufgedreht.

„Ey, Scheiß ... hier wird auch mal was geklaut ..."

„Was denn? Obwohl ... warum nicht?"

„Richtig geil", sagte Caro. Sie hatte eine sehr helle Stimme.

Die Gruppe geriet völlig aus dem Häuschen. Warum hatte ich es nur ausgesprochen? Ich verstand mich selbst nicht. Alle, mit denen ich zusammen war, sprachen nur in Andeutungen oder schwiegen. Erfanden irgendwelche Geschichten, die ihnen nützlich erschienen, oder bogen die Wirklichkeit so lange um, bis sie ihnen passte, ihnen genehm war für ihre Pläne. Warum sagte ich dann etwas, das den Geruch der Wahrheit an sich trug? Es war wie eine stille Sehnsucht, gegen die ich mich nur schwer wehren konnte.

„Willst du sie loswerden?", fragte Gummi.

„Was meinst du damit?" Seine Frage bestürzte mich.

„Sollen wir sie dir vom Hals schaffen?"

„Wie willst du das machen?"

„Gibt da so Möglichkeiten ..."

„Was für Möglichkeiten?"

„Hey, das ist gut, lasst uns was machen", rief Gerry.

„'Ne Aktion", kam es von Hansi.

„Schon wieder eine", sagte ich. Keiner verstand es.

„Wie in American Graffiti. Da hängen sie so ein Stahlseil an ein Polizeiauto ... reißt die Achse raus ... Peng! Megageil!"

„Das hängst du 'nem fahrenden Opel in die Achse, du Arsch?"

„Nicht beim Fahren, Knalli ... Der muss natürlich stehen bleiben ..."

„Ich schaff sie dir vom Hals." Gummi spielte den Überlegenen.

„Lass ... das Gartenhaus ist mir genug."

„Wär' kein Problem ... wirklich nicht."

„Lass." Ich versuchte ihm freundschaftlich auf die Schultern zu klopfen. Es muss sehr linkisch und verkrampft gewirkt haben.

Das Gartenhaus war schäbig, aber ziemlich groß. Über der Eingangstür hing ein Schild, Familie Gumpert. Daher der Name Gummi, dachte ich. Es wunderte mich, dass sie ihre Abende nicht hier, sondern lieber unter der Linde verbrachten. Eine nackte Glühbirne warf ihr mitleidloses Licht auf Tisch, Stühle, alte Schränke und einer Unmenge an herumliegendem Plunder. Als ich den Raum betrat, fiel mir erst auf, dass sie nur noch zu viert waren. Hansi, Gerry und Caro waren verschwunden.

„Wo sind die anderen?", fragte ich.

„Heim", meinte Gummi.

„Nette Bude", sagte ich.

Gummi brummte nur. Er konnte mit Floskeln nichts anfangen. Im Licht erschien mir sein Gesicht wie das einer Bulldogge. Rund und ernst, mit kleinen lauernden Augen. Er hatte etwas Schiefes, Krummgewachsenes an sich, die Symmetrie stimmte nicht. Olle räumte eine alte Couch leer, sie legte die alten Decken und Kleidungsstücke, die sich darauf angesammelt hatten, ordentlich zusammen. Sie bewegte sich, als wäre sie hier zu Hause, und vielleicht war es ja so. Ich wollte nicht nachfragen. Immer wieder bemerkte ich ihren misstrauisch lauernden Blick aus den Augenwinkeln heraus. Sah ich sie aber an, tat sie so, als würde ich sie gar nicht interessieren, als wäre ich Luft für sie. Ich dachte, wir würden uns noch eine Weile zusammensetzen, aber plötzlich standen sie in der Tür.

„Brauchst du noch was?", fragte mich Gummi.

„Komm schon klar."

Er nickte.

„Danke schon mal", sagte ich.

Er nickte ein weiteres Mal.

Sie gingen einfach. Olle warf einen letzten abschätzenden Blick auf mich, dann schloss sich die Tür. Ratlos saß ich auf der Couch, zog die Schachtel Zigaretten raus, aber die war ja leer. Ich zerdrückte sie und warf sie hinter die Couch. Ich überlegte, ob sie mich hier eingesperrt hatten. Ob sie mich auch für einen Dieb hielten und die Polizei holen gingen. Vorsichtig schlich ich zur Tür und versuchte sie zu öffnen. Widerwillig sprang sie auf. Ich sah hinaus, ein nassdunkler Garten mit krummen, verwachsenen Obstbäumen. Viele der ausladend mäandernden Äste wurden von Stangen gestützt, um nicht abzubrechen. Vorne beim Haus sah ich sie stehen. Sie sprachen miteinander, als ob sie noch was vorhätten. Einer hob den Arm und winkte mir. Ich hob zögernd die Hand, dann schloss ich die Tür.

Zurück auf der Couch wusste ich, dass ich hier nicht bleiben wollte. Ich löschte das Licht, setzte mich ans Fenster und versuchte draußen etwas zu erkennen. Vorne am Haus war niemand mehr. Minutenlang saß ich regungslos, selbst meinen Atem glaubte ich kontrollieren zu müssen. Ich wollte mir einen Plan überlegen, doch mein Kopf blieb eigenartig leer.

Dann eben kein Plan, pfeif doch drauf.

Als ich aufstand, stieß ich mit dem Fuß dran. Auf dem Boden lag ein gerahmtes Bild. Ich hob es auf. Es zeigte einen Heuschober und mehrere Bauern mit Holzrechen. Im Hintergrund waren Berge und ein aufziehendes Gewitter. Auf dem Rahmen stand Grüße aus Berchtesgaden. Ich warf das Bild auf die Couch, dann zögerte ich und nahm es noch einmal in die Hände.

Ich sah mich um. Im Halbdunkel konnte ich nicht viel erkennen. Unter dem Waschbecken entdeckte ich weitere Bilder. Fotodrucke alter Meister, Der Bücherwurm von Spitzweg, Neuschwanstein im Herbst. Ich wählte eine weitere Landschaft mit Kühen an einem Teich. Der Rahmen war brüchig. Beide Bilder schlug ich zusammen in ein altes Küchenhandtuch.

Diese beiden Bilder waren Müll, ohne jeden Wert, man hatte sie achtlos auf dem Boden herumliegen lassen, und doch fühlte ich mich wie ein Dieb, als ich die Tür öffnete und hinausschlich. Das Haus, an dem ich die anderen zuletzt gesehen hatte, mied ich, eilte quer durch den Garten und stieg über den Zaun in eine kleine Seitengasse. Ich hatte keine Ahnung, wo ich war, lief einfach los, die Bilder unterm Arm.

An der nächsten Abzweigung schlug mir mein Herz bis zum Hals. Meine Augen brannten, so sehr versuchte ich, im diffusen Spiel des Lichts und der Schatten etwas zu erkennen. Dabei war es aussichtslos. Würden sie sich dort irgendwo verbergen und die Straßen beobachten, würden sie mich sehen, lange bevor ich sie erkennen konnte. Meine einzige Chance war, ihnen auf gut Glück zu entwischen.

22

Es war komisch. Ich hatte wieder die Seiten gewechselt. Jetzt fühlte ich mich, als wäre ich wieder einer dieser Fremden aus der Stadt. Es gehörte nicht viel dazu, es gab wohl einen Schalter im Kopf, wenn man ihn umlegte, sah man die Dinge auf eine andere Art.

Diesmal hörte ich den Wagen früher. Ob das ein Opel war? Ich wusste es nicht, es hatte mich nie interessiert, Autos an ihrem Motorengeräusch erkennen zu können. Ich drückte mich in eine Hofeinfahrt. Ein VW-Kastenwagen rollte vorbei, seine Reifen prasselten über das Kopfsteinpflaster.

Also weiter. Ich dachte an mein Zimmer und wie schön es wäre, jetzt dort ausgestreckt auf dem Bett zu liegen. Ein wenig tat ich mir leid, aber dann beschimpfte ich mich und fühlte eine große Wut in mir. Ich war ein Blödmann, und ich sollte damit aufhören, einer zu sein. War ich nicht hundertmal klüger als all jene, die mich umstanden und glaubten, es wäre Bewunderung, was sie in meinen Augen sähen?

Tausendmal klüger.

Ich verfiel in leichten Trab, sah mehr hinter mich als nach vorne und stolperte, als die Scheinwerfer eines parkenden Wagens aufblendeten. Wie das Netz eines lauernden Jägers warf sich das Licht über mich, hüllte mich ein, als wollte es mich festhalten. Der Motor wurde gestartet, und ich begann zu rennen. Ich konnte nicht anders, stehen bleiben war mir unmöglich, meine Beine zogen mich fort, ohne mit meinem Kopf darüber zu verhandeln. Ich wechselte die Straßenseite, schlug Haken, machte mich zum gehetzten Karnickel, bog ab, ließ die Beine fliegen. Die Straße wurde abschüssig und meine Schritte immer länger. Gleich würde ich stürzen, ich fühlte es, doch ich wusste nicht, wie ich es verhindern sollte. Der Wagen folgte mir, das war schnell klar, doch er tat sich schwer an den Abzweigungen. Irgendwo blieb ich hängen, an der Bordsteinkante, einer hervorstehenden Platte, ich wusste es nicht, ich fühlte es nur, der Boden raste auf mich zu, Nässe, Split, Schmutz, ein derber Schlag auf meine linke Schulter, Feuchtigkeit, die durch meine Hosenbeine drang. Überall nur Nässe, Schmiere, Kälte. Ausatmen ...

„Bobo!"

Sannes Stimme. War das gut? Sollte ich mich freuen?

Der Wagen hielt. Gelbe, müde Scheinwerfer. Sanne half mir hoch.

„Warum rennst du weg?", fragte sie mich. „Was ist los? Wolltest du abhauen und uns sitzen lassen?"

„Wo sollte ich denn hin?"

„Was ist mit ihm?", fragte Kralle aus dem Wagen heraus.

„Er ist nur gestürzt."

„Die Bilder", sagte ich.

Ein paar Meter weiter lagen die beiden Bilder und schimmerten im Licht der Straßenlampen.

„Mann, du hast sie tatsächlich geholt?" Sannes Gesicht leuchtete. „Er hat sie!", rief sie zum Wagen. Ihre Stimme machte dabei einen Purzelbaum.

„Was?", wunderte sich Kralle. „Die Bilder?"

„Ja."

„Wow!" Er heulte wie ein Wolf.

Noch vor ihr war ich bei den Bildern und wickelte sie wieder ins Tuch. Sie sollten meine Fahrkarte zurück in die Stadt sein.

„Wir müssen abhauen", sagte ich zu Sanne. „Sie haben was gemerkt. Sie sind hinter mir her. Darum bin ich so gerannt ... darum."

„Oh, Scheiße ... echt?"

Ich nahm mir vor, ab jetzt zu lügen. Nur noch an mich zu denken, endlich damit zu beginnen. Zusammen sprangen wir in den Wagen.

„Gib Gas, Mann", rief ich.

„Sie haben was gemerkt", machte sich Sanne gleich wichtig.

„Scheiße, wieso haben sie was gemerkt?", meinte Kralle. „Du kennst dich doch aus in dem Haus. Oder nicht? Ist doch so ... Wieso haben sie dann was gemerkt?"

„Fahr endlich", rief ich.

„Der Alte? War es der Alte? Wen meinst du mit sie? Gab's da noch andere?"

„Ja, andere ... jetzt fahr!"

„Fahr!", rief Sanne.

„Scheißdreck!" Widerwillig drückte Kralle den Gang rein und fuhr an.

„Wieso warst du eigentlich plötzlich verschwunden?", fragte er und sah sich immer wieder zu mir um. „Wir dachten schon, du wolltest dich dünn machen ... irgendwie allein zurück ... Wir haben dich gesucht ... wie die Blöden, kannst du dir das vorstellen? Wie die Blöden, Mensch! Herumgeirrt sind wir in diesem Dreckskaff."

„Wir haben die Bilder und jetzt lass uns bitte heimfahren, ja?" Ich wollte, dass er endlich mit dem Gerede aufhörte.

„Los", drängte Sanne. „Ich glaub, sonst fallen wir noch auf."

„Schon gut." Kralle ließ sich nicht beirren. „Wo sind wir hier eigentlich? Ich habe keine Ahnung, in welche Richtung wir jetzt müssen. Alles sieht hier völlig gleich aus ... Wie kann man hier nur wohnen? Jede Straße die gleichen Häuser ..."

„Fahr rechts", sagte Sanne.

„Wieso rechts?"

„Fahr doch einfach!" Sie schrie ihn an.

„Ja."

Kralle riss das Steuer so plötzlich herum, dass der Wagen mit dem Heck ausbrach und das Hinterrad gegen den Bordstein schlug. Es gab einen trockenen dumpfen Schlag. Sanne rutschte durch die Wucht zwischen die Vordersitze.

„Mann, verzieh dich!", schrie Kralle sie an. „Ich kann so nicht lenken."

Sie kreischte, und er kurbelte wild am Steuer. Ich erwartete einen weiteren Aufprall, doch der kam nicht. Kralle fuhr jetzt schneller. In immer engeren Kurven wand sich die Straße durch den Ort. Links, rechts, der Wagen pendelte hin und her, als würden wir auf einem Volksfest schunkeln. Die Häuser waren klein und hatten Gärten. Büsche, Gartentore, Mülltonnen, alles huschte nur schemenhaft vorbei. Die Welt vor den Fenstern erschien mir wie beschleunigt, als wollte man die Bilder vorspulen.

„Das ist Scheiße hier", rief Sanne.

„Seh ich selbst, dass das Scheiße ist."

„Dann fahr woanders hin ..."

„Und wohin, bitte?" Kralle schrie.

Die Straße mündete in eine andere.

„Links oder rechts?", fragte Kralle.

„Rechts", sagte Sanne und deutete mit der flachen Hand in die Richtung.

Er bog links ab.

„Wieso fährst du links?", giftete sie ihn an.

„So halt."

„Du blödes Arschloch. Dann frag mich nicht erst ..."

Die Häuser rückten enger zusammen, bald standen die Fassaden nebeneinander wie eine Mauer, durch die es keinen Durchlass gab. Wie ein Kanal, der die Richtung vorgab. Hinter jedem der dunklen Fenster schien jemand zu lauern. So kam es mir vor. Die Paranoia hatte mich fest im Griff, der ganze Wagen war Paranoia.

„Wir müssen auf die verdammte Hauptstraße zurück", sagte Kralle.

Weiter vorn blinkte ein gelbes Warnlicht neben einem Stoppschild.

„Da!", deutete Sanne. „Da kommt was Größeres ..."

Ich bemerkte die Linde auf der anderen Seite des Platzes, den wir erreichten. Niemand stand darunter, so viel konnte ich erkennen. Kralle bog links ab, ohne anzuhalten. Die Reifen wimmerten kläglich auf den feuchten Steinen.

„Die ganze Karre zieht irgendwie nach links", sagte Kralle.

„Wieso?", fragte Sanne. „Was ist los?"

„Was weiß ich? Wir sind gegen den Bordstein geprallt, darum vielleicht ... Achse verbogen oder was weiß ich."

„Du bist gegen den Bordstein geprallt, nicht wir", schimpfte sie. „Du fährst wie ein Irrer!"

„Willst du fahren, ja?"

Es begann zu rumpeln, dann schlug etwas von unten gegen den Wagen.

„Was ist das?", rief Sanne.

„Keine Ahnung, das Ding lässt sich nicht mehr richtig steuern."

„Halt an", rief ich.

„Spinnst du? Erst mal müssen wir aus dem Ort raus."

„Wir haben einen Plattfuß", sagte ich.

„Einen Platten? Wie kommst du drauf?"

„Klingt so."

Ich wusste jetzt also, wie lange so ein Wagen durchhielt. Ich dachte, auch das war eine Antwort auf eine Frage, die ich mir schon gestellt hatte. Die Antworten kamen zu mir, plötzlich und rätselhaft.

Metallisches Klirren, bösartige Vibrationen und ein Funkenregen hinter dem Wagen ließen Kralle anhalten. Wie ein ausgepumptes, krankes Tier humpelte der Wagen an den Straßenrand neben einer Apotheke.

Kralle hielt die Tür auf und sah nach hinten.

„Bobo hat recht", sagte er. „Das Hinterrad ist hin."

„Scheiße", seufzte Sanne.

„Mann, das ist doch 'n Opel ... 'n Opel ist das ... Mann."

Kralle trommelte auf das Lenkrad. Der Regen wurde stärker.

23

Selbst unsere kleinsten Bewegungen wurden von der leeren Straße und den grauen Hauswänden unbarmherzig reflektiert und fortgetragen. Als wollten sie weitererzählen, dass wir hier gestrandet waren, von einem Ohr ins nächste, von einem Grinsen zum nächsten fiesen Lachen. So kam es mir vor.

Wir mussten erst einigen Krempel aus dem Kofferraum räumen, um den Ersatzreifen herausnehmen zu können. Er fühlte sich weich an, nicht platt, aber verdächtig weich.

„Den Luftdruck hat schon lange keiner mehr kontrolliert, eh?", sagte ich.

„Hab andere Sorgen, Mensch", brummte Kralle.

„Jetzt nicht ..."

Er grinste unsicher, mit fiebernden Augen. „Wenigstens haben wir einen Ersatzreifen."

„Wieso sollten wir auch nicht?"

„Hab mich nie drum gekümmert."

Er war auch noch stolz darauf, der Blödmann.

„Weil dir immer alles scheißegal ist", rief Sanne.

„Wie geht das Ding hier?", sagte Kralle und fummelte am rostigen Wagenheber rum. „Was ist das für 'n Scheiß? Was?"

Wir fanden keinen Radschlüssel, im Kofferraum war keiner. Kralle drohte schon wieder durchzudrehen. Er schlug den Wagenheber gegen das Heck.

„Scheiße!", fluchte er. Ich glaubte, er würde gleich flennen.

„Ist das so'n Ding?", fragte Sanne und hielt einen Radschlüssel hoch. „Das lag unter dem Sitz ... beim Verbandskasten und anderem Müll."

Die Schrauben saßen sehr fest, aber irgendwie gelang es uns, sie aufzukriegen. Die alte Felge war völlig verbogen, der Reifen hing nur noch in Fetzen auf ihr. Kralle stellte die Felge neben sich und wuchtete das Reserverad auf die Achse. Ein merkwürdig metallisches Rollgeräusch ließ uns aufsehen. Die Felge eierte auf der abschüssigen Straße davon. Bei der verbogenen Stelle hüpfte sie und wechselte die Richtung. Es sah ziemlich komisch aus.

„Sanne!", rief Kralle.

„Was?"

„Na ... da!"

Kralle deutete auf die fortrollende Felge. Sie zögerte erst, dann rannte sie der Felge hinterher. Sie hatte sie schnell eingeholt, doch wusste sie nicht recht, wie sie sie stoppen sollte. Offensichtlich wollte sie nicht mit den Händen zugreifen, ekelte sich vor dem Ding. Sie versuchte, sie mit dem Fuß zu stoppen, rutschte aus und fiel hin. Man hörte es richtig klatschen, als würde ein Schnitzel auf den Küchenboden fallen. Die Felge rollte weiter, jetzt in eine neue Richtung, quer zur Straße. Sanne wimmerte auf dem Boden.

„Was ist?", rief Kralle.

„Sei doch leise", sagte ich und kontrollierte die Häuser um uns herum. Eigentlich wunderte ich mich, dass nicht längst irgendwo Licht brannte und Leute heraussahen. Keiner von uns beiden hatte Lust, ihr zu helfen. Die Felge war uns egal geworden, ihr Rollen kaum mehr zu hören.

„Was ist?", zischte Kralle. Sie wimmerte nur.

„Dreh du die Schrauben rein, ich seh mal nach Madame ..."

„Gut."

Mit klammen, nervösen Fingern fädelte ich die Schrauben in die schwarzen Löcher der Bremstrommel.

Dann drehte ich sie mit dem Radschlüssel fest. Kralle hockte bei Sanne, und sie sprachen leise. Ich machte so schnell ich konnte, denn ich wollte wissen, was los war. Und ich wollte weg von hier. Um sicher zu gehen, dass wir das Rad nicht verlieren würden, kontrollierte ich jede Schraube noch ein zweites Mal. Ich löste den Wagenheber, knarrend fiel der Wagen zurück auf das Rad. Der Reifen war halb platt.

„Na, großartig", murmelte ich.

Nur rüttelnd ließ sich der Wagenheber aus der Aufnahme am Schweller ziehen. Rostbrösel fielen zu Boden. Ich richtete mich auf und sah einen Schatten hinter Kralle stehen, einen langen Gegenstand erhoben, er schlug ihn Kralle über den Kopf und die Schulter, der stöhnte auf, der Schatten schlug ein weiteres Mal zu, hob und senkte die Arme.

Ich hielt den Wagenheber, stand nur da, glaubte dem Bild nicht, das ich da sah, sagte „He!", sagte es leise, wie nebenbei, sehr erstaunt.

Doch wieder hoben sich die Arme, senkten sich, drang ein dumpfer, weicher Ton zu mir. Der nächste Schlag galt Sanne, dabei lag sie doch schon am Boden, ich verstand es nicht, der Schatten hob und senkte sich, fuhr auf sie nieder. Sie ist ein Mädchen, dachte ich, sieht das der Kerl nicht? Ein Mädchen ... 'Ne Schlampe vielleicht, ist das wichtig? Und gibt es nicht Regeln?

„He!", rief ich lauter.

Schlag auf Schlag, immer schneller, immer verzweifelter, immer blindwütiger. Schlag auf Schlag.

„He! Hör auf damit!", schrie ich und rannte los, den schweren Wagenheber in der Hand.

Der Schatten zögerte, vielleicht sah er mich an, vielleicht sah er durch mich hindurch, er ließ fallen, was er in Händen hatte, drehte sich um, rannte davon.

„Gummi?", rief ich. Er hätte es sein können. Einer von ihnen hätte es sein können. Oder jeder andere. Wenn das Bild zur Erinnerung wird, ist nichts mehr Gewissheit, bleibt nur die Ahnung, eine Möglichkeit, das Suchen nach Spuren.

Kralle lag da, Sanne, sie lagen da, wie weggeworfen, wie Müll, Opfer, Dreck. Ich stellte mich neben sie wie eine Wache, sah mich um, immer nach hinten, wie ich auch stand, immer über die Schulter, links und rechts im Wechsel, ich drehte mich, denn dort vermutete ich weitere Angreifer, in meinem Rücken, hinter mir.

„Scheiße", murmelte Kralle.

„Was ist?", fragte ich unbeholfen.

„Oh, Scheiße, Mann ..."

Ich sah den Baseballschläger, alt, abgegriffen, vom Wasser spiegelnd benetzt. War das auch Blut? Wie Farbe, dunkel, nicht rot, eher braun im Licht der Nacht.

„Was ist mit ihr?", fragte ich.

„Ihr Knöchel ... es ist was mit ihrem Knöchel."

Kralle rappelte sich hoch. Ich dachte, es war der Regen, der über sein Gesicht lief, aber es waren Tränen, er flennte, sein Unterkiefer zitterte und er schniefte.

„Oh ... Gott ... Gott", brabbelte er.

„Sie rührt sich nicht", sagte ich, ging in die Hocke, griff mit einer Hand nach ihrem Arm. In der anderen hielt ich das kalte Eisen des Wagenhebers. Ich konnte ihn nicht loslassen, als würde er mich beschützen, solange ich ihn nur festhielt. Ich umklammerte ihn mit aller Kraft, als drohte ein anderer, ihn mir wegzunehmen.

„Ihr Knöchel", sagte Kralle, rieb sich den Hinterkopf, wischte sich Blut vom Kinn.

„Scheiße, ihr Knöchel", sagte ich. „Er hat sie geschlagen."

„Wer?"

„Was weiß ich ... einer halt. Er hat sie geschlagen."

„Gott ... so eine Scheiße."

„Verstehst du denn nicht, verdammt?"

„Warum sollte sie einer schlagen? Ihr Knöchel ..."

Kralle wirkte, als wäre er gerade gar nicht dabei gewesen. Sannes Gesicht war von ihren Locken bedeckt und lag halb im Nass des Pflasters. Ich zog an ihrem Arm, drehte sie herum, die Locken wichen zur Seite wie ein Vorhang, wenn die Vorstellung beginnt. Sie schien zu schlafen, ich hoffte auf ein Wort von ihr, doch kein Laut, nicht mal ein Wimmern, ein leises Sichbeklagen, nichts kam von ihr.

„Wir müssen sie in den Wagen bringen", sagte ich. „Schnell."

„Ja ..."

„Das ist mehr als ein Knöchel ... schnell."

„Ja ..."

Ich musste den Wagenheber fallen lassen, wollte ich ihr helfen, und brauchte Sekunden, lange Sekunden, um mich dazu entscheiden zu können. Scheppernd und schwer fiel er zu Boden. Mit beiden Händen fasste ich ihr unter die Arme. Sie fühlte sich weich an, wie aus Gummi, völlig entspannt.

„Hilf mir, nimm ihre Beine", sagte ich.

„Was?"

„Ihre Beine, nimm ihre Beine ... jetzt mach!"

Kralle stand auf, taumelte, ging in die Knie, fasste sich an den Kopf, stöhnte, jammerte.

„Ihre Beine", wiederholte ich. „Nimm ihre Beine."

„Was?"

Ich versuchte sie wegzuziehen. Sie war schwer, weich, kein Mädchen mehr, ein Trumm nur, unhandlich. Ich schleifte sie zum Wagen, es war weit, so jedenfalls kam es mir vor, ich war langsam. Die Kleidung ließ meine Hände abrutschen, sie ließ sich nicht richtig greifen, ihre Arme vollführten merkwürdige Bewegungen, einmal trat ich ihr auf die Hand, wunderte mich erst, was für ein nachgiebiges Ding das sein mochte. Sie reagierte nicht, blieb in ihrer Welt, weit entfernt, wo auch immer.

„Hilf mir doch mal", rief ich. Halblaut.

„Was? Was ist ... passiert ... eigentlich?" Er murmelte nur.

„Hilf mir."

„Scheiße ... mir ist komisch, Mann ... echt komisch."

Kralle stand wieder aufrecht, ließ aber den Kopf hängen. Seine Hände schienen nicht zu wissen, wohin sie greifen sollten. Sie waren auf der Suche, im Haar, am Kinn, an den Taschen, ratlose Hände. Wollten etwas tun, wussten nicht was, blieben nutzlos.

Neben dem Wagen legte ich sie ab.

„Der Wagenheber", sagte ich, „nimm ihn mit."

Ich wusste nicht, ob er mich überhaupt hörte. Ich wurde abgelenkt. Im Fenster über der Apotheke sah ich die Silhouette eines Kopfes, ein Mann in einem dunklen Zimmer. Ich sah zu ihm hoch. Ich war mir sicher, dass er auch mich gerade anstarrte, obwohl ich seine Augen nicht erkennen konnte. Ich musste für ihn nur ein dunkler Schatten sein, ein bedrohlich huschender Schemen, der nicht hierhergehörte, ein Spuk in der Nacht.

Er war die andere Seite. Er würde keinen Finger für uns krumm machen.

Ich hörte, wie sich Kralle übergab. Vornübergebeugt kotzte er auf die Straße.

„Scheiße", sagte ich.

Ich öffnete die Fahrertür, packte Sanne irgendwie, griff einfach zu, riss sie hoch, wuchtete ihren Oberkörper halb hinein, griff ihr zwischen die Beine, drückte, schob, knuffte, zerrte sie über den Fahrersitz, sah plötzlich ihre Brüste, war überrascht, irritiert, ihre Kleidung war verrutscht, und es war mir nur egal, sie war schwer wie 'ne Tonne, dabei sah sie aus wie ein halbes Kind. Aus ihrem Ohr zog sich eine schmale, schwarze Linie hinunter zum Hals.

„Sie blutet", sagte ich, dabei war keiner hier, der mich hören konnte. Kralle stand noch immer vorne beim Wagenheber und kotzte, würgte, spuckte aus, wischte sich mit dem Handrücken über den Mund. Ich rannte um den Wagen herum, zog an ihr von der anderen Seite aus, irgendwie ging es, endlich lag sie im Sitz wie eine müde Beifahrerin, das Becken nach vorne gerutscht, den Nacken auf die Sitzlehne gelegt. Kopfstützen hatte der Wagen nicht.

Kralle stolperte heran.

„Der Wagenheber?", fragte ich ihn.

„Was ...?"

Sein Blick war der eines Idioten. Zwecklos, dachte ich, rannte los und holte den Wagenheber. Er war eine Waffe, unsere einzige, darum war er mir wichtig, nur darum, eine Waffe. Eigentlich wunderte ich mich, dass er noch dort lag, wo ich ihn fallen gelassen hatte. Als ich ihn aufhob, spürte ich es genau. Mit ihm in der Hand fühlte ich mich nicht mehr so verloren. Das Gewicht des Eisens, seine rohen Kanten, der Rost, das war derbe Kraft, das war eine Möglichkeit, sich zu wehren. Glaubte ich.

Der Baseballschläger war weg.

Ich sah zu Kralle, der stützte sich auf die Motorhaube und fingerte ein Päckchen Zigaretten aus der Tasche. Er hatte ihn nicht. Sie mussten ihn geholt haben, aber es war niemand zu sehen, nirgends. Dieser Ort schien seine Menschen auszuschwitzen, aus Poren drangen sie empor, aus Nischen, Winkeln, Ecken, versickerten dann wieder, verdunsteten, stahlen sich davon.

„Steig ein", rief ich Kralle zu, warf den Wagenheber und den Radschlüssel in den Kofferraum, schloss den Deckel. Flüchtig wanderte mein Blick nach oben. Das Fenster über mir war leer, kein Kopf mehr, kein Mann, kein Blick, nichts. Ob sich so einer einfach wieder in sein Bett legen konnte? Weiterschlafen?

War was? – Nö, war nix.

„Wir müssen fahren!" Ich schob Kralle ins Auto. Die Kippe hing ihm im Mundwinkel, sie brannte nicht. Er suchte nach Feuer, zitterte.

„Der Reifen", murmelte er.

„Ist fest, fahren wir."

„Was ist mit ihr?"

„Weiß nicht, hauen wir erst mal ab."

„Du weißt ... nicht."

„Nein."

„Oh ... Gott."

Ich knallte die Fahrertür zu, rannte um den Wagen, kletterte über Sanne auf den Rücksitz, beugte mich dann von hinten über sie und schloss auch diese Tür. Ich wollte sie vom Rücksitz aus festhalten, dem alten, nutzlosen Sicherheitsgurt, der verdreckt im Fußraum lag, traute ich das nicht zu.

„Fahr doch endlich, verdammt, worauf wartest du, fahr!"

Kralle startete den Motor, drückte den Gang rein, der Wagen rollte an.

„Licht!", rief ich. „Schalt das Licht an."

Wie ein Roboter griff er ans Armaturenbrett und drückte den Schalter. Viel mehr ließ sich jetzt auch nicht erkennen.

„Wohin ... eigentlich?", fragte Kralle.

„Geradeaus, das ist die Hauptstraße ... fahr einfach geradeaus."

Er nickte, plötzlich hatte er ein Feuerzeug in der Hand und fummelte an seiner Zigarette rum. Wir rollten in der Mitte der Straße, er lenkte zurück, viel zu stark, da stand ein parkendes Auto, ich sah die Reflektoren der Rückleuchten aufblitzen. Kralle korrigierte, aber wir blieben irgendwo hängen. Ein hässliches, schmirgelndes, reibendes Geräusch erschütterte den Wagen.

„Scheiße", murmelte Kralle, „steht da einer."

Einen Atemzug später platzte neben mir das Seitenfenster. Ein Stoß traf mich, als ob mich einer freundschaftlich am Arm knuffen wollte, mehr war es nicht. In meinem Rücken federte ein Pflasterstein in den Sitz. Ich saß vorn an der Kante der Rückbank und lehnte mich nicht an. Sonst hätte er mich stärker erwischt. Hinter uns auf der Straße rollte ein weiterer Stein aus. Und ein Dritter, auch ihm fehlte die Wucht, uns zu erreichen.

Kralle sah sich nur ratlos um, der Rauch der Zigarette biss ihn in die Augen. Er kniff die Augenbrauen zusammen.

„Vergiss es", sagte ich. „Gib Gas ... fahr einfach."

Er eierte dahin und es war, als würden wir uns durch steifes, durchsichtiges Gelee bewegen. Wie auf dem Mond. Langsam und unbeholfen. Houston, wir haben ein Problem.

„Was ist mit ihr?", fragte Kralle.

„Weiß nicht. Das ist später dran."

„Später ... ah."

Er nickte, war gar nicht hier. Was ich von ihm sah, war nicht mehr als seine Hülle. Kralle, der Automat. Ich dachte, ich sollte wirklich Regisseur werden. Ich saß immer nur hinten im Dunkeln, aber ohne mich und meine Anweisungen ging die Welt unter.

Kälte und Wind drang durch das kaputte Seitenfenster herein. Ich hörte den Motor, rau aufheulend, sah zur Seite, etwas Dunkles raste aus einer Gasse auf uns zu, hoppelte und sprang über das Pflaster, verfehlte uns aber, bog hinter uns ein, folgte uns. Ein Traktor, sehr alt, sehr rostig, er fuhr ohne Licht.

„Was?", sagte Kralle.

„Vergiss es, nur ein Scheißtraktor, gib einfach Gas."

„Ein Traktor?"

„Ja, verdammt ..."

Gummi und seine Bande, dachte ich. Wir waren ihre Abendunterhaltung. Die geilste Nacht, die sie in ihrem ganzen beschissenen Kleinstadtleben jemals haben würden. Und ich hatte sie auch noch drauf gebracht. Oft genügt ein Wort, ein halber Satz, um alles ins Rollen zu bringen. Schon nach der nächsten Kurve war unser Vorsprung groß. Was aber, wenn diese Karre plötzlich zusammenbräche?

Kralle hatte Mühe, den Wagen auf der Straße zu halten. Er steuerte ihn nicht, er zielte eher in eine ungefähre Richtung. Ich roch Sannes Haare, hielt sie fest, weit stärker als nötig, als wollte ich sie nicht fortlassen, als würde mein Halten sie davor bewahren können, ins Nichts davonzufallen. Was wusste ich schon vom Nichts? Trotzdem hielt ich sie, bis meine Arme vor Anstrengung brannten.

Scheinwerfer blendeten uns, ein entgegenkommender Wagen, aufblenden, abblenden, rasend schnell.

„Halt dich rechts!", rief ich.

Kralle machte rum, und ich wusste, er hatte nichts im Griff, tat nur irgendwas und ließ sich überraschen, ob es gut ging oder nicht. Letztlich war es ihm sogar egal. Der Wagen raste an uns vorüber. Ein Polizeiwagen, ich erschrak, er flitzte vorbei, dann bremste er scharf, knickte mit der Schnauze ein, Qualm kam aus den Radkästen. Das Letzte, was ich von ihm sah, war, wie er umkehrte, dann verschluckte ihn eine Biegung der Straße.

„Bullen!", rief ich.

Und bereute es sofort. Denn Kralle heulte auf wie ein Hund, murmelte „Scheiße" und fuhr noch schlechter, in Schlangenlinien. Ich fürchtete, er würde gleich rausspringen, einfach so, Tür auf und weg, einem Impuls folgend, nicht klug, nicht richtig.

„Links! Der Feldweg, da links ... fahr ihn rein ... mach!"

Ich deutete darauf, schrie, stieß ihn, die Kippe fiel ihm aus dem Mund in den Schoß, er bemerkte es gar nicht, bog sogar ab, ich hatte nicht daran geglaubt, doch er lenkte auf den Feldweg. Steine rumpelten gegen den Wagenboden, Kurve nach links, nach rechts, ein weiter Bogen, endlich Bäume, eine Böschung, Deckung. Ich reckte mich vor, fasste durch das Lenkrad, schaltete die Lichter aus, hörte Kralle an meinem Ohr. „Gott", immer nur sein dämliches „Gott", ich dachte, er war eine Flasche, eine Gott wimmernde, gotterbärmliche Flasche.

Der Weg zeichnete sich etwas heller gegen die Umgebung ab, und es war nicht sehr schwer, ihm weiter zu folgen. Wir fuhren, wurden aber immer langsamer. Ich dachte erst, es war der Wagen, doch es war Kralle, der immer langsamer wurde, immer mutloser, leerer, kleiner. Er ließ den Wagen ausrollen, wir hielten, der Motor rasselte im Leerlauf. Ein unruhiger Wind wehte den staubfeinen Regen durch das kaputte Fenster zu mir herein. Ich spürte ihn kalt an meinem Rücken.

Kralle fischte die Kippe aus seinem Schoß, sog daran, entfachte sie neu, rauchte.

„Warum hältst du?", fragte ich, aber es war keine Frage, deren Antwort mich wirklich interessierte.

Kralle öffnete die Tür, ließ sich seitlich hinausrollen, auf die Knie, in den Schmutz, ich hörte das Schmatzen seiner Hände im Morast. Sanne bewegte sich, ein leises Zucken, ein Stromstoß in der gummiartigen Hülle, ich hielt sie fest, was sollte ich sonst tun, ich streichelte ihren

Kopf, fühlte das Blut, malte mit den Fingern darin herum, als wäre es Creme, als würde es wieder in die Haut einziehen, ihr guttun, nicht verloren sein, verschwendet. Ich war ihr so nah, aber sie merkte nichts davon. Ich vergrub meine Nase und meinen Mund, meine Sinne, mein Denken, mein ganzes bisschen Dasein in ihrem Haar. Ich versteckte mich darin, machte mich klein, stahl mich davon. Einen Moment dachte ich, mich von allem lösen zu können, mit nichts mehr verbunden zu sein, keine Fragen mehr zu haben, alles schon längst zu wissen.

Einen Moment lang schien dieser Wagen zu schweben.

24

Ich hielt ihm den Kaffee hin.

„Wir sehen vielleicht Scheiße aus", sagte ich.

Kralle nickte, nahm den Kaffee, seine Hände waren noch immer fleckig wie die eines Arbeiters. Er schlürfte. Der Kaffee war brühend heiß, der Plastikbecher wabbelig weich.

Der Flur, an dessen Rand wir auf einer Holzbank saßen, war lang und hässlich, aseptisch; er stank nach Putzmitteln und unerfreulichen Neuigkeiten. Wenigstens waren wir allein. Wir konnten nichts mehr tun, als warten, also warteten wir.

„Du hast sie vergraben?", fragte er.

„Nur versteckt."

„Wie versteckt?"

„Na, eben versteckt. In so 'nem Schuppen, 'ner Hütte ... Was auf einer Wiese eben steht. Du hast sie doch gesehen."

„Gut." Er nickte bedächtig, starrte vor sich hin.

„Ja, gut", sagte ich.

„Meinst du, wir finden sie wieder?"

„Warum nicht?"

Grüße aus Berchtesgaden, welch eine Wiedersehensfreude. Ich könnte ja behaupten, es hat sie wohl ein Witzbold gefunden und ausgetauscht. Ja, das könnte ich sagen. Falls wir diese Hütte wirklich wiederfinden würden, was ich für eher schwierig hielt. In all der Panik und Hektik, in der wir die Bilder versteckt hatten. Mit dem Gefühl, der Teufel packe uns längst im Nacken. Und all der nassen, kalten, grausamen Dunkelheit um uns herum.

„Hätt' ich dir nicht zugetraut", sagte Kralle.

„Nein."

„Echt nicht zugetraut."

„Klar."

Wir schwiegen, tranken den Kaffee, rauchten. Das Deckenlicht summte, nur selten wurde eine Tür geöffnet und sahen wir jemanden vom Personal herumlaufen.

„Muss Gras drüber wachsen", sagte er.

„Ja."

„Meinst du, sie haben das Kennzeichen?"

Ich sah ihn an. Wie konnte er nur eine so dämliche Frage stellen?

„Sicher werden sie das Kennzeichen haben", redete er weiter. Seine Worte kamen jetzt rasch und abgehackt. „Wir hätten uns vorher andere Nummernschilder besorgen sollen, irgendwo abschrauben ... dann hätten sie jetzt einen Scheiß."

„Ja."

„Nur einen Scheiß hätten sie dann, verstehst du? Nur einen Scheiß. Gar nichts ..."

„Ja."

„Solange sie die Bilder nicht bei uns finden, können sie nichts beweisen. Wir haben einen Ausflug gemacht, nur einen Scheißausflug, mehr nicht. Sie können uns gar nichts beweisen, nichts ..."

„Ihr werdet eh längst in Phuket sein, wenn sie fragen kommen, oder?"

Er begann zu lächeln.

„Oh, Mann ..." Er verschränkte die Hände im Nacken und rollte die Kippe mit den Lippen im Mund hin und her. „Oh, Mann, ja, da hast du verdammt noch mal recht ..."

„Du bist ein Träumer", sagte ich.

„Findest du?"

„Ja."

Jetzt wusste ich mehr von der Welt als er. Es war ein komisches Gefühl.

„Ein Träumer? Ja, das bin ich vielleicht ... Du hast recht. Ich will mehr vom Leben als nur das Übliche, verstehst du? Ich will mich spüren können, wissen, dass ich gelebt habe ..."

„Und darum vögelst du deine Schwiegermutter."

Er starrte mich zornig an.

„Verdammt! Ich habe Bea gevögelt, weil Sanne es wollte. Bea hat mich nicht interessiert, Mann, diese ehemalige Boutiquenschlampe, die Titten hängen ihr längst auf halb fünf ..."

„Weil Sanne es wollte, ja, ja."

Immer war ein anderer schuld, dachte ich.

„Weil sie es wollte, richtig. Von ihr stammte die ganze Scheißidee dazu, jawohl. Ich hatte eine Stinkwut auf meinen Alten, und sie sagte, das wäre doch eine gute Möglichkeit, mich an ihm zu rächen."

„Wofür denn rächen?" Allein das Wort amüsierte mich schon, ich fand ihn kindisch.

„Wofür?" Er zog ein ganz betroffenes Gesicht. „Er wollte mich rauswerfen ... einfach so. Pack deinen Krempel und hau ab, hat er gesagt. Wahrscheinlich habe ich ihn dauernd an meine Mutter erinnert. Er hat sie gehasst, sag ich dir. Daran ist sie gestorben, an seinem Hass, nur daran. Aber beweis das mal ... Er hat uns alle gehasst, er scheißt auf seine Familie, er denkt nur an sich, immer an sich. Liebt dich vielleicht dein Vater, hä?"

„Keine Ahnung."

In Wirklichkeit ging ich davon aus, dass mein Vater eine prinzipielle Zuneigung zu mir hegte, so wie er als Beamter einen Eid auf die Verfassung abgelegt hatte. Eine Zuneigung aus dem Gefühl der Verpflichtung heraus. Oder so ähnlich. Es war mir nicht so wichtig, es genau zu wissen.

„Ich habe nie Geld von ihr gewollt", sagte Kralle. „Aber es war so leicht, so verdammt leicht. Sie hat es mir regelrecht aufgedrängt. Nimm es, du brauchst es doch und halt bloß dein Maul ... nimm es, das waren ihre Worte. Also habe ich es genommen. Wenn du einmal damit anfängst ... Scheiße."

Er seufzte, atmete schnaufend aus.

„Ich kenne ja kein anderes Leben, verstehst du? Für mich ist das nicht so leicht ..."

„Was denn für ein anderes Leben?", fragte ich.

„Na, so wie du. Ich hab das nie erlebt, das ist nicht ganz einfach, du hast keine Ahnung."

„Von was redest du? Was für ein anderes Leben?"

„So ... wie soll ich sagen ... so ärmlich halt ..."

„Was?"

Er hob beide Hände, als flehte er. „Jetzt reg dich bloß nicht auf. Das muss dir nicht peinlich sein, wirklich nicht, ich hab vollstes Verständnis dafür, ne, echt, ich denke da ganz locker ... steh drüber ... voll drüber, aber wenn du von klein auf anderes gewohnt bist und dann plötzlich selbst ... ich meine, aus dem Nichts ... Wie soll das gehen, verstehst du? Man hat sich daran gewöhnt, dass alles im Überfluss da ist und dann ... man findet das normal ..."

„Normal?"

„Ja, normal. Schau, du hast kein Geld und weißt nicht, wie es ist, welches zu haben. Dir macht es nichts aus, keins zu haben, für dich ist das eben dein Leben, ganz normal. Man lädt dich ein, und wenn man dich nicht einlädt, verzichtest du eben. Du weißt nicht, wie das ist ..."

„Du bist vielleicht ein Arschloch."

„Was?"

„Ein Arschloch."

Er wirkte gekränkt.

„Vielleicht bin ich ein Arschloch, gut ... scheiß drauf. Aber du hättest in meiner Lage nichts anderes getan ... nichts anderes. Keiner hätte es anders gemacht, jeder wäre da einfach so reingeschlittert, jeder ... scheiße, noch mal. Ich hab Kopfweh, Mensch ..."

Er rieb sich die Schläfen.

„Für so einen klau ich Bilder", murmelte ich in die Stille.

„Das war doch nur 'n Nazischwein."

„Ach ja? Weißt du das? Kennst du ihn? Hast du dich jemals dafür interessiert? Dir sind doch alle egal, Hauptsache, es passt dir gerade in dein Konzept ..."

Er winkte ab, tat so, als wäre ich nichts weiter als ein quengeliges Kind.

„Weiß gar nicht", sagte er, „warum du diesen alten Sack dauernd in Schutz nimmst. Ist doch völlig egal jetzt, was der war oder nicht. Dann war er eben kein Nazi, sondern nur ein Soldatenschwein. Sind doch alle krank, die Soldat werden, völlig krank ..."

„Ja, alles ist egal. Und morgen ist alles wieder wichtig ..."

„Scheiß."

„Ja, Scheiß ..."

„Komm mit", sagte er, den Blick starr auf den Boden gerichtet.

„Wohin?"

„Nach Phuket. Leg dich auch an den Strand, entspann dich, wir werden ein Mädchen für dich finden, wirst sehen, irgendeine Kleine, Sanfte. Auf dich stehen sie ..."

„Du spinnst doch."

Er legte mir seine Hand auf den Unterarm, drückte mich freundschaftlich. „Du wirst immer in deiner kleinen Welt bleiben müssen, wenn du deine Gedanken weiterhin darin einsperrst."

Ich wusste nicht, was ich antworten sollte.

„Man muss seine Träume fliegen lassen können, verstehst du? Wir sind alle Gefangene unserer Gedanken. Überall sehen wir Mauern und Grenzen, die es gar nicht gibt. Alles ist nur in unseren Köpfen. Hier oben ..."

Er ließ mich los und drückte mit den Handrücken gegen seine Stirn.

„Dort fängt Freiheit an, im eigenen Kopf, nicht erst irgendwo da draußen ... nein ... hier!"

„Klar", murmelte ich.

„Du kommst mit, das ist keine Frage ... Es ist auch nur logisch ... Sanne wird es gefallen."

„Klar, Sanne ..."

Ich war mir sicher, dass ich nicht mitkommen würde, aber ich stellte mir einen Strand vor, Palmen, das Meer. Ich stellte mir vor, dort ein Mädchen zu küssen, schlank und biegsam, mit Haaren so lang, dass sie ihren ganzen Rücken bedeckten. Ich wusste jetzt, wie Haut und Haare riechen, wie es war, Kopf und Hals und Locken mit den Fingerkuppen zu berühren. Ich malte ein Lächeln in ihr fremdes, schönes Gesicht, und es galt nur mir. Das Wunder war vollkommen.

„Wer von Ihnen ist Herr Bornstett?"

Ich hatte den Mann nicht bemerkt. Ein junger Arzt. Sein Gesicht war ernst, voller Misstrauen.

„Ich", sagte Kralle und richtete sich auf.

„Es gibt da ein paar Fragen", sagte der Arzt. „Über den Unfall von Fräulein Gabriel."

„Ja?"

„Sind Sie ein Verwandter?"

„Der Freund ... ihr ... Freund."

„Ihr Freund, gut." Der Arzt wirkte nachdenklich. „Sie sagten, ihre Freundin wäre gestürzt? Auf der Treppe?"

„Na ja ... schon."

„Wir sind verpflichtet, es zu melden, müssen Sie wissen."

„Melden? Was wollen Sie melden? Der Versicherung? Klar, wir melden es der Versicherung, sie ist versichert, logisch ..."

„Es geht nicht um die Versicherung, es geht um den Unfall. Waren Sie dabei, haben Sie ihn beobachtet?"

„Na ja ..."

Der Arzt musterte uns, während Kralle darüber nachdachte, welche Antwort er geben sollte. Viel zu lange nachdachte, um glaubwürdig zu sein.

„Was ist denn?", fragte ich. „Wie geht es ihr?"

„Die Verletzungen deuten eigentlich nicht auf einen Unfall."

„Nein? Worauf deuten sie denn?" Kralle spielte den Überraschten. Ich konnte es nicht. Ich war überhaupt nicht überrascht.

„Nun ja ... ich muss Ihnen leider mitteilen, dass Fräulein Gabriel soeben ihren schweren Verletzungen erlegen ist."

„Was?" Kralle schoss von der Bank hoch. „Sie ist ... was?"

Der Arzt sah ihn nur an.

„Sie wurde erschlagen", sagte ich.

Sicher ruhten die Augen des Arztes nun auf mir. Ich sah nicht auf, sah weg, sah zu Boden. Betrachtete die Muster im PVC, diese seltsamen Schlieren, den speckigen Glanz.

Eine Pause entstand. Stille.

Gleich würde wieder geredet werden.

Nun war ich also erwachsen, dachte ich.

Die Antworten standen klar im Raum.

Viele Jahre später

Ich habe schon den Rummel um die Millenniumsfeier nie ganz verstanden. Es war eine Zahl für mich, nichts weiter, und manche taten so, als wäre es das Ende aller Zeitrechnung. War es natürlich nicht, und danach ging alles weiter wie gewohnt. Also im Grunde langweilig. Im glorreichen Jahr Elf des neuen Jahrtausends moderierte ich eine Sendung im Fernsehen und manchmal wurde ich auf der Straße sogar erkannt. Es gab richtige Autogrammkarten von mir, die der Sender verschickte, wenn jemand anrief oder eine E-Mail schickte. Ich fand es sonderbar, aber natürlich war es schmeichelhaft. Meine Sendung war immer montagabends und handelte vom Autorennsport. Autorennsport hatte keiner von uns in der Redaktion machen wollen, also glaubte ich, das wäre eine Chance und machte es. Rennsport ließ mich eigentlich kalt, ich fand ihn albern, aber welcher Sport war nicht ein wenig albern? Ich hatte mich daran gewöhnt, mein Nichtwissen kaschierte ich durch Gegenfragen.

Am Sonntag brachten die großen Sender die Rennen, und am Montag sendeten wir dann auf unserem kleinen Sender die Analysen, Interviews und eine Zusammenfassung der Höhepunkte. Wir waren Zweitverwerter, wie man es so treffend nannte, und im Prinzip sendeten wir nur für all jene, die nicht genug kriegen konnten oder am Sonntagnachmittag lieber hinaus ins Grüne gefahren waren.

Wenn wir Glück hatten, sahen uns eine Million Menschen zu. Das war aber selten und nur im Winter der Fall. Mich beeindruckten schon ein paar Hunderttausend, meinen Programmchef weniger. Dauernd wurde genörgelt, aber das war üblich. Wer sich davon einschüchtern ließ, suchte sich besser einen anderen Job. Fernsehen bedeutete, von allem schnell wahnsinnig begeistert zu sein oder alles zum Kotzen finden zu müssen, ganz wie der Wind gerade wehte.

Für mich war es das Jahr, in dem ich zum ersten Mal getrennt lebte. Marion, meine Freundin, hatte mich verlassen, um sich über ihre Gefühle klar werden zu können. Nun vögelte sie also mit anderen und wurde sich klar. Wir hatten unsere Beziehung nicht beendet, weil ein Ende einen konkreten Entschluss voraussetzte, den wir beide scheuten. Einer hätte sagen müssen, du bist nicht der Richtige für mich, also gehe ich. So einfach. So unmöglich.

Der andere könnte danach tief gekränkt sein, und man müsste diverse Nachteile hinnehmen. Erstens, der Abend, an dem man es aussprach, war verdorben und zog nicht enden wollende Streitgespräche und Auseinandersetzungen nach sich. Zweitens, der andere begann schlecht über die Beziehung zu quatschen. Auch im Sender, wo sie genau wie ich versuchte, ein gewisses Image zu pflegen. Drittens, es gab dann kein Zurück mehr. Auch nach Jahren könnte man sich sonst noch gelegentlich treffen und vielleicht vögeln. Eine Möglichkeit mehr, immerhin.

Wenn man erst die Wahrheit aussprach, entfielen diese Möglichkeiten auf einen Schlag. Also musste man sich über seine Gefühle klar werden und hoffte, die Beziehung würde auf diese angenehm einfache Weise einschlafen. Sie wechselt sozusagen in den Stand-by-Modus.

Wir lebten getrennt, nachdem wir drei Jahre zusammengewohnt hatten. Mal hatte sie von Heirat gesprochen, mal ich. Über das Heiraten sprach es sich manchmal sehr romantisch. Es schmeichelte mir natürlich, wenn sie sich nur noch ein Leben mit mir vorstellen wollte. Meist hatten wir dann gerade besonders guten Sex gehabt.

Konkreter wurden wir nie. Man sprach darüber, blieb aber letztlich unsicher und unentschlossen. Wahrscheinlich hatte auch sie gedacht, das konnte es nicht für ein ganzes Leben sein, da musste noch mehr kommen. Im Sender hielt keine Beziehung länger als ein, zwei Jahre. Die Auswahl war groß, Fernsehen lockte einen ganz bestimmten Typ Frau an. Alle schlank, alle hübsch, meistens blond, irgendwie austauschbar, aber nett anzusehen. Wir Männer waren sicher genauso.

Mein Alter war bereits jenseits von interessant. Ich wurde bald vierzig. Das bedeutete eine echte Zäsur. Jung war gestern. Außerdem fehlte mir jedes Talent zum Sugar Daddy. Und natürlich die Kohle. Es war an einem Abend, wir hatten Redaktionsmeeting und ich langweilte mich wie immer. Budgetplanung, Sparmaßnahmen, Umstrukturierung des Archivs, irgendwelches Gezänk. An der Wand standen Monitore und lautlos flimmerten die Fernsehprogramme, die gerade ausgestrahlt wurden. Alle großen Sender im Vergleich. Zwei Dutzend bunte Bilder. Ich döste, ließ meine Augen wandern, und da sah ich es. Kralles Arsch, rauf und runter, mein antiker Pornodreh. Ich hatte schon viele Jahre nicht mehr daran gedacht. Er lief im Vorabendprogramm. In einer Sendung, in der sie behaupteten, die Aufnahmen von Überwachungskameras zu zeigen. Oben hatten sie ein aktuelles Datum und eine Uhrzeit hineinkopiert und der Aufnahme einen Teil ihrer Farbigkeit genommen. Technisch ist das simpel, ein paar Klicks am Computer, mehr nicht. Aber es war meine Aufnahme, unser „Türke", daran gab es keinen Zweifel. Ich wurde etwas gefragt, hörte es aber nicht.

„Berry, was ist?"

„Was?", wachte ich auf. „Was?"

Ein paar Gesichter grinsten, andere waren genervt.

„Berry Maier, unser immer wacher Star-Moderator", sagte Zimmermann. Wir mochten uns nicht.

„Wisst ihr, wie die Sendung heißt, die diese Aufnahmen mit den versteckten Kameras bringt?" Ich deutete hin.

„Sollten wir nicht lieber beim Thema bleiben?"

„Exposed, glaub ich", sagte Jürgen. „Bringen so Zeugs aus den USA. Stimme drüber, fertig. Billig."

„Aus den USA?", fragte ich.

„Klar, dieser Schrott ist immer aus den USA. Schon wegen der Schwierigkeiten mit den Persönlichkeitsrechten."

„Können wir endlich weitermachen?", raunzte Zimmermann.

Den Mitschnitt der Sendung hatte ich ein paar Tage später. Meine Redaktionsassistentin, eine Praktikantin, aber von Anfang an ziemlich gut, rief beim Sender an und ließ sich eine Kopie schicken. Unter Kollegen war das kein Problem. Mehrere Tage trug ich das Band in meinem Aktenkoffer mit mir herum und schaffte es nicht, es mir anzusehen.

Sanne. Kralle.

Die Erinnerungen schmerzten wie eine alte Wunde, und ich gehörte auch zu denen, die jede Art Schmerz vermeiden wollten. Man konnte Gedanken nicht löschen, aber man konnte sie verbannen wie eine Schachtel Plunder auf dem Dachboden. Meine jetzt angenehm einsamen Abende verbrachte ich oft auf der Couch. Die Vorhänge zur Seite gezogen betrachtete ich den Himmel. Es erinnerte mich an mein altes Zimmer unter dem Dach. Die Videokassette legte ich vor mir auf den Tisch. Ich wollte keine Musik hören, mied den Fernseher, obwohl ich beruflich dazu angehalten war, die Arbeit meiner Kollegen zur Kenntnis zu nehmen. Bücher las ich sowieso nicht, Autohefte langweilten mich zu Tode, Nachrichtenmagazine empfand ich als deprimierend. Ich lag da, starrte in den Himmel und hing meinen Gedanken nach. Ich war auf den Dachboden meiner Erinnerungen gestiegen, hockte vor einer Kiste alter Fotos und vergaß die Zeit.

Sanne.

Ich spürte eine tiefe, zerrende, quälende Sehnsucht, ein Bohren in meinem Bauch, ein Gewicht in meiner Brust. Ich hörte sie sprechen. Sie sagte, dass ich warten würde und sie es nicht versteht. Aber es war nicht bloß Warten gewesen, da hatte sie sich geirrt. Es war viel mehr als das. Es war ein Verharren in der Welt der Verheißung, der rätselhaften Versprechen. In dieser Welt war jede Geste wichtig, jede Kleinigkeit, jede Nuance, mit der man einander anschaute. Jedes Lächeln war Nahrung für lange, gedankenvolle Nächte gewesen.

Statt die Kassette einzulegen und sie mir anzusehen, träumte ich mich wieder in den Zustand des Ungewissen, Rätselhaften, Sinnschweren hinein. War mir selbst genug. Hielt die Spannung aus, die es in mir erzeugte.

Eine Weile wenigstens.

Ich sah sie mir an.

Die Stimme des Sprechers bemühte sich aufgesetzt um Ironie.

Hier sehen wir den Poolreinigungsservice beim Putzen eines eigentlich nicht gemeinten Rohrs. Die Familie ist in Urlaub gefahren, gute Gelegenheit für das Hauspersonal, den tristen Alltag mit ein wenig Freude aufzulockern. Pech nur, dass sie von der Kamera nichts wussten, die der misstrauische Hausbesitzer installieren ließ, bevor er fortfuhr. Beide putzen heute woanders, unser Rohrverleger musste sich einen neuen Job suchen.

Rauf und runter. Eine eintönige Aufnahme. Von Sanne waren nur die Beine zu sehen. Ich spulte vor zum Abspann und suchte nach einem Namen, der mir bekannt war. Nichts. Ich kannte weder die Firma, die diesen Mist produzierte, noch irgendwelche der Redakteure.

Ich stand auf und blätterte im Telefonbuch.

Bornstett, Kai-Uwe.

Zum ersten Mal seit damals suchte ich nach einem Lebenszeichen von ihm. Ich hatte ihn nicht mehr gesehen, seit er im Winter nach Sannes Tod unbedingt die Bilder hatte suchen gehen wollen und wir gemeinsam mehrere Nächte lang die Umgebung von Konnersberg abgegrast hatten. Ich dachte damals, dass er es schon allein probiert haben musste, denn er wirkte mit den Straßen dort sehr vertraut. Er hatte die Bilder wohl nicht finden können und mich deshalb angerufen. Nach Monaten, in denen ich ihn nicht mehr zu Gesicht bekommen hatte. Die Schule hatte er geschmissen, sein Vater zahlte ihm ein Zimmer in der Stadt. Das wusste ich, mehr nicht.

Ich hatte mich von ihm mitnehmen lassen, weil er mir das Gefühl gab, wichtig und erwachsen zu sein. Weil ich ihm die Wahrheit nicht sagen wollte. Weil ich angefangen hatte herumzulügen wie alle anderen auch. Ich sagte, die Hütte wäre nicht mehr da und er fluchte herum. Dabei erkannte ich sie gleich, als wir über den Feldweg fuhren. Irgendwann schrien wir uns nur noch an, fanden einander zum Kotzen. Unsere Freundschaft war zu Ende. Schon lange. Oft hatte ich gedacht, es war nie Freundschaft gewesen. Ertappte mich beim Gedanken, ihn zu hassen.

Er stand wirklich im Telefonbuch, die Straße kannte ich. Die Adresse der Villa seines Vaters. Also war es so gekommen, wie alle immer gedacht hatten. Ich schrieb die Nummer auf ein Haftzettelchen, legte mich auf die Couch und tippte die Zahlen ins Telefon.

Tuten.

Ich wollte einen Rückzieher machen.

„Ja?" Eine Frauenstimme.

„Ja ... äh hallo, wer ist denn dran?"

„Bei Bornstett. Mit wem habe ich das Vergnügen?"

„Maier. Kann ich Kralle sprechen?"

„Wen?"

„Kralle ... Nein, Kai-Uwe, sorry, so haben ihn seine Freunde früher genannt, heute nicht mehr, klar."

Ich lachte wie ein Trottel im Fernsehen, der sich an eine üppige Blondine heranmachen und dabei besonders locker wirken wollte.

Ich räusperte mich. „Ist er da?"

„Was wollen Sie Kai verkaufen? Schiffsbeteiligungen?" Die Stimme wurde schnippisch.

„Was? ... Nein. Großer Gott, wie kommen Sie auf so was? Schiffe?"

Was ist denn das für eine, dachte ich.

„Hören Sie, sagen Sie Kai-Uwe, Bobo ist am Telefon, dann weiß er schon. Ich will nichts verkaufen, ganz bestimmt ..."

„Moment!", unterbrach sie mich, dann schaltete sie mich in die Warteschleife zu einer schauerlichen Computermusik, die mich an das stümperhafte Hämmern von Kindern auf Xylophonen erinnerte.

Nach endlosen Minuten dann eine Männerstimme. Supergenervt.

„Was?"

„Hier ist Bobo."

„Wer?"

„Bobo. Wir waren mal befreundet. Jedenfalls, wenn du Kralle bist."

„Bobo?"

„Ja."

„Hey, Mann ... lange nichts mehr gehört ... Bobo. Du bist beim Fernsehen ... hab dich gesehen. Mann, Bobo, ist ja geil deine Stimme zu hören, wie geht's dir?"

Wir verabredeten uns für einen der nächsten Tage.

Ich hätte ihn nicht erkannt, nie im Leben. Wäre er mir auf der Straße begegnet, wäre ich an ihm vorbeigegangen wie an einem Fremden. Sein Schädel war komplett rasiert, in den Ohren trug er mehrere Stecker und Ringe, er war stark gebräunt, eine modische Sonnenbrille klammerte sich an seine Stirn und er hatte einen Bart, der sich in dünnen Linien wie aufgemalt um seinen Mund und das Kinn rankte. Seine kräftigen Oberarme waren mit Ornamenten tätowiert, die sich wie Ringe um den Bizeps spannten. Er trug eine weiße Leinenhose, über die sich bereits ein ziemliches Bäuchlein wölbte, ein schwarzes, weites Hemd und rote Slipper ohne Socken. Mehrere Kettchen klimperten um seinen Hals und seine Brusthaare waren wegrasiert. Er hatte sicher um die dreißig Kilo zugelegt und begrüßte mich, als hätte er sich schon seit Jahren auf diesen Moment gefreut. Schulterklopfen, Händedrücken. Er übertrieb jede Geste ins Absurde.

Mann, Bobo, alter Junge. Was machst du so? Mann, wie lange ist das her? Gott, Zeit vergeht. So lange? Mann, nicht zu fassen. So lange.

Wir setzten uns in ein Café. Es war Sommer, wir wählten einen Tisch an der Straße, es gab kein hübsches Mädchen, dem er nicht hinterhergaffte, als wäre er verpflichtet dazu, Noten zu vergeben. Beim Setzen räumte er seine Taschen aus und warf alles auf den Tisch. Neuestes iPhone und ein Modell, wie ich es zum ersten Mal sah, sehr futuristisch, Mercedes-Schlüssel, Lederbrieftasche, Marlboro Lights, goldenes Feuerzeug.

Neben ihm wurde ich wieder zu Bobo. Von Minute zu Minute glaubte ich zu schrumpfen. Sicher dachte er, der lernt es nie.

Wir bestellten Campari Soda mit Eis. Und Espresso.

„Mann, du bist beim Fernsehen gelandet", sagte er. „Also doch, Mensch."

„Ja, war naheliegend ... irgendwie."

„Du hast die Schule fertig gemacht, was?"

„Klar."

„Abitur und so ..."

„Ja."

„Durchschnitt?"

Ich wunderte mich, dass er es wissen wollte.

„Zwo null."

„Ui, geil. Unser Musterschüler."

Meine Abiturnote war Eins Vier. Keine Ahnung, warum ich es ihm in diesem Moment nicht sagte. Er schüchterte mich ein, beeindruckte mich wie damals. Ich versteckte mein Strebertum vor ihm.

„Und du? Was machst du so?", fragte ich.

Er grinste mich an. „Hab's auch ohne den Fetzen Papier zu was gebracht. Kann nicht klagen, wirklich nicht. Mir geht's richtig gut."

„Branche?"

„Branche, du liebe Zeit ..." Er holte erst mal Luft. „Anlageberatung ... im weitesten Sinne. Auch Immobilien und so. Nur exklusive Objekte, versteht sich, nicht klein klein und so Scheiß."

„Versteht sich."

„Mann, wirst ja jetzt auch nicht schlecht verdienen, was? Ständig sieht man deine Birne in dem Kasten. Ungeheuer, wie du das machst. So locker. Früher hast du oft den Mund nicht aufgebracht und jetzt? Wirst du eigentlich nicht ständig angelabert? Auf der Straße? Von Fans? Sicher hast du Fans ..."

„Kommt vor ...“

„Bobo gibt Autogramme ... Hey, guck die, ratten-
scharf.“

Er deutete auf ein Mädchen, schön und austauschbar
wie ein Abziehbild.

„Hast du den Nabel gesehen?“

„Ja.“

„Wahnsinn ... steh ich drauf. Fahr ich voll ab, so'n
Ring drin, gebräunt, superschlank ... wow!“

Mir fiel auf, dass er ein kleines rundes Bäuchlein vor
sich herschob. Überhaupt war er massiger geworden,
fleischiger, speckiger. Er erinnerte mich verstörend an
Paul. Er zündete sich eine an. Die Haltung, mit der er
das tat, war noch immer dieselbe wie damals. Nur sein
Selbstbewusstsein schien noch mehr gewachsen zu sein.

„Magst eine?“, fragte er mich und schnippte mir die
Schachtel hin. „Bedien dich.“

„Ich rauche schon lange nicht mehr.“

Er stutzte. „Echt? Du hast aufgehört? Hab ich nie geschafft. Aber Rauchen passt eigentlich auch gar nicht zu
dir.“

„Bin eben 'n Spießer.“

„Das hast du gesagt.“ Mit den zwei Fingern, in denen er die Zigarette hielt, deutete er auf mich.

„Sanne hat es auch mal gesagt.“

„Oh Mann, ist lange her. Das war ein Ding mit ihr
damals, leck mich am Arsch ... ein Ding. All diese vielen
blöden Fragen danach, als ob wir was dafür gekonnt
hätten. Wenigstens haben sie den Diebstahl nicht mit
uns in Verbindung gebracht. Hat nie einer danach gefragt ...“

„Denkst du manchmal an sie?“

„An die Bilder? Ja ... öfters sogar, war ja schade
drum.“

„An Sanne.“

„Sanne? Oh, Mann."

Sein Blick schweifte ratlos umher.

„War 'ne süße Kleine", sagte er nach einer Weile.

„War sie", sagte ich. Wieder hängte ich meine Worte an die Sätze der anderen an.

„Hast du noch mal was gehört?", fragte ich. „Von den Bullen?"

„Nö, die haben mich irgendwann in Ruhe gelassen. Nur der Lappen war kurz weg. Fahrerflucht wegen so 'nem geparkten Wagen ... diese Arschgeigen."

„Ich dachte, wegen der Täter ..."

„Ach so? Weiß nicht mehr ... Nö, da war ja dann nur einer übrig und der hat's immer abgestritten. Das Verfahren wurde eingestellt ... glaub ich, was weiß ich, die kamen ja nicht recht weiter, der Traktor ist in den Polizeiwagen gekracht, der Regen hat alles verwischt, der Baseballschläger lag auf einem Feld, meine Haare und ihr Blut klebten dran, sonst kein Hinweis, weißt es ja eh ... keine Ahnung. Mann, war das 'n Ding ..."

„Ja, 'n Ding."

„Hast du das eigentlich gelernt?"

„Was?"

„Na, so zu sprechen ... im Fernsehen. Lernt man das irgendwo oder kann man das einfach so?"

„Klar, da gibt es Trainer."

„Trainer? Geil. Der sagt dir, laber so oder so ... Macht das vor oder wie?"

„Schon."

Er war ein richtiger Prolet geworden, und das ließ mich ihn die ganze Zeit so erstaunt betrachten. Ein Prolet.

„Bobo im Fernsehen ... Scheiße."

Er lachte aufgesetzt, spielte den Extrovertierten, sah dauernd herum, flirtete mit der Bedienung, lächelte ohne Unterbrechung in geradezu kindischer Weise.

„Wer war denn das am Telefon?", fragte ich.

„Das? Connie ... ein süßer Hase, du konntest sie ja nicht sehen. Anfang zwanzig erst, eine Figur zum Wegschmeißen ... wirklich, du schmeißt dich weg. Solche Dinger, sonst ist sie dünn ... aber solche Möppel."

Er deutete mit den Händen.

„Und du? Wirst doch inzwischen auch nicht mehr solo sein, was?"

„Nein."

„Und? Wie ist sie?"

„Geil", sagte ich. „Solche Dinger ..." Ich deutete noch ein paar Zentimeter mehr als er. „Ein Fahrwerk zum Niederknien und will immer, krieg sie manchmal gar nicht von meinem Schwanz weg."

Er schnalzte mit der Zunge. „Hast du sicher beim Fernsehen kennengelernt, nehm ich mal an."

„Logisch. Da laufen richtig gute Hasen rum."

„Beneidenswert."

Dieser Idiot merkte noch nicht einmal, dass ich ihn auf den Arm nahm.

„Meinst du, die Bilder gibt es noch?", fragte er.

„Welche Bilder?"

„Na, diese Bilder, die wir versteckt haben ... da, in dieser bescheuerten Hütte, die wir nicht mehr finden konnten."

„Weiß nicht. Glaub nicht."

„Du meinst, so ein Ölschinken vergammelt? Fault weg? Wird zu Staub oder so was?"

„Ja ... vielleicht."

Er nickte sehr langsam. „Schade drum, ewig schade. In 'nem Schloss gestohlen und jetzt verrottet es irgendwo. Das muss man sich mal vorstellen."

„Dein Vater ist im Ruhestand, oder?"

„Wie kommst du jetzt auf den?"

„Ist mir gerade eingefallen. Wegen deiner Adresse ... Es hat mich gewundert, dich immer noch in deinem Elternhaus zu finden. Wie damals."

„Alles umgebaut. Erkennst du nicht wieder. Nicht mehr so spießig."

„Du wohnst aber bei deinem Vater?"

„Quatsch. Das würde keine Sekunde lang gutgehen ...“

„Also ist er ... ja was? Ausgezogen?"

„So könnte man auch sagen."

„Wieso?"

Er grinste vieldeutig, warf einem Mädchen einen Kussmund zu und lachte, als es ihm den Stinkefinger zeigte.

„Gestorben ist er", sagte er. „Schon lange her. Das Haus stand leer, nachdem ich seine Schlampe rausgeschmissen hatte ...“

„Bea."

„Trixi oder so. Bea gab's da schon lang nicht mehr. Ich wollte das Haus erst verkaufen, aber dann bin ich geblieben. Zu viele Erinnerungen oder was weiß ich ...“

„Tut mir leid für dich ... das mit deinem Vater."

„Kratzt mich nicht mehr."

„Wurde er krank?"

Er richtete sich auf. „Was du alles wissen willst? Fragst mich hier richtige Löcher in den Bauch. Nein, er hatte 'nen Herzinfarkt. Aber nicht beim Vögeln mit seiner Schlampe, wie man meinen könnte, sondern beim Joggen. Er lag im Wald, und bis ihn jemand gefunden hatte, war er tot. So einfach."

„Da hast du alles bekommen."

Ich wusste, ich sollte nicht davon sprechen, es war nicht sehr taktvoll, aber ich konnte nicht anders, ich hätte noch tausend Fragen zu stellen gewusst.

Er lehnte sich über den Tisch zu mir.

„Jetzt hör mir mal zu. Ich habe geerbt, schön und gut. War ja auch kein anderer mehr da. War auch 'ne hübsche Summe, keine Frage. Doch zu dem, was ich jetzt habe, waren es Peanuts, klar? Es war ein Startkapital, mehr nicht, und ich habe was draus gemacht. Vielleicht Glück gehabt, okay, aber das hätte auch mit weniger Geld geklappt. So war die Summe, die rauskam, nur höher."

„Immobilien?"

„Börse, Kleiner. Die Kunst war lediglich, rechtzeitig auszusteigen."

„Ah."

„Immobilienblase, you know?"

„Klar."

Da war was. Lehman Brothers. Ich hatte im allgemeinen Börsenfieber auch etwas angelegt und praktisch alles verloren. Ich war nicht rechtzeitig ausgestiegen. Ich hatte erst lange gar nichts von alldem mitbekommen. Nachrichten geschaut, als erzählten die mir Geschichten von einem anderen Planeten. Ich war ein Idiot gewesen. Sogar mein Vater mit seinen Bundesschatzbriefen lachte mich aus.

Er lehnte sich wieder zurück.

„Wie geht es eigentlich Paul?", fragte ich.

Er lächelte so breit es sein Mund und sein Bart nur erlaubten.

„Paulchen", sagte er mitleidig. „Du liebe Zeit."

„Hast du noch Kontakt?"

„Ne, die Mühe ist er mir nicht wert."

„Wieso?"

„Schon mal die ganze Besucherkacke in 'nem Knast mitgemacht?"

„Er ist im Gefängnis?"

„Denke mal."

„Wegen was?"

„Steuerhinterziehung, Unzucht mit Abhängigen, sexuelle Nötigung, Unterschlagung ... kannst dir was aussuchen."

„Oh, Mann."

„Ja, oh Mann ... unser Paulchen hat's ziemlich vergeigt."

„Ist er nun im Knast oder nicht?"

„Keine Ahnung, was juckt es mich? Er hatte 'ne Menge Probleme am Hals, und ich hatte keinen Bock mehr auf sein Gelabere ... auf den ganzen Typen ... ständig sollte ich ihm irgendwo raushelfen ... Er war mir egal. Er hat übrigens zwei Bälger."

„Kinder? Echt?"

„Jedes von 'ner anderen, eins ist sogar Schoko, von 'ner Brasilianerin, die ich nicht mal mit der Kneifzange angefasst hätte, so fett wie die war ... unser Paulchen."

„Hast du Kinder?"

Er fasste sich theatralisch an die Brust und lächelte. „Seh ich so aus? Sag bloß, du hast welche?"

„Nicht, dass ich wüsste."

Er grinste.

„Bälger fehlen mir gerade noch", sagte er. „Leck mich fett."

„Hast du ihm die Schulden damals zurückzahlen können?"

„Was?"

„Die Schulden ... du weißt schon. Du hattest doch Schulden, darum der ganze Zirkus mit den Bildern."

„Mann, lange her ..."

Er wollte wohl nicht darüber reden. Also hatte er sie nicht zurückbezahlt.

„Was fährst du denn jetzt so?", fragte er.

„Was?"

„Deine Karre ... bist doch jetzt Rennsportfachmann oder so, musst doch 'ne gute Karre haben, oder nicht?"

„3er-BMW." Der Sender stellte ihn mir als Teil meines Gehalts zur Verfügung. Das Firmenlogo klebte vorne und hinten und oben und unten drauf. Man durfte es nicht abmachen. Das einzige Extra war eine Klimaanlage, die ich nie benutzte, weil ich mich dann so gut wie immer erkältete. Der Wagen war außerdem schwarz. Ich hasste schwarz, denn es war die Farbe der Angeber und Möchtegerns, doch das war die Policy des Senders. Schwarz oder gar nix.

„Na, ist doch nicht schlecht", sagte Kralle ein wenig verwundert.

„Wahrscheinlich nicht."

Ich hätte Polo sagen sollen. Dann hätte er sich wenigstens gewundert.

„M3, was? Gib's zu!"

Ich schüttelte den Kopf. „Nö, Diesel."

„Muss ja nicht sein."

Danke fürs Mitleid, dachte ich.

Er wollte sicher gefragt werden. Ich hatte keine Lust, trotzdem fragte ich.

„Du fährst Benz, was?" Ich deutete auf den Zündschlüssel.

„Logisch. AMG, wenn du verstehst ... hab ihn noch ein wenig aufpimpen lassen, 21-Zöller. Geht wie Sau."

„Kann ich mir vorstellen."

„Hab noch 'n Silverado, hochgesetzt, Longbed, Chrom und schwarz ..."

„Chrysler, oder?"

„Quatsch, das ist 'n Chevy."

„Ah ..."

Er wunderte sich wohl, dass ich das nicht wusste. Im Grunde hatte ich von nichts wirklich eine Ahnung.

„Passt meine Harley drauf. Und mein Quad ... Du triffst sicher all die Rennfahrer, was? Vettel, Button, Alonso ... muss interessant sein."

„Ja." Ich dachte daran, dass es mich eigentlich lang-
weilte, die immer gleichen Fragen den immer gleichen
Menschen zu stellen. Nach Taktik, Rennverlauf und
Zukunftsplänen. All dieses auswendig gelernte PR-
Gequatsche.

„Seh mir manchmal die Rennen an. Und deine Sendung. Kommst viel rum dabei, was?"

„Ich sitze mehr im Flieger als im Auto, ja."

„Unser Bobo ..." Er schüttelte sehr langsam den
Kopf. „Moderator ist er geworden ... ist so scharf."

Bobo gab's nicht mehr, dachte ich. Auch Kralle nicht.
Das war lange vorbei. Sanne würde uns jetzt nicht mehr
finden können, wenn sie nach uns suchen würde. Nach
Spuren, Stimmen, Augenblicken. Sie würde an uns vorbeigehen, Kai würde eine obszöne Geste mit der Zunge
machen, und sie würde ihm den Stinkefinger zeigen.
Berry Maier würde sie übersehen, ganz einfach. Ich
fühlte mich nicht sonderlich interessiert. Immer noch
nicht.

„Warum hast du eigentlich bei mir angerufen?",
fragte er. „Nur so?"

„Warum? Ach ja ..." Fast hätte ich es vergessen.

„Der Film. Unser komischer Pornodreh bei dir zu
Hause, erinnerst du dich?"

„Klar, was ist mit dem?"

„Ich hab ihn im Fernsehen gesehen. Als Fake einer
zufällig gedrehten Aufnahme einer Überwachungskamera."

„Schon wieder?" Er lächelte nur müde.

„Wieso? Was soll das heißen?"

„Mann, dieser Scheißfilm geistert seit Jahren durchs
Fernsehen. Es wundert mich eigentlich, dass du ihn erst
jetzt gesehen hast. Na, meine Fresse ist wenigstens nicht
zu erkennen. Mal soll ich Handwerker sein, mal Poolrei-

nigungsservice, mal Ehemann ... kann nur noch drüber lachen ..."

„Wie kommen die an die Aufnahme?"

„Paul ..."

„Paul hat das Material nie bekommen. Von mir jedenfalls nicht. Dir hab ich es gegeben, nur dir."

Weil du mal ein Freund warst. Aber den letzten Satz dachte ich nur.

„Na, dann hab halt ich es ihm gegeben. Was spielt das für 'ne Rolle?"

„Wegen Sanne ..."

„Wieso?"

„Na, sie ist doch ..."

„Tot? Meinst du das?" Er beugte sich zu mir über den Tisch. Unangenehm nah.

„Sprich es ruhig aus", sagte er. „Das ist ein fact ... nicht dran zu rütteln. Man sieht eh nur ihre Beine. Wie viele Filme zeigen Schauspieler, die längst den Löffel abgegeben haben ..."

„Du hast damit deine Schulden bezahlt, was?"

Er nickte träge, gelangweilt. Winkte ab.

„Mann, vergiss es ...", murmelte er.

Ich nervte ihn. Und er nervte mich. Ein paar Minuten lang war es gegangen, weil wir beide voneinander überrascht gewesen waren. Aber nun gewöhnten wir uns aneinander und jeder merkte, dass der andere von einem weit entfernten Planeten stammte.

Was wir ab diesem Moment noch sprachen, waren Belanglosigkeiten. Er rauchte, wir tranken die Gläser leer, zahlten, standen auf.

„Irgendwie müsste man den Schuppen doch finden können", sagte er, hob den Kopf und rief: „Hey, das regt mich auf, verstehst du?"

„Vergiss es. Wir haben es damals nicht geschafft und jetzt, nach so vielen Jahren ..."

242

„Wäre wie Schatzsuche. Ein Spaß, nichts weiter, just for fun." Er grinste und fasste mich an der Schulter. „Ich würde die Bilder behalten wollen. Als Erinnerung, einfach so. Würde sie mir aufhängen. Würde dir natürlich was zahlen, keine Frage ... Ehrensache. Lass ich mir was kosten ..."

Sicher dachte er manche Nacht nur an die Bilder. Stellte sich vor, wie sie in irgendeinem Schuppen herumlagen und nur auf einen warteten, der sie findet. Der sie ihm vor der Nase wegschnappen könnte.

„Vergiss es", sagte ich.

„Du hast keinen Bock auf Schatzsuche, was?"

„Ich habe vor allem keine Zeit." Das war gelogen, so viel musste ich nicht arbeiten.

„Na ja ... scheiß drauf."

Wir versicherten einander, uns im Auge zu behalten, uns bald mal wieder treffen zu wollen. Keiner von uns hatte es ernstlich vor. Ich schlenderte danach die Straße runter, ohne mich noch einmal nach ihm umzudrehen.

Susanne Dorothea Gabriel
3.12.1971 – 4.6.1989

Ich legte ihr Blumen auf das völlig verwilderte Grab, einen bunten Sommerstrauß. Ich hatte der Verkäuferin in dem Blumengeschäft gesagt, ich bräuchte einen Strauß in den Farben des Lebens. Möglichst bunt also. Sie hatte gelacht. Nun lag der Strauß inmitten des Gestrüpps und passte nicht hierher. Er war bunt, aber der Friedhof war nur still, leer, grau. An diesem seltsamen Ort konnte ich mich nicht an sie erinnern. Als versteckten sich die Bilder vor mir. Seit der Beerdigung damals war ich nicht mehr hier gewesen.

Ich schlich nach Hause in meine Wohnung, legte mich auf die Couch, sah in den Himmel. Wochen später kündigte ich meinen Job.

„Überschätz dich mal nicht", sagte Zimmermann, als ich zum letzten Mal im Flur an seinem Zimmer vorbeiging. Ich blieb stehen, drehte mich um und schaute zu ihm rein.

„Du weißt es zwar", sagte ich, „aber vielleicht hast du es gerade mal wieder vergessen ..."

„Was, Maier, was?"

„Du bist ein richtig blödes Arschloch."

Er brüllte irgendwas.

Ich lächelte, als mir der Wind vor dem Haus die Haare verwirbelte. Nun hatte ich nichts mehr. Keine Frau, keinen Job, alles auf null.

Es musste mehr geben als das. Und wenn es nicht mehr gab, konnte ich wenigstens wieder meine Fragen ans Leben stellen. Mich vor es hinstellen, die Arme ausbreiten und die Augen schließen.

Einfach nur warten.

ENDE